Wildnis, singend

Günter Herburger

Wildnis, singend

Roman

HANANI

1. Auflage März 2016

Umschlag: LMN, Berlin
Abbildung: Asger Jorn, »Lockung«,
bpk / Bayerische Staatsgemäldesammlungen
Satz: Pinkuin Satz und Datentechnik, Berlin
Druck: Friedrich Pustet, Regensburg
ISBN 978-3-944174-24-2

www.hanani.de

Sie lag im Gras und aß, wählte zarte Blättchen, die sie vorsichtig abzupfte, um die Wurzeln nicht herauszureißen, stopfte das hellgrüne, vom Tau noch frische Futter in eine Hand, bis sie voll war und steckte sich die Speise in den Mund, kaute und mahlte, tat noch ein Gänseblümchen dazu, als sei es Gewürz.

Die hornigen Füße waren von Sandalen, geschnitten aus alten Autoreifen, umschlossen. Ein zerfetzter Rock und ein Poncho hatten den braunen, strähnigen Muskelbeinen ein wenig Blöße gegeben, während sie sich vorwärts wand, mit beiden Händen Gräser abreißend, als könnte sie nicht genug kriegen. Der schwarze Filzhut, eine Art Koks, lag beiseite. Sie hinterließ eine Spur wie eine vegetarische Robbe.

Plötzlich fiel eine kleine Forelle vor sie, die ein Fischreiher verloren hatte, seine Beute nicht quer, sondern längs im Schnabel tragend.

Sie versuchte, das Fischlein zu halten, doch es entwischte, hin- und herschnellend, immer wieder, Maul und Kiemen aus Not weit aufgerissen.

Schließlich patschte sie das schlüpfrige Geschöpf zu Boden, bis es sich nicht mehr regte, aber zwei Katzen, eine graue und eine schwarze, die jäh vorhanden waren, entrissen ihr die Beute, Kratzer in ihrem Gesicht hinterlassend. Alles war fast lautlos geschehen.

Schniefend kniete sie nach diesem Trubel in den Gräsern nieder, als sie vor sich einen Schuh sah. Sie traute sich nicht, weiter nach oben zu schauen.

»Seid Ihr vom Himmel gefallen«, fragte eine Stimme.

Eine Hand zog sie hoch, der Hut wurde ihr aufgesetzt, jedoch das schöne, grüne Paradies drehte und drehte sich, so dass sie sich an den Mann lehnen musste. Es schauderte ihr davor.

Der Mann umfing und presste sie, wobei er sie im Kreis schwang und wieder auf die Füße stellte.

»Ihr braucht Wasser«, sagte er. »Am Eingang zum Haus steht eine Schüssel für Hundefutter und ein Wassernapf.« Und weg war er.

Schluchzend kniete sie sich nochmals nieder, aß ein wenig Erde, auch einen Wurm, der nicht aus Neugierde nach blindem Licht, eher als Nachricht für Gebenedeiung neben einer Salbeiwurzel, seinem Heim, herausgekrochen war.

Sie betete und pries still die Götter in der Fremde um sich, sehnte sich nach einer Opferung, doch fand nichts dafür.

Zwei Segelflugzeuge stürzten steil herunter, so dass ihre Flügel wie ein Papierorchester surrten, zogen wieder hoch, legten sich auf den Rücken und entschwanden zwischen Gebirgskegeln, am blauen Himmel weiße Streifen hinterlassend.

Sie ging hinein in das Haus, ohne aus der Schüssel zu essen, dem Napf zu trinken, torkelte ein wenig.

In einem großen Raum stapelten sich Umzugskartons, nur teilweise geöffnet. Vor kleinen Fenstern stand ein großer Tisch mit zwei Bänken, auch zwei Ohrensessel, von einem Kachelofen hingen Schaffelle, und auf einem Regal waren Telefon- und Computerzeug angebracht sowie ein nach vorn gekippter Fernseher.

Auf Zehenspitzen durchquerte sie den Raum, öffnete die nächste Tür, die schwer aufzuziehen war, und gelangte in ein langes Gewölbe verblasst schaukelnder Erinnerungen für Kutschen, Pferde, eingeöltes Leder. Sie richtete sich auf, schritt furchtlos weiter, sah, dass es einen mit Stroh bedeckten Boden fast ohne Mist gab, spürte mit der Nase hin und her, roch Schwalben, Kühe, Lamas, Vicuñas und noch etwas, was sie kannte, wurde froh, kindisch unbeschwert hinaustretend ins Freie, wo die Sonne des Aprils vom Himmel brannte, wie auf einer Hochebene. Staub ausgetrockneter Erde hing in der Luft.

Die Segelflugzeuge kamen nicht zurück, dafür beäugte ein Schwarm Dohlen, Krähen, Raben, der sich auf einem Baum festgesetzt hatte, den fremden Gast.

Sie legte eine Porzellanperle aus ihrem Vorratssack auf einen Balken, ging weiter. Schon nach wenigen Minuten balgten sich die Vögel um das Kleinod. Ein Schuss erklang, traf keinen dieser Raubkünstler, trotzdem sank Ricarda auf die Knie, wollte sofort eine Mesa veranstalten, legte Hölzchen, ein bisschen Kautabak, eine entzwei gebrochene Zigarette, zusammengeraffte Strohhalme und einen Zopfgummi, den sie sich aus dem Haar riss, aufeinander, zudem sprühte sie noch Schnaps, den sie in ihrem Goldenen Sack hatte, aus dem Mund darüber, entzündete Streichholz um Streichholz für die Gaben, aber es gelang nicht.

Sie weinte, bückte sich immer tiefer, hob die Hände empor als Entschuldigung, hatte ihr Gesicht in den Ärmeln verborgen. Das Wagnis, in ihre Kindheitsheimat zurückzukehren, häufte Schuld aufeinander.

Entlang eines Misthaufens gehend, der nicht dampfte und zu dem eine Planke für den Schubkarren hinaufgelegt war, wurde sie schon wieder schwächer, obzwar sie ein wenig welkes Coca aus dem Goldenen Sack kaute. Es nützte nichts.

Die Verwunschenheit nahm zu. Ein bekanntes Reich, zugleich des Zufalls, tat sich auf. In Flugzeugen, mehrmals ohne Arg umsteigend, hatte sie die Hoffnung gehabt, dass sie wie eine Königin aufzutreten vermöchte.

Sie brach endgültig zusammen, lag schluchzend auf dem Boden, als irgendein massiges Wesen, ein immenses Tier, dessen Umfang sie roch, sich schnüffelnd näher schob. Es war eine Bunte Bentheimer, wie aus dem Mittelalter.

»Puerco«, flüsterte sie.

Schmatzen, Schleim in der Nase und im Maul, beides zusammen hinausgeschlonzt, als sei es ein Akkord, war aber unverständlich.

Wahrscheinlich war das Tier angeödet, weil es sonntags, wenn Besucher kamen, stets von Verhängnissen oder Geschichtswallungen mit Geflüster und Handbewegungen bedrängt wurde; allerdings, wenn es aus dem Stall hinaus in das Sträßchengeviert jagte, stöhnte das Publikum auf, dass dieser Fleischblock sich so schnell bewegen konnte.

Die Bunte Bentheimer hieb mit ihrer Schnauze dem Gast in den Hintern, so dass, nachdem er sich gefangen hatte, die beiden nebeneinander hinauswandelten ins Gefilde nicht gemähter Steppengräser, in denen viele Blumen wuchsen.

Es gab in Ecken Brennnesselwälder, wichtig für Falter, Zäune aus Stacheldraht, Sperrholzleisten, alten Güllerohren oder Ästen, die Areale absperrten, eine alte Wiederholungskultur dessen, was noch als Erinnerungsrest in Besitz war.

Das Schwein warf sich in eine Drecksuhle, wälzte sich, um das Geschmeide der Zecken und Insekten, sobald die Kruste erstarrte, zu ersticken.

Der Gast tat dasselbe, sah, nachdem er aus dem Schlammloch herausgekrochen war, nicht mehr erkenntlich aus, mochte sich wohl fühlen, Teil einer Anständigkeit geworden zu sein.

Das Schwein grunzte, sang beinahe, aus der Masse seines Körpers verborgene Melodien erzeugend wie ein Buckelwal. Ricarda tat mit, in der Oberstimme.

Draußen, auf den Weiden, bewegten sich bläuliche Kühe irischer Herkunft, mit Gehörn und großen Ohren. Es waren junge dabei, Schumpen, und eine alte Kuh mit dickem Bauch stolzierte herum, als wolle sie noch einmal kalben. Ihre Flanken waren eingefallen, ihre Schulterblätter ragten heraus, als vermöge sie zu fliegen.

Hinter der Steppe glänzte ein Bach, ein Fluss, darüber erhob sich ein futtertechnisch akkurat angesätes Maisfeld, Beispiel für das Paradies.

Die Bunte Bentheimer drehte sich um, geleitete vor dem Haus über ein Kieselsträßchen, aber den nächsten Abhang gegenüber wollte sie nicht erklimmen.

Der Gast sah hinauf zu einer schrecklichen Steile, oben von Felsen gesäumt. Bewachsen hatten sie Schösslinge verschiedener Bäume, dazwischen zeigten sich kaum mehr Blüten, nur Stauden und Gestrüpp.

In unregelmäßigen Abständen waren Pfähle entlang einer getretenen Furt eingerammt, vielleicht zum Festhalten, oder Seile konnten von einem zum anderen Pfahl gespannt werden. In der Ferne war der drohend struppige Hang auf beiden Seiten vom Beginn eines Waldes beschützt.

Vom Schwein war nichts mehr zu hören. Ricarda ließ sich fallen, die Arme ausgestreckt, darauf den Kopf gebettet. Mit geschlossenen Augen führte sie die Gebete für Schuld und Sünde aus, weil sie keine Verbindung mehr hatte zu den schneebedeckten Göttern und den Fransen der Muttergewänder an den vereisten Seen ihrer fernen Heimat. Sie fühlte sich ausgestoßen, konnte auch keine Mesa veranstalten, die Schuld und Sünde vermindert hätte.

Ein Hund knurrte, vor ihr liegend, die Pfoten ausgestreckt und sein Gebiss zeigend. Es war ein mächtiger Schäferhund. Sie schloss wieder die Augen und weinte aus Erschöpfung. Er knurrte erneut, seine vielen spitzen Zähne sahen wie eine Fischreuse aus, aber insgesamt war noch nicht entschieden, wer mehr Angst vor dem anderen hatte.

Ein wie Kupfer glänzendes Liebesgedicht galt, das sie auf Quechua immer noch nicht ganz auswendig kannte. Sie begann es, verhaspelte sich, fing wieder von vorn an mit »kunan ima sumaj sano kapunanspaj, kay lugarkuna, jakay lugarninkunamanmanta, ima sumaj kunanqa, damit er jetzt … gesunde … Orte … für seine … der Kraft, alles zum Guten jetzt …«

Seit Jahrzehnten hatte sie gefehlt, als sie oben auf dem Altiplano lebte, mit dem Großen Bruder und ihrem zärtlichen Vater, der ihr einmal leise geraten hatte, damit es der Große nicht hörte, in die Heimat zurückzukehren und in ihren Goldenen Sack Geld stopfte.

Sie solle sich die Haare schneiden lassen und die Fingernägel putzen, hatte er auch noch gesagt.

Sie weinte, als könnte sie zu einem Apfelbäckchen werden, sah hoch, und dort lag immer noch der Schäferhund, das Gebiss geschlossen, den Kopf ausgestreckt auf die Pfoten gelegt.

Ohne Mutter unterwegs, hatte Bischof Hulda in Rom ihnen erklärt, wie es weiter ginge, mit neuen Pässen, mit Geld im Goldenen Sack. Auf dem Schiff, sie waren unendlich lang unterwegs, hatten kaum zu essen und zu trinken, fing es in der Kabine an, dass der Große Bruder dem Vater auf den Kopf schlug, er sei ein Verbrecher.

Sie verstand nicht, kuschelnd mit dem Vater in der engen Kabine. Der Bruder wusste sowieso alles besser, doch hatte Übelkrankheit bei den Kränkungen des Schiffes in den Wellen. Sie, Vater und Tochter, verhielten sich gesund.

Manchmal ging sie hinaus, um Ladies und Signoren zu helfen, über Bord zu speien. Dafür erhielt sie aus Dankbarkeit Muschelperlen, ein Geschmeide aus Tula-

Silber, sogar ein goldenes portugiesisches Krönchen von einem kleinen Mädchen in einem verschmutzten Kleid aus Chiffon.

Unten, in der Kabine, die Kopfstöße gegen den himmlischen Vater von ihrem Großen Bruder, dazu Geschrei und Sätze wie ausgestanzt. Sie wollte nichts verstehen, nur wieder oben in der Koje beim Väterchen liegen. Darunter schlief der Bruder, einen Stutzen aus der Heimat im Arm.

Der Schäferhund vor ihr bewegte sich nicht, hielt auch sein Gebiss geschlossen. Sie legte ihre Hände vor das Gesicht, jedoch es war nicht wichtig als Schutz, Maske. Der Hund stand auf und ging langsam vor ihr her, zurück zu dem Haus.

Eine Frau sah aus dem Fenster, blond mit einer Gretchenfrisur, ihre Lippen leuchteten.

Die Frau sagte etwas, es war nicht zu verstehen, zu weit weg.

Ricarda ging ihr entgegen, der Hund voraus, bis sie vor einer Tür stand.

Der Hund richtete sich auf, öffnete die Tür mit seinen Schäfertatzen, ging beiseite, und heraus kam die Frau mit ihrer Gretchenfrisur.

Sie war klein, dicklich, wohlwollend mit ihrem Kugelkörper, der sogleich hätte zu rollen anfangen können.

»Willkommen«, sagte sie. »Wir haben gern Gäste. Mein Mann hat Euch entdeckt, weiß ich.«

Ricarda war noch von der Suhle verschmutzt, wieder in dem großen Zimmer, das sie schon kannte, wurde gebeten, sich zu setzen, was sie nicht wollte, blieb stehen.

Die Frau setzte sich in einen der Ohrensessel, sagte, »ich heiße Eva Kosslowski, mein Mann, den Ihr schon kennengelernt habt, heißt Martin Kosslowski. Ich habe Eurem Kampf mit der kleinen Forelle aus einem Fenster zugesehen.«

Schweigen, die Frau zerbrach eine Zigarette, steckte das Teil ohne Filter in eine schwarze Zigarettenspitze, hatte sofort Feuer von irgendwo und rauchte.

»Woher kommt Ihr? Was wollt Ihr?«

Keine Antwort, vielleicht, wenn das große Schwein oder der deutsche Hund dagewesen wären, hätte Ricarda sich getraut, etwas zu sagen. Sie zitterte, wollte schon wieder zu Boden sinken. Die Frau gab ihr ein Zuckerstück.

Es schmolz und schmolz im Mund, verteilte Kraft über die Schleimhäute und gelangte hinunter zur Leber, dem Hauptorgan für Bolivianer in Not.

Sie sagte lautlos ein Lied auf, »Janaq Pachamama (obige Mutter Erde), santa tierra (hiesige heilige Erde), Launlaya, virgen, perdonapunki chunka waraquata (Jungfrau, verzeih zehntausendmal)«.

Sie wusste nicht weiter, obgleich sie das Gebet tausendmal gesprochen hatte mit ihren Schwestern im Pferch. Die Versündigung begann wieder, in der anderen Welt der Kopffüßler und der Tablettenpakete ihres Großen Bruders, dessen Ohrfeigen aus der Ferne gleich einem Kuss sich anschmiegten.

Die kleine runde Frau bat sie hinauf in den ersten

Stock, zeigte das erste, das zweite Zimmer, in dem sie und ihr Mann schliefen.

»Und das dritte Zimmer«, sagte sie, »ist für Euch.« Im Gang sei das Bad, die Dusche, das Klo, was sonst noch? Handtücher, Badetücher hingen überall herum. Einige seien mit einem Krönchen gezeichnet, aus dem Müll gezogene Ware ihres Mannes.

Es gebe Mäuse, Ratten, Siebenschläfer und Erdmännchen im Haus, keine Sorge, wenn sie einmal den Geruch aufgenommen hätten, würden sie friedlich werden, nur noch herumhuschen, kleine Pfiffe ausstoßen.

Oben in der dritten Kammer legte sich der Gast nicht ins Bett, sondern auf den Boden, das weiße Laken über sich.

Einzuschlafen war Pflicht, und die Haltung war wichtig.

Als sie aufwachte, wusste sie nicht mehr, wofür sie sich entschieden hatte. Jedenfalls ging sie zu der Duschkabine, um sich warm überströmen zu lassen mit einem duftenden Geschmiere aus Dosen, das sogleich wieder weg war, und als sie sich mit mehreren Handtüchern abtrocknete, hatte sie das Gefühl, oben auf viertausend Meter Höhe zu sein, bei der heiligen Puppe in einem Felsengehäuse, zu dem jedes Jahr eine Prozession veranstaltet wurde. Rosette, der kleinen Göttin, versehen mit vielen Gewändern und hinaufgetragen auf einer Bahre von Männern, wurde, damit sie in höchster Höhe nicht zu wenig Atem hätte, die Kehle durchgeschnitten.

Das Haus knisterte und stöhnte, schien zu schwanken, doch das war sie. Unsicher ging sie die Treppe hinunter, kam in die Küche, die sehr groß war, mit Pfannen, Tiegeln und Töpfen darin. An den gekachelten Wänden hingen Geräte für das Kochen. Großmutter Auguste hatte dieses Reich gehasst.

Entdeckung eines offenen Schraubglases mit bleichem, wie erfrorenem Honig darin. Daneben lag ein goldenes Löffelchen, die Mulde verziert. Sie steckte mit Schwung das Löffelchen in den Honig, aß, schleckte, machte es noch einmal, dann konnte sie gehen.

Draußen die Sonne, das Paradies, ein wenig Geflüster, vielleicht der Wind. Schrecklich war es, hier zu sein, wo sie schon in Röckchen herumgeschwebt war auf leisen, zugespitzten Sohlen, zugleich überfiel sie eine Andacht für das Väterchen, dem ihr Großvater, vorsichtig wie ein Briefmarkenonkel, der eine Sammlung mit dem Kaiser von Kambodscha besaß, die langen Haare hilfs einer Papierschere zurechtgeschnitten hatte.

Aber die Haare wuchsen auf dem Schiff, mit dem sie unterwegs gewesen waren, hin- und hergeworfen bis nach Panama, wo sie ein Kinderbuch mit einem kleinen Tiger in die Hand bekam, der, wenn er weit fort war, immer wieder eine Banane essend, nur zurück wollte in sein Häuslein.

In La Paz war die Fahrt mit Omnibussen zu Ende. Zuletzt waren sie bei den Quechuas auf der Hochebene in Sicherheit.

Die Hütte hatte Lücken, Kälte drang herein. Die Füße, ach, die Füßchen und die Fingerchen.

Wieder draußen, beobachtete sie den steilen Hang, fühlte sich wohl. Darüber die Felsspitzen, Zacken waren kaum mehr zu sehen im Mittagslicht.

Das staubige Sträßchen überquerend, schaute sie sich um. Hund und Schwein fehlten, auch die Madonna mit der Gretchenfrisur hatte ihr Fenster im Haus zugeklappt.

Die Stützen, Pfähle und Rammen in der Steilwand? Sollte sie hinauf bis zum Kamm, um das Land zu überblicken, die Kindischkeit?

In der Frühjahrshitze bröckelte der Schmutz aus der Schweinepfütze von ihr ab.

Bei den ersten Schritten schlug eine Kugel nah bei ihr ein, hinterher peitschte der Schuss. Nochmal dasselbe rechts.

Sie kroch hinein in die Wildnis. Es wäre die Gelegenheit gewesen, eine Mesa, eine Opferstätte zu veranstalten, aber das Coca, das sie im Goldenen Sack hatte, wollte sie nicht verkleinern.

Sie aß ein bisschen von den jungen Brennnesseln, den Zipfel einer Staude, die sie nicht kannte, alles schmeckte gut, aber dann musste sie ausspucken, als sei Hundekot darin.

Hätte sie eine Buchstabenbrille für Erinnerungen an Zeiten und Entfernungen aufgehabt, wäre es ihr möglich gewesen, zu sehen, wie der Kämpfer zu der roten Lippenfrau durch das Gegängel zwischen mannshohen Spargeln und Eibenfuchsien in einem

Schwung von oben herunter galoppiert wäre, ohne Knieschoner.

Sie schluchzte und betete, während ein Zug, eine Windstracht durch Schoß und Bauch fuhr.

Als sie so dalag, gewahrte sie, wie unschön sie aussah, die Glieder ledern gefasert, die Brust eingesunken, das Gesicht mit der Nase gleich einer hungrigen Bergziege gebogen, die gegen den Wind blickte.

Sie wand sich um, lag auf dem Rücken, die Hände erhoben und gefaltet, jedoch nichts erklang, weder ein Verzicht noch eine Andacht.

Wunden an den Knien, Hände nebst Fingern gekrümmt, raffte sie sich auf, um den neuen Herren zu empfangen.

Im Haus, wohin sie zurückgeflüchtet war, sagte die Madonna, »setzt Euch, mein Mann kommt gleich«.

Der fremde Gast blieb stehen, schlenkernd mit dem Goldenen Sack. Die Füße schmerzten, die Schultern, über das Gesicht und den Kopf hinweg eröffnete sich ein Ereignis von noch nie erlittenem Weh.

Dick war die Luft des Paradieses, auch die Pflanzen und Blumen in dem Wohnzimmer besaßen Farben, die übel taten. Staub, ganze Vorhänge wirbelten durch das Sonnenlicht, das hereinlugte durch die Fenster.

Die Madonna ging um sie herum, beäugte sie. Plötzlich in die Hände klatschend, verursachte sie einen Stoß, der den ganzen Leib öffnete, so dass Ricarda wieder atmen konnte.

»Besser«, hörte sie fragen, »ein Aspirin?« Der Bruder, oh, in seiner Apotheke, hatte diese Tabletten ausgeteilt, auch anderen. Leute aus Salmesi kauften sie oder bekamen sie manchmal umsonst, veranstalteten später eine Mesa, schon hinten auf der Ladefläche des Lastwagens stehend, der sie hinaufbrachte ins Dorf.

Es dauerte zwei Tage, länger, wenn es regnete. Verunglückungen ereigneten sich auch, Sturz über den Abhang, wo unten dann die Leichen zu besichtigen waren und geborgen werden konnten.

Ihr wurde ein Aspirin in den Mund gesteckt, der Hoch- und Armenwelt wichtigste Tablette, die selbst beim Gebären half. Bitter lag sie auf der Zunge, ebenselbst ein Wunder, wurde zerkaut und zerrann, als würde die Kehle gespalten, und meistens im Magen verursachte sie nochmals Schmerzen, die schon vorher da waren.

»Geht's besser?«

Sie musste Wasser trinken, aus einer Flasche, immer mehr, bis sie abzusetzen und zu prusten begann.

»Schaut mich an.«

Der ausgestreckte Zeigefinger von Eva Kosslowski wies zum Gesicht, was angenehm wurde, Ricarda musste nicht mehr schielen, guckte geradeaus. Das Aspirin war, ohne dass es gebrannt hätte, geschlüpft.

Frage: »Gut?«

Antwort: »Sí.«

Der Mann kam herein, ein Athlet mit blonden Haaren und einem blanken Gesicht, Martin Kosslowski. Er hängte eine Schweizer Waffe mit Zielfernrohr neben das Computerzeug, die Mobiles und den gekippten Fernseher an einen Haken, fragte, »kriege ich Mehl«, erhielt von seiner Frau ein Schüsselchen, aus dem er das Mehl schnaubend aufwirbelte und aus der Luft schnappte.

Er fing zu husten und zu tränen an, dann nießte er, Schleim mit Knödelchen, sehr kleinen, darin, es rann ihm aus der Nase, aufgefangen von der Hand und irgendwohin verteilt.

»Nun können wir essen gehen«, sagte er.

In der Küche wärmte er in einer großen Pfanne auf dem Gasherd, der einen Anbau für Holz, Torf und Kohle besaß, ein Mahl, hob es hinüber auf ein Unterstellgitter des Esstisches, der ausladend für mindestens zehn Personen Platz bot.

Jeder erhielt einen Löffel aus der Schublade. Sie mussten blasen, die Urschlammpfanne, wie sie geheißen wurde, war noch zu heiß, bestand aus den Resten der letzten Woche und sei, sagte Eva Kosslowski, die Madonna, deren rote Lippen gleichbleibend glänzten, immer das Allerbeste, eine Mischung, die nie enttäusche.

Frage: »Ein bisschen Oregano, Olio, Salz, Pfeffer, Tabasco?«

Antwort: »Nichts, gar nichts.«

Sie hoben die schaufelartigen Aluminiumlöffel, in deren Handgriff ein Hakenkreuz eingeprägt war, vorsichtig zum Mund, prusteten, schleckten, nahmen den ganzen Löffel in den Mund mit dem Brei, der aus vielfältigem Abfall sich zu einer neuen Harmonie vereinigte, wie aus der Höhe des Altiplano an Festtagen.

Sie aßen schnell, jagten sich mit ihren Wehrmachtslöffeln gegenseitig Portionen ab. Ricarda tat ohne

Scheu mit, fühlte sich im Reichtum angekommen, sich verschluckend.

Der eingebrannte Rest an der Pfanne war das Heiligste. Jeder wollte ihn wegkratzen. Der fremde Gast durfte es zuerst tun, dabei bekam er vor Freude einen Knick, der kleine Buckel unter der rechten Schulter schmerzte wieder, auf der sie, als sie zum ersten Mal ein ganzes Kleid angezogen bekam, ein Engelsflügelchen getragen hatte.

Frage: »Bekommen wir noch etwas zu trinken, einen Espresso mit einem Glas Wasser?«

Die Madonna zelebrierte an einer vielfältigen Maschine mit Hebeln und Tachometern, die hinten an dem großen Herd stand, das Entstehen des Getränks, servierte es in Tässchen mit goldenen Löffelchen auf den Untersetzern. Zucker nahm jeder mit den Fingern aus einer Schale.

Frage: »Rauchen?«

Die Madonna und ihr Athlet taten es, sich gegenseitig Feuer mit einem Bric anbietend.

Ricarda fasste Mut, aus ihrem Goldenen Sack einen Beutel voll schwarzen Tabaks, vermischt mit ein paar Coca-Krümelchen, zu holen. Sie rollte die vertrockneten Krümel in einem Maisblatt fest, nagte den Rand ab, schleckte links und rechts, fertig war der Trichtermörser. Ihn anzuzünden dauerte, dann zog der Rauch hinein in die Lunge, wo er sich drehte, fuhr hinaus durch die Nüstern, so dass die Gastgeber neugierig wurden, auch davon haben wollten.

Der Stumpen wanderte umher, noch mehr bespeichelt, weshalb er seine Form behielt. Ein Geruch aus

Arglosigkeit und Müdigkeit verbreitete sich, Ricarda bekam nur noch einen Stummel zwischen die Finger.

Das Ehepaar fing an zu fragen. »Woher kommt Ihr? Versteht Ihr uns?«

Antwort: »Bolivia«.

»Warum?«

»Aventura.«

»Wart Ihr schon früher hier?«

»Chiquillo.«

»Wir verstehen, kleines Kind.«

»Kennt Ihr das Haus, in dem wir jetzt sind?«

»Palacio, abuelo e abuela.«

»Wie hießen Großvater und Großmutter?«

Sie antwortete nicht.

»Tut Euch die rechte Schulter weh? Wir erzählen Euch, warum. Eure Großeltern hießen Rudolf und Auguste Skalamut. Sie haben sich oben im Doppelbett, nachdem sie die Fabrik für Skistöcke, Fuhrmannspeitschen und Galoppstecken einem Neffen vererbt hatten, umgebracht. Es war ein Hitzesommer in der Nachkriegszeit, viele wollten nicht mehr leben. Wie heißt Ihr?«

»Ricarda Muro.«

»Wie lange könnt ihr bleiben?«

»Dos meses.«

»Weshalb seid Ihr hierher gekommen?«

Keine Antwort. Ricardas Buckel schmerzte immer mehr. Sobald ihr Väterchen ihn gestreichelt hätte, wäre er wie verschwunden gewesen.

Der Athlet und die Madonna wussten nichts darüber, dass sie beinahe den Rang für Weiße und Schwarze Heilung vollendet hatte, doch ihr Lehrer Ehullina, fern oben im kleinen Dorf, war gestorben. Er hatte die letzten Bannsprüche, die sie gebraucht hätte, auch das Aussehen wichtigster Opferstätten, mit ins Grab genommen, unter einen Steinhügel, aus dem noch lang eingeklemmte Zipfel seiner Kleidung zu sehen sein würden, bis Schnee, Stürme und Sonne sie zerrieben hätten. Dann war auch der Tote endgültig tot, nur noch vorhanden als Gewissen und Versprechen im Gedächtnis der noch Lebenden.

Martin, der Mann, wusch die große Eisenpfanne ab. Eva, die Frau, machte dasselbe mit den Löffelchen, Tässchen, Untertässchen und der Espressomaschine, wobei sie fluchte, weil sie den hineingepressten Kaffee aus dem Durchlassgefäß nicht herausbekam.

Sie gab es dem Athleten, dafür erhielt sie die schwere Pfanne zum Abtrocknen.

Ricarda hatte wenig Harmonie in verqualmten Hütten erlebt, wenn der Mann, betrunken, fast alles für sich allein aß, die Frauen aneinander lehnten, die rotzelnden Kinder auf dem Schoß, und sie, die drei Fremden, sich in eine Ecke drückten.

Später hatten sie sich die Hütte gebaut. Alle aus dem Dorf, was üblich war, taten mit und wurden sogar dafür entlohnt, was unüblich war und Misstrauen erzeugte.

Peter der Große, ihr Bruder, konnte später im Reich des Aspirins, seiner Apotheke, sich selbständig behaupten, auch anders angezogen, immer mit Jacke und Krawatte, selbst bei Hitze, über sich die drehenden Flügel der Ventilatoren.

Plötzlich fielen Ricarda zwei lange Worte ein, die nur auf Deutsch möglich waren: Herrschaftsmöglichkeit und Beschädigungsabwesenheit.

Sie duckte sich, kniete auf den Boden und weinte, zog mit Spucke ein paar Kreise über die Dielen, sammelte darin Staub, zwei, drei kleine Holzsplitter, mehr gab es nicht für sie, auch kein Kerzenstümpfchen, weshalb sie lang auf den Dielen lag, nur noch leise schluchzend, dabei ihre Lastwagenreifensandalen verlor, schlimmes Unglück, keine Verbindung zum Ort der Weile oder der Eile mehr zu haben.

Niemand störte sie, bis ihr die Sandalen von dem Ehepaar, es waren verschiedene Hände zu spüren, wieder an die Füße gesteckt wurden.

Allmählich sich aufrichtend, wäre sie beinahe in die Arme der Madonna und des Athleten geschlüpft, wandte sich jedoch ab, stand allein.

Die Gesichter der Hilfsbereiten wollte sie nicht sehen.

Vorsicht, hatte der Lehrer aus Salmesi gesagt, sei ein letzter Grad der Zuversicht, sich jemandem anvertrauen zu können.

Die Madonna machte den Fernseher an, der Athlet telefonierte, links und rechts am Ohr ein Mobile, stampfte vor Ungeduld auf, als der Fernseher zu laut wurde.

Ricarda wollte nicht hinauf in ihre Bettkammer, ging in den Stall, der immer noch voll dickem Stroh gelber Farbe war, wie aus dem Taschenbuch ihres Bruders, der ihr berühmte Gemälde des Abendlands gezeigt hatte, damit sie ein wenig lernte.

Im Stall lag nur die Bunte Bentheimer, das große Schwein mit seinen Flecken und Borsten. Die Quechua wagte es, sich an ihren Bauch zu schieben, dessen Zitzen leer waren. Die Bunte Bentheimer ruckelte und schnaufte, atmete langsamer, als benötigte sie weniger Herzschläge. Ricarda, sich noch kratzend, weil irgendwelche Insekten zu ihr übersprangen, schlief ein, von Wärme und mütterlichem Grunzen bedacht.

Bei ihnen in Hütten hatte es nur dünne, halbverhungerte Schweine gegeben, die, wenn Schaum aus ihrem Maul trat wegen irgendeiner Krankheit, geschlachtet wurden. Es war trotzdem ein Fest gewesen mit ausgeblasenen Därmen, die wie Pfeifen benutzt werden konnten, hoch, tief, je nach Meisterschaft, manchmal mit darin eingeschleusten Fröschchen hin- und hergewirbelt, was noch andere Töne ergab, rissige Melodien.

Sie tauchte erst abends wieder auf. Ihre Kleidung war feucht, ihre langen Haare tropften, nur der Goldene Sack hatte die Farbe der Trockenheit behalten.

Das Ehepaar Kosslowski saß mit schlenkernden Beinen in der Küche und schälte alte Kartoffeln, die bereits keimten.

Ricarda setzte sich schweigend dazu, nahm ein Messer vom Tisch und machte mit, schwarze Augen ausstechend, grünen, giftigen Bewuchs tief ausgrabend. Ihre Ernsthaftigkeit und ihr Fleiß waren beeindruckend, so dass auch die Kosslowskis nicht mehr redeten, öfters zu ihrem Gast schielend, der sie in der Menge der bereinigten Kartoffeln überholte.

Der Hund lag auf dem Boden, als schliefe er, was bei Hunden mit ihrem Gehör nur einen Teil ihrer Achtsamkeit bedeutete, und die beiden Katzen, schwarz und grau, schlichen umher, manchmal sich streitend und wie aufrecht gehend. Sie ruhten sich aus, indem sie auf dem Rücken des Hundes sich ausstreckten, der sich darum nicht scherte.

Die letzte Kartoffel behielt die Quechua in der Hand, bevor sie die Frucht zu den anderen in den Eimer voll Wasser warf, denn der cabildo war die Opferstätte, die Weihe der patata gewesen, der kleinen auf dem verdorrten Acker zwischen Steinen und Distelgewürfel, der großen, im Regen ertrunkenen fauligen in der schlammigen Erde, kaum daraus zu bergen, die Hände frostig, die Füße kaltes Geschmier, das die Sandalen nicht mehr hielt, aber jede Kartoffel sollte eine Kostbarkeit sein, wehe dem, der in seinem Sack nicht genügend nach Hause brachte, kaum mehr die Pfade, die wie zu Schlangenrücken geworden waren, überwindend bis ans Feuer im Versteck der Hütte zum Trocknen, Schälen, Kochen, Essen, doch kaum Holz war vorhanden, das die Frauen, Stunden des Wegs, irgendwo aufgesammelt hatten, aber wer aß, musste die nächste Kartoffel beiseite legen, Vorrat für den Winter, auch der Mais, einzeln schwankend im Gewölk, oder der kleine Weizen, der Hunger begann in einem krummen oder glatten Monat, und Ricarda summte, »jayway, jaywamuy, jaywaikariy, jaywarayay, anbieten, kommen anzubieten, im Kreis herumreichen, lange mit ausgestreckter Hand hinhalten«, dann ließ sie, während Eva rief, »endlich fertig«, die kleine Zarte in den Eimer fallen. Martin, der Athlet, hatte keine Geduld mehr, schnitt die Rohen, ohne sie zu kochen, scheibchenweise in die Eisenpfanne, tat Speck und Zwiebel darunter und briet den glasig werdenden Haufen über hellblauer Gasflamme.

»Geht doch«, sagte er.

Sie aßen mit Gabeln ohne Wehrmachtszeichen darauf, versammelt um den Ausziehtisch, mussten blasen und warten, bevor sie einen Bissen hinunterschlingen konnten. Besonders Eva, die Rundliche, tat sich hervor, wurde gierig, so dass sie manchmal aufschrie, weil sie sich den Mund verbrannte.

Der Hund ging, die Katzen liefen ihm nach. Friede, der für eine Besinnung geweilt hätte, war zu Ende. Ein

Huhn kam herein und führte sich krakeelend auf, wie es Hühner meistens tun.

Der Athlet fragte, »ein Ei oder keins?« Wieder gut gelaunt, verließ er die Küche, und zum ersten Mal bemerkte Ricarda, dass er hinkte, elegant wie ein Konsul, ein machula, ein Großvater.

Ricarda stand aufrecht da, als erwartete sie eine Verpflichtung, eine Dienstaufgabe, doch die Madonna sagte, »möchtet Ihr nicht Eure Kleider ausziehen, ich kann sie in der Schleuder trocknen?«

Ricarda schüttelte den Kopf.

Sie habe noch einen Vorschlag, sagte Eva Kosslowski. Die langen Haare seien verzipfelt, auch das Zöpfchen sehe krumm aus. Nass könne alles gut geschnitten werden, so dass Ricardas Kopf nicht mehr zu fremd bleibe, was ihr in der Gegend helfe.

Die Quechua schaute an sich hinunter, hinauf zur Decke, streckte ihre braunen, muskulösen Arme aus, machte mit ihnen Scherenbewegungen, ließ sie fallen, nickte.

»Setzt Euch auf den Hocker.«

Die Madonna schnitt mit einer Papierschere etwas unterhalb der Ohren die Haare ab, wobei sie immer wieder dicke Strähnen in die Hand nahm, um sie einzeln zu behandeln. Die Arbeit schien schwieriger zu sein, als gedacht. Die absolute Rundung gedieh nicht, Kanten blieben uneben.

Die Rundliche aß, aus dem Schrank geholt, Honigwaffeln, die troffen. Finger und Handgriffe der Schere verklebten, eine Aufforderung, die aus dem Magen kam, so dass Evas Seele sofort nach mehr Süßigkeiten verlangte, wenn etwas Freude bereitete. Bei Streit war es dasselbe. Bei Erschütterungen gedieh eine Schmelze im Magen, in der Erregungsfäden strudelten.

Visierend und immer wieder schnipselnd ging Frau Kosslowski um Ricarda herum, mochte zufrieden sein oder noch nicht ganz, klatschte plötzlich in die Hände, wobei die Honigschere sich löste und klappernd auf dem Bretterboden bis zum nächsten Stuhlbein schlitterte.

»Sieht gut aus«, rief die Madonna, »Prinz Eisenherz!«

Den Namen hatte Ricarda von ihrem Großen Bruder gehört, sie müsse als Mädchen standhaftig werden, damit sie überleben könne. Immer wieder hatte er den Kopf des Vaters in der engen Kabine des Schiffs unter die Dusche gezwungen, rufend, er sei ein Verbrecher, Verbrecher, ihn dann loslassend, so dass der Vater rückwärts auf das Linoleum fiel, nicht mehr atmend, endlich prustend und speiend. Eingreifen durfte Ricarda nicht.

Aufstehend sagte sie, »bueno«, reckte sich, und wenn sie in einen Spiegel geschaut hätte, wäre sie des kühnen Kopfes eines Mannes mit gebogener Nase gewahr geworden, eines verwitterten Vogelgesichts.

Die Katzen kamen herein, spielten mit den Haarsträhnen auf dem Boden, wischten sie hin und her und weiter fort, so dass sie erst nach Monaten unter leeren Kartons oder hinter Herd und Schrank wieder zu entdecken sein würden.

Der Athlet trat auf, applaudierte, sagte, es sei sehr gut und bat die beiden hinaus vor die Villa, über das Kieselstaubsträßchen hinweg bis zu einem Acker, der kaum danach aussah. Hier hätten sie neue Kartoffeln angepflanzt. Unkraut müsse gejätet werden.

»Ich nicht«, sagte die Madonna, sie hasse gehen, laufen, springen, und kehrte um.

»Werde ich Euch später erzählen, weshalb es so ist«, sagte Herr Kosslowski zu Ricarda, seinen Kopf mit den vielen blonden Locken senkend, als sei er wieder einmal traurig geworden.

Der Athlet musste ein Mann sein, in dem sich alle Tugenden vereinigten, ohne Arglist, Habgier, Selbstsucht, ein König im Reich, das er, zusammen mit seiner Frau, der Madonna, geschaffen hatte.

Die Quechua dachte an ihren Großen Bruder, der hier irgendwo nach seinem Schlaganfall in einem Heim wohnte. Es hieß Säntis, mehr wusste sie nicht.

Martin Kosslowski führte Ricarda weiter, zeigte hinüber zu einer Hügellandschaft, sagte, dort hätten sie kleinen Hartweizen, kleinen Trockenreis, kleine Bohnen und kleinen Hartholunder, ein Gethsemane des Geschmacks, irgendwie in den Boden gesteckt, doch vielleicht geschähen Wunder. Er habe keine Technik für die israelische Tröpfelmethode, müsse gießen, brauche einen Gülle- oder Tankwagen. Schlepper dafür besitze er genügend.

Ricarda war überzeugt, dass im Sonnenschein des Königreichs alles wüchse, fragte nur nach den Tieren, den animales.

Er nahm sie an der Hand, und gemeinsam liefen sie hinunter in die Landschaft der wilden, gelben Gräser, des Gebüschs und des Baumbewuchses, allmählich die Hände loslassend, als sollte es zu einem Rennen werden.

Ricarda keuchte anders als er, jeden zweiten Atemzug unterlassend, während er geradezu krankhaft Luft ausstieß und wieder einzog, jedoch stolpernd und fluchend schneller wurde. Dabei hielt er seine Arme angewinkelt.

Sie lief aufrecht, schlaksig, die Arme hingen, vielleicht eine Methode für Dauer unterwegs im Gebirge.

Sie kamen an dem hellblauen, jungen Viehzeug vorbei, das buckelte und bockte, schließlich aber bald mithielt, dann ausscherte, weil vor einem Gatter schreiend zwei Dohlen sich um eine tote Maus stritten.

Die struppige Wiese senkte sich immer mehr, das Rennen hatte sich bereits zu einer gemeinsamen Langstreckenübung aufgelöst, die noch Stunden hätte dauern können, während die starren, wie tote Röhren hochstehenden Halme, die sie durchquerten, gegen die Beine peitschten, eine allmählich zornig machende Bosheit der Natur, der ganz und gar nichts zuzutrauen war, auch wenn sie verehrt, angebetet oder mit Opfern bedacht wurde im Kreis der Sonne oder des Monds. Sie nützten zwar, zerfielen jedoch wieder, gesegnet vom Rauch brennender Mantelfetzen, Zeitungsstücken, getrockneter Föten, auch Schnaps, der sofort explodierte, eine Freude.

War das Leben schön? Nein, es war mühsam, langweilig und dumm. Jeder bekam es umsonst, musste es aushalten, oder eine Krankheit verkürzte es, als sei Schwarze Heilung eingetreten, für die Quechua eine Darbietung ihres Lehrers, der nicht mehr lebte, oder aber es wuchs unter Regen die Weiße Heilung im Reich der Schönheit, wo sie jetzt war, als könnten selbst Fenster und Dächer gegessen werden. Sie hatte Glück gehabt, was es auf dem Altiplano nicht gab, nur manchmal bei Festen, wenn alle betrunken waren, auch die Frauen, sich paarten oder sich die Gesichter zerschnitten.

Der Rhythmus wiegte hin und her in Gemeinsamkeit und Zuversicht, so dass selbst das Röhricht wie zur Seite wich, jeder schaute geradeaus, manchmal zum anderen blinzelnd, nahm den Streifen auf und schickte ihn zurück.

Plötzlich standen sie vor einem kleinen Fluss, dahinter war ein Zaun vor schon knöchelhoch gewachsenen Maisfeldern im zu warmen April. Michael Kosslowski sagte, »dort drin habt Ihr gebadet und Euch gesäubert. Es muss kalt gewesen sein«.

Sie zerrte an ihrem schiefen Rock, vor allem an ihrem dickeren Umhang, dem Poncho.

Die Madonna hatte Martin erzählt, was geschehen war, da sie meistens angerufen wurde, wenn irgendetwas nicht Einzuordnendes sich ereignet hatte. Ihre Kenntnisse und Ratschläge waren beliebt. Diesmal hatte ihr die Sekretärin des Bürgermeisters telefoniert. Eine Fremde, Braunhäutige, vielleicht eine Indianerin, sei vor dem Altar der Barockkirche St. Elisabeth gesehen worden, wie sie kniend, tropfnass, betete, vor sich brennende Kerzen, die sie zusammengeklaubt hatte, aber sie musste ein Feuerzeug dabei gehabt haben.

Die Quechua hatte aus dem eiskalten, quellenden Flüsschen heraus den hohen Drahtzaun überwunden, war geradeaus durch die unendlichen Maisfelder marschiert, anschließend hinab, hinauf, hinab, hinauf sich durch die gleißenden, tiefen Furten, in denen der Verkehr zischte, sich über die Autobahn und den Kreisverkehr schwingend, um in dem blicklos restaurierten ehemaligen Reichsstädtchen Achlamm Geruch aufzunehmen Richtung der katholischen, für alle offenen Kirche. Daneben stand St. Nikolai, evangelisch, die Türen, außer bei Gottesdiensten, immer geschlossen.

Die hellblaue Mutterkuh mit ihrem dicken Bauch und ihren mageren, wie gehöhlten Schulterblättern gleich Flügeln, kam vorbei, ihre von Fliegen und Bremsen umschwirrte Schnauze gegen die beiden stoßend. Ricarda warf sich auf die Erde, wollte schon wieder eine Mesa-Opferung mit Milch, Schuppen aus dem Fell, Streichhölzern, Schnürsenkeln der Stiefel des Herrn zusammenbringen, jedoch ein prasselnder Regenguss, aus dem Westen, wo der Lac de Constance lag, traf ein, dahinter stand das Gebirge des Säntis, noch im Sommer mit Schnee bedeckt und wischte jede Heilung oder irgendeinen Zauberspruch beiseite.

»De nada«, sagte der Athlet.

Der Regen hielt an, und es dauerte, bis sie, durchnässt, watend durch Wiesengehölz als seien es Gebeine, vor der eckigen, aus bunten Steinen gebauten Villa mit Stallgewölbe ankamen. Die Madonna rauchte eine in einer schwarzen Spitze steckende Zigarette, nahm Lungenzüge, sah fröhlich aus.

Frau Kosslowski forderte auf, hereinzukommen ins große Zimmer voll Umzugskartons, setzte sich in einen der mit weißem Bärenfell belegten Ohrensessel, Ricarda nahm einen noch geschlossenen Karton als Sitz. Martin, der Athlet, war schon wieder verschwunden.

Die Madonna hatte kleine Fettpolster auf den Handgelenken, ihre Fingernägel waren genauso rot wie ihre Lippen, darüber die Gretchenfrisur, unverrückbar. Ihr Gewand besaß den Charme einer vergangenen Batikliebe, jedoch um sie herum flirrte irgendetwas, entweder war es Wärme, oder es waren unbekannte Kleinstteile der Festkörperphysik.

»Versteht Ihr, wenn ich etwas sage«, fragte sie.

Ricarda, die Quechua, antwortete nicht, blieb starr sitzen.

»Ihr seid schon da gewesen, als wir es noch nicht waren?«

Der Schäferhund und die zwei Katzen kamen, legten sich auf die Dielen, als müssten sie noch einmal Aufsicht halten.

Die Madonna stand auf und gab Ricarda eine Ohrfeige. Die Quechua reagierte nicht, als sei diese Gabe gewöhnlich, wie immer, wenn das Väterchen geprügelt wurde vom Großen Sohn.

Martin, der Athlet, trat auf, setzte sich in den zweiten Ohrenbärenfellsessel, rauchte ebenfalls mit einer schwarzen Spitze.

Das Ehepaar schwieg, Ricarda tat es auch. Am liebsten wäre sie wieder unterwegs gewesen in ihren alten Lastwagenreifensandalen, streckte ihre Füße aus. Der Hund trollte sich, gefolgt von den Katzen.

»Die Tiere verstehen nichts, wir tun es auch nicht«, sagte die Madonna.

Martin Kosslowski sagte zu Ricarda: »Wir nehmen an, dass Eure Kindheitssprache deutsch gewesen. Was immer geschah, nun seid Ihr in einer vertrauten Landschaft, die sich aber verändert hat. Macht es Euch Angst?« Keine Antwort von der starren Quechua.

»Ihr könnt bleiben, solange Ihr wollt.«

Poltern draußen an der Tür, als wollte die Bunte Bentheimer herein, niemand rührte sich.

»Wir wollen Euch informieren, wer wir sind. Meine Frau ist ein Waisenkind, wuchs in West-Berlin auf, ich bin ein Waisen-Kind und wuchs in Ost-Berlin auf. Wir studierten an der Freien Universität. Eva wurde Psychoanalytikerin und Psychotherapeutin, ich wurde Röntgenarzt. Als die Mauer gefallen war, gingen wir in den Osten, nach Fürstenberg, und machten ein Ärztehaus auf, das allmählich uns gehörte. Es gab nichts dort, wir wurden erfolgreich. Vor zwei Jahren verkauften wir alles, fuhren herum, wollten nicht nach Italien, sondern in den Grenzen des neuen Deutschen Reichs bleiben. Als wir am Ende Süddeutschlands mit den grünen Grasbergen und seinen Felsengebirgen dieses Anwesen fanden, kauften wir es, zusammen mit allen Ländereien, die dazugehörten.«

Die Quechua hatte sich auf dem Boden in die Hocke gesetzt und ließ es rieseln und plätschern, den Rock ein wenig nach vorn gezogen.

Martin, der Athlet, war nun doch verärgert, wollte aufstehen, aber Eva wies ihn mit einer Handbewegung zurecht.

Während des gemeinsamen Schweigens rann das Bächlein, das sich verbreiterte, mit seiner begehrlichen Zunge über die Dielen, suchte nach einem Ausweg, Abfluss, doch musste, da und dort hinleckend, seinen Verkehr, der von Staub beschwert wurde, in einer Fuge versickernd, allmählich einstellen.

Martin Kosslowski hatte leise Musik mit behutsamen Takten zustande gebracht, indem er schnalzte und Klicklaute von sich gab, als sei er ein Zulu, abgeschlossen mit ein paar trockenen Handschlägen auf den Jeans-Stoff der Oberschenkel.

Er strahlte seine Frau an, die, ihre Handflächen senkrecht gestellt, applaudiert.

Die Quechua rührte sich nicht, schien schon getrocknet zu haben, keinen Zipfel ihres Rocks benützend, als hätten die nassen Lippen ihres Schoßes sich eines selbst erzeugten Binnensturms bedient, eines der Weißen Zaubersprüche ihres verstorbenen Lehrers, Fingerzeige gebend aus den aufgehäuften Steinen seines kümmerlichen Pyramidengrabs.

Martin ging zu den aufgehängten Mobiles und dem gekippten Fernseher an der Wand, steckte eines der Handys in die Tasche und prüfte einen Zettel, der dort hing. Auf ihm standen handschriftlich die mehr oder weniger aktuellen Preise für Brent Oil, Silber und Platin.

Der Athlet verschwand, leise wie immer, die Madonna blieb sitzen, gönnte sich Ruhe und Geräumlichkeit, als wollte sie überlegen, doch wahrscheinlich tat sie es nicht, sondern ließ nur die Augen langsam durch das Zimmer wandern, ohne zu ihrem Gast zu blicken.

Die Quechua hielt die Stille aus. Sie war Gebete in Hitze oder Kälte gewohnt, vermochte stundenlang auf der Stelle zu hocken, Hunger und Durst flohen durch den Hinterkopf zu den mit Schnee bedeckten Gebirgen, wo die Götter wohnten, die Zuversicht schenkten, jedoch, wenn sie vergessen wurden, zurückkehrten in Leib und Seele, auch in das wenige hinter der Hütte gestapelte Holz, das auseinanderrutschte im Regen, oder eine missgünstige Nachbarin stahl es. Jeder Tritt, jede Handbewegung musste bedacht werden, wurde beobachtet von den kleinen Strauch- und Bachgöttinnen, die so zahlreich waren, dass immer ein paar von ihnen vergessen wurden.

Die ganze Welt der Hochebene stand unter Aufsicht von Geburt bis zum Tod, dazu kamen noch die Regeln der Dorfgemeinschaft, ohne die ein Leben gar nicht möglich war. Wer stahl, hatte zwar einen Grund dafür, wurde aber verprügelt. Dass eine Frau mit einem anderen schlief war Sünde, doch wenn sie stundenlang die Pfade hinunter zur Kirche ins nächste Dorf ging, begann schon die Buße. Wer es nicht tat, musste dem Justizsekretär, der jedes Jahr neu gewählt wurde, Geld bezahlen oder wurde von ihrem eines Tages betrunkenen Mann mit Messerstichen getötet, was erneut Buße erforderte, falls der Polizei aus der Tiefebene Verdächtigungen, Denunziationen zu Ohren kamen, so dass der unglückliche Schuldige um die Gelenke Handschellen erhielt, in einen Geländewagen stieg und nie mehr im Dorf gesehen wurde.

Zum ersten Mal sagte Ricarda etwas auf Deutsch: »Ich bin froh, hier zu sein, wo es überall zu essen gibt.« Sie meinte wohl die Kräuter und Gräser, sowie den kleinen Fisch, der aus dem Schnabel des Fischreihers gefallen war. Eva, die Madonna, wollte aufstehen, rutschte in den Sessel zurück. »Nur ein Schwindel«, sagte sie.

Sonnenstrahlen, vielfach gekreuzt durch die alten, dicken Fensterscheiben, stießen Staubkapriolen an, das Elend der Hausfrauen. Ein Panzerkäfer mit Fühlern gleich Zangen eilte über die Bodenbretter, wandte sich da- und dorthin, versank in seinem sich heranwälzenden eigenen Schatten.

Der ganzen Welt sollte Erholung vergönnt sein, gleichgültig, ob sie eine Scheibe oder eine Kugel war, in ein Bild gefasst, auf dem Kranke und Alte in ein Bad steigen und auf der anderen Seite jung herauskommen.

Nichts zu essen in der Küche. Ricarda legte sich ohne Bettzeug auf die Dielen ihrer Kammer. Als Eva einmal nach ihr schaute, sah sie aus wie eine blanke Mumie, die nicht blinzelte.

Auf, auf«, der Ruf von Martin.

Einen Fußmarsch entfernt jäteten sie Unkraut in den Reihen der, wie Herr Kosslowski sagte, Hart-Hart-Festkartoffeln, Ricarda bekannt aus den Anden.

Die Arbeit ging geschwind voran, als Ricarda, wie üblich, wenn es auf Besitz, Trockenheit oder Nachbarschaft ankam, zu einem Mann wurde, bei Regen wieder zu einer Frau, während das Wasser hinunterrann bis zu einem Wäldchen, das Schutz gewährte aus Brennnesseln. Wer die Blätter auf der hinteren Seite entgegen ihrem Wuchs strich, wurde nicht gebrannt.

Der Athlet Martin wurde langsamer, obwohl er sich und Ricarda antrieb. Sein Unmut, seine Schwäche plagten ihn, er schwitzte sehr, bückte sich noch tiefer, wenn er Unkraut ausriss. Beim Hacken traf er immer wieder auf seine Stiefel. Er fluchte, schmiss seine Hacke weg.

Ricarda stand in ihren Sandalen wieder als Quechua-Mann breitbeinig über den Kartoffelreihen, die erst gediehen, achtete darauf, dass sie kein Pflänzchen verletzte. Auch hier gab es Göttinnen der Wälder und Gräser, irgendwo versteckt, die zu ihr blickten, und wenn sie nachlässig geworden wäre, eine Schwarze Heilung geschickt hätten.

Außerdem gehörte sie der christlichen Kirche an, deren Dreifaltigkeit den Heiligen Geist kannte, feurige Tröpfchen, die sich des Lohns bedienten, ebenso der Schuld, angenehm oder schmerzhaft brennend, jedoch unsichtbar, ausgesandt für jeden vom Vater und seinem

Sohn, selbständige Dienstboten, um alles in der Welt konnten sich die beiden nicht kümmern. Doch der Heilige Geist war auch nur Geist, weshalb er wahrscheinlich mit den Geistern der Anden zusammenarbeitete. Geister entfesselten sich immerdar mit Geistern, waren nicht flüssig, nicht wässerig, sondern eine Hauchung, die zu Tränen rührte, aber auch einen Lastwagen auf einer gefährlichen Piste zum Abgrund atmen konnten. Der Heilige Geist in seiner schönsten Form glich einer weißen Fontäne.

Nachdem sie mit den Kartoffeln fertig waren, marschierten sie zu einem noch entfernteren Acker inmitten der Savannenwildnis. Winterhartweizen wuchs dort, kaum sichtbar, andere Kräuter hatten sich schon breiter gemacht. Riskant, sie auszuzupfen, damit nicht die andere Saat mitging. Ricarda spuckte oft hinunter, um das eine vom anderen besser teilen zu können. Martin, König der Kraft, trat mit seinen Gummistiefeln viele Seelen nieder, seufzende Sträßchen durch sie trampelnd. Manchmal wandte er sich um und besah sein Werk, nickend, als wollte er Zuspruch wie bei Gesprächen haben, dann aber floh er meistens. Hier musste er bleiben und Ricarda bewundern, die kaum Spuren hinterließ.

Als die Sonne ihren Scheitel erreicht hatte, kam Eva, die Königin, einen Morgenmantel an, auf sie zugeschwebt, allmählich geschritten. Sie hatte einen Fiberglaskasten voll Speisen und Getränke dabei.

»Mahlzeit«, sagte sie, »zwölf Uhr«.

»Muss das sein«, fragte ihr Mann.

»Wir haben einen Gast«, die Antwort.

Die Stullen waren voll Magerquark, Schnittlauch und ein wenig Speck, darüber eine rosarote Chilisoße, die im Mund fauchte. Zu trinken gab es Wasser mit Zitrone darin. Ricarda nahm dem Athleten noch ein Stück Brot aus der Hand, und wenn sie trank, lief Überfluss neben den Mundwinkeln herunter.

Sie verneigte sich vor Eva, sagte, »welcome«.

Eva nickte und ging zurück.

Sie pflügten sich weiter durch das kaum vorhandene Hartweizenfeld, Martin Holzfällerhandschuhe an, Ricarda mit spitzen Fingern, die allmählich taub wurden.

Zuhause ging der Athlet sofort in den zweiten Stock hinauf. Eva hatte einen Zuber voll heißem Wasser vorbereitet, schlug Ricarda vor, sie solle ihre Füße hineinstellen. Ohne zu zögern kam Ricarda der Bitte nach. Wohlgefühle, nach oben quellender Schmutz, beide schauten sich dabei nicht an. Nach einiger Zeit beschnitt Eva die langen, gelben Fußnägel und schuppte mit einem Instrument, das einem Spargelschäler glich, die dicke Hornhaut von den Sohlen. Ricarda lehnte sich beim Abtrocknen in ihrem Stuhl zurück, erhielt weiße Socken und Bergstiefel.

Wundersam, wie der Gast umherging, zum Kachelofen, zum nächsten Fenster, lernte, die schweren Stiefel als bequem anzuerkennen.

»Merci vielmals«, sagte Ricarda.

»Bitte sehr«, antwortete die Königin.

Nachts schlief Ricarda nicht in ihrem Zimmer, wo der schwarze Koks an einem Nagel hing, sondern in der Koje des Kälbchens auf Stroh im Stall. Das kleine Vieh kam nicht, blieb draußen in der Savannenwildnis. Einmal wurde sie von dem Hund und den zwei Katzen berochen. Ricarda vermochte kaum mehr zu atmen, so schwer war der Traum.

Alarm! Der Athlet hatte schon einen Hundertsechzigliter-Rucksack auf, schob Ricarda auch einen zu, sagte, Stirnlampen und Trinkflaschen hingen am Bauchgurt, Stöcke gab er ihr auch. Eva war nicht zu sehen.

Draußen, vor dem bunten Ziegelhaus, gingen sie über den steilen Hang empor, hielten sich an den gespannten Seilen und Tauen fest, deren Knoten besseren Halt gewährten. Es war ein fortwährendes Geschnaufe und Gekeuche mit Schweiß auf der Stirn und am Hals, bis sie durch Gesträuch und altes, verschilftes Gras endlich oben angekommen waren.

Ricarda warf sich in eine Scharte. Darunter, auf der Wetterseite, fiel fast senkrecht eine grün bewachsene Wand ab, die nur mit Steigeisen und Pickeln zu erobern gewesen wäre, vor allem, wenn es auf sie geregnet hätte. Ein paar Rupfkrähen und Dohlen segelten empor, schauten nach, ob es Futter gäbe. Martin ging, Schuh um Schuh, über den etwas aufgeweichten Grat, Gelegenheit für einen Sturz. Ricarda folgte ihm mit ausgebreiteten Armen, sicher in ihren neuen Stiefeln, hatte sogar Freude daran, mit ihnen zu stolpern.

»Wackelt nicht«, rief der Führer.

Sie erreichten das Adelegg-Gebirge, sehr steil und baumlos, mit Geröll und Kanisfluh bedeckt, das warme Meer der Kreidezeit musste hier überaus tief gewesen sein. Lange Schlingen von Serpentinen wiesen über die Direttissima hinauf. Sie würden Stunden unterwegs sein. Immer wieder rief Martin, »trinken, trinken!«

Die Sonne schien an diesem Tag, noch mehr als üblich, Massen kleinster Partikel von Hitzewinden auszustoßen, die auf die Erde prallten.

Die zwei stöhnten, bissen in ihre Unterarme, aus denen jedoch kein Blut trat. Sie leckten Salz von ihren Händen, setzten ihre Wasserflaschen an.

Hinter ihnen reihten sich der Größe nach ein Vicuña, ein Alpaka und ein Lama auf. Sie mochten sich noch im letzten Baumbestand herumgetrieben haben, jedoch ihre Neugierde war berüchtigt.

Schlaufe um Schlaufe des Weges lagen im Sonnenstand, die Steige flimmerten, dazwischen gaben Brocken aus erstarrtem Asphalt noch mehr Glut ab. Ein Ei hätte darauf gebraten werden können. Erst als der Mond dazwischen langte, wurde es kühler. Sie setzten ihre Stirnlampen auf.

»Willkommen«, sagte oben ein Hirte. Er hieß Großjean. »Ich habe Euch den ganzen Tag durch mein Fernglas gesehen. Weshalb habt Ihr nicht angerufen?« Er hielt ein Mobile hoch.

In einer verrotteten, mächtigen Scheune hatte Großjean eine Pfanne voll dicker Suppe vorbereitet. Er würde auf der hinteren Seite auf einem Tisch schlafen, die Ankömmlinge im vorderen Teil der Herberge.

Nachts ging Ricarda hinaus auf den Gottesacker, hörte Geschnaufe und roch Ackerwinden, Schlingröschen und den falschen Moschus von Murmeltieren.

Sie ging zurück zu ihrem aufgeblasenen Matratzenbett, schlief weiter neben dem Athleten. Er schnarchte, seine Stupsnase hochgereckt.

Großjean musste Abstand halten. Er war, nachdem ein Mädchen, seine größte Liebe, ihn verschmähte, auf einen Starkstrommast gestiegen und hatte an die Leitung gegriffen. Glasigen Gesichts, Hals, Brust und Arme versengt, war er abgestürzt, hatte in Krankenhäusern überlebt, aber seitdem war es ihm unmöglich, mit Leuten zusammen zu sein. Sofort wurde er von einem Brennen und innerlichen Kreischen heimgeholt.

Im frühen Dunst trabte der Leidtragende mit einem geschnitzten Hirtenstab in der Hand davon, versuchte, den Verkehr auf dem Gottesacker zu regeln. Ein lumpiges Hündlein sprang neben ihm auf und ab, japsend und keifend. Es hatte keine Ahnung, was es tun sollte.

»Jetzt ist er weg, verflixt«, sagte Martin.

Ricarda saß auf dem Boden, rührte in einer Schüssel, die leer war, mit der Hand herum.

Sie warteten, aßen eine Morgenspeise aus Brühwürfeln, kalten Nudeln und Fleischfasern, vorbereitet von ihrem Herbergsmeister. Vielleicht hatte er auf seinem Tisch gar nicht geschlafen aus Sorge, nicht rechtzeitig mit dem Mahl für seine Gäste fertig zu sein.

Er kam nicht. Martin pfiff immer wieder sehr laut, links und rechts die beiden großen Finger in den Mundwinkeln. Es klang, als wollte er ein ganzes Stellwerk auseinanderreißen.

Nach einer Weile nahm der Athlet seine Tasche, sagte, »wir gehen, müssen ihn finden«.

Die Hochebene umfasste die ganze Länge der Adelegg, beschützt von vergletscherten Kuppen, aus denen Bäche herabstürzten, die in einen See mündeten. Der Ausfluss war am anderen Ende. Obwohl dreitausend Meter hoch, war das Klima auf der Hochweide überschlagen. Gras, Sträucher und gestauchte Bäume wuchsen auf ihr. Von den vergletscherten Kuppen strahlte der Widerschein eines Föhnwetters, das allen Pflanzen, vor allem den verkrüppelten Bäumchen scharfe Umrisse verlieh, als würden sie noch einmal geboren. Und Tiere, scheu auf der Flucht, hinterließen einen Strudel wie aus Glasperlentröpfchen.

Martin und Ricarda trafen auf ein Alpaka mit seinem kurzgeratenen Giraffenhälschen, das zornig rauschende Töne ausstieß, was hieß, wo sind die anderen? Ein Lama, im Grunde ein Kamel, gesellte sich dazu und tat dasselbe, nur eine Oktave tiefer, als würden Pedale einer Orgel bedient. Yaks waren vielleicht nicht Yaks, sondern schottische Winterrinder, mehr vorhanden als irisch blaue Einsamkeitsexemplare. Füchse gab es auch, jagend nach Wühlmäusen oder Frettchen.

Auf dem großen See schwammen Blässhühner, Duck- und Wildenten, auch sibirische Gänse, die zur Fettpolsterung sich Station gönnten. Darunter, im

Schlamm, mochte noch ein versprengtes Krokodil liegen, dorthin geschleudert von einem Tornado. Die Flanken der Urechse würden Wärmeströme und Elektrizitätserbschen aufnehmen, um plötzlich aus dem Wasser zu brechen und eine im Kreis schwimmende gelbe Kolonie Eiderbrut zu verschlingen, nicht zu zerbeißen, so gering war sie.

Ricarda, ihren Arm ausstreckend, hatte etwas gesehen, einen schwarzen Vogel mit großen Schwingen und einem weißen Bärtchen am Kropf.

Der Athlet sagte, das sei kein Condor, sondern ein Aasgeier. Es gebe wieder welche zum Aufräumen. Der Naturschutz bezahle für ihre Ansiedlung, eine Kalamität, dafür müssten Eier aus Nestern geholt, künstlich bebrütet und die Jungen vor dem Auswildern beringt werden. Es gehe meistens schief, Dohlen und Krähen seien schneller beim Finden von Futter.

Ricarda fing am See entlang zu traben an. Rock und Umhang blähten sich, nur ihr Bubikopf blieb unbewegt.

Sie zog sich aus, behielt eine graue, straff um die Brust geknotete Binde an, eine ähnliche war um die Lenden geschlungen mit jahreszeitlichem Schmutz darin.

Sie schwamm, mit Beinen und Armen strampelnd wie ein Frosch, der kraulen wollte, und es gelang ihr. Draußen holte sie Großjean ein, der schon bedenklich seine Arme hochhielt, nur noch sprudelte. Sie nahm ihn am Kopf, drehte ihn herum und transportierte ihn zum Ufer.

Großjean war nackt, sein magerer Körper mit roten Schlieren gebrandmarkt, die Hände, an denen er sonst Handschuhe trug, befeuert von einer innerkörperlichen Gewalt und das Gesicht von drei roten, einschüchternden Zonen bedeckt. Martin tupfte den Leib des Leidenden mit einem weißen Tuch ab und butterte ihn sacht ein. Alles hatte er dafür in seiner Tragetasche. Ricarda behauchte Großjean an verschiedenen Stellen, als sei sie von der Dreifaltigkeit zur Dienerschaft auserkoren worden.

»Wo ist die tote Kuh«, fragte Martin laut.

Ein Vicuña sprang zu Ricarda und saugte an ihrer Hand, unentwegt wie rührend schnalzend; es war allein gelassen worden. Ricarda schlug es auf den Kopf, damit Schluss und Wehe. Das Tier fiel hin, raffte sich auf und ging davon, langgezogene Such- und Klagetöne ausstoßend. Zur Hälfte im Wasser lag die Kuh, den Bauch schon gebläht.

»Weshalb habt Ihr mich nicht sofort angerufen«, fragte Martin.

»Ich dachte, ich könnte noch helfen«, sagte Großjean.

Martin ließ Großjean bittere Erinnerungen aufzählen, wieviele Tiere, während sie schubweise sie hinaufgebracht hatten auf die Weide des Gottesackers, abgestürzt waren, und niemals hatten sie nach einem Hubschrauber telefoniert, zu teuer der Transport. Außerdem zahlte die einzige Metzgerei, die es in Achlamm noch gab, einen Schandpreis für schon totes Fleisch. Was über die Wände des langen Marsches fiel, brach unten auseinander, Beute für Geier, Raben, selbst Spatzen.

Großjean fragte lispelnd: »Habt Ihr alles dabei?«

»Deshalb sind wir doch hier.«

Martin heftete an die oben liegende Flanke der Kuh vier kleine Knetmassen, mühsam auf die unten liegende der anderen Seite fünf, an die Stirn noch eine und eine ans Hinterteil. Auf allen diesen Küchlein brachte er Zündkapseln an. Tschepnell, ein Sprengstoff aus Ungarn, wäre selbst mit einem Bunsenbrenner nicht zu entzünden gewesen.

»Zurück, zurück«, rief Martin.

Sie nahmen hinter einem Haufen abgebrochener Äste, aus dem protestierende Eichelhäher flohen, Deckung, und Martin drückte auf den Knopf in einer Dose, die er in der Faust hielt.

Zunächst geschah nichts, dann erhob sich, zunächst lautlos, aus dem Wasser die nasse Seite der Kuh, die trockene tat mit, als ein Getöse einsetzte, das sofort wieder verflachte, während der Kadaver in tausend Fetzen auseinander gesprengt wurde.

Kein Geducktsein mehr, die drei gingen dorthin und sahen im Wasser und auf einem Gebüsch nur noch gebleichte Kleinigkeiten.

»Geschafft«, sagte Martin. »Die Vögelchen werden auch ernährt.«

Der Athlet telefonierte mit der Königin, schlenderte hin und her, lachte und sprach, gab das Telefonino weiter an den Flüchtling aus Bolivien, der zwar manchmal auch lachte, zuhörte, jedoch nichts sagte.

Sie blieben noch einen Tag oben auf der Weide, ließen sich von Großjean erklären, wie die einzelnen Tiere sich verhielten, entweder einzeln oder in Gruppen und weshalb, geheißen: waswowjie.

Großjean ärgerte sich, dass er jeden Tag mindestens eine Stunde mit einem Kübelchen und einem einstieligen Hocker, festgeschnallt am Hintern, unterwegs sein musste, um ein paar Ziegen und Schafe zu melken, keine Kuh, auch keine Przewalski-Stute, fast alle schienen dort oben nur noch verwelkte Euter zu haben.

Der lebenslang Verbrannte zögerte nicht, schüttete die verschiedenen Milchgepräge ineinander, versenkte Lab darin und schöpfte daraus bröckelnden Käse, den er zusammenballte. Aus seiner Hirtentasche gab er jedem eine Probe. Schmeckte gut, war nicht zu fett, zerging am Gaumen wie ein Gespann aus Trockenbeere und Andachtsschmelze, jederzeit essbar, auch ohne Brot. Großjean bedankte sich.

Am Nachmittag, als es sehr warm geworden war, und der Föhn immer noch herunterzog von den Gletscherkröpfen, lagen sie im harten Gras, schlummerten und summten oder sangen leise vor sich hin, dreiste deutsche Stubenfliegen abwehrend, die sich in dem warmen Klima vehement vermehrt hatten.

Großjean hatte die Ärmel hochgekrempelt, keine Handschuhe mehr an, kratzte sich bisweilen noch im Gesicht oder an der Brust, schoss plötzlich hoch, sagte, »kommt mit«.

Sie mussten wandern und wandern, Zotteltiere, die zutraulich werden wollten, mit den Ellenbogen zur Seite boxend, stolperten durch Furchen, in denen

Großjean Kartoffeln angepflanzt hatte. Von was sonst sollte er sich ernähren, außer von toten Tieren?

Er legte seinen Zeigefinger auf die Lippen. Sie gingen auf Zehenspitzen, behutsam in dem Verhau aus Brombeerranken und haufenweise Rinden, Spinnweben im Gesicht, die auch mit Speichel kaum zu entfernen waren, husteten Mücken ein, wieder aus, sahen dann, als Großjean nochmals den Finger auf die Lippen legte, einen Kreis aus Pilzen, der grün leuchtete.

»Was ist das«, fragte der Athlet.

Dasselbe fragte Ricarda.

Es war Suppengewürz, das aus Kalziummangel sich anstrengte, Darbietung zu geben, außerdem war es giftig, verführt von ein paar großkalibrigen Pistolenkugeln aus Blei im Boden, was allen Pflanzen einen Schub gewährte.

Sie traten das Zeug nieder, aus dem, wie bei Bovisten, grauer Dampf stieg. »Gehen wir«, sagte Martin verärgert.

Als es regnete, stellten sie die Schlaftischplatte von Großjean auf Böcken in die Mitte der Scheune und spielten Kastanien-Pingpong. Weil sie kein Netz und keine Schläger besaßen, benützten sie ihre Hände als Dreiergruppe im Belgischen Kreisel, sich immer wieder ablösend wie Rennfahrradler, eine Hetze und ein Geschrei vollführend, während die geschlagenen Kastanien über die Platte flitzten, so dass bald keine mehr vorhanden war.

»Schön«, sagte Martin.

Die beiden anderen schnauften und rotzelten.

Gegen Abend, als die Sonne zwischen den beiden Gletscherkuppen allmählich wie ein Lampion unterging, war Ricarda weg, nirgendwo zu sehen. Kosslowski nahm sein Nachtglas und entdeckte sie oben in einem Felsenspalt, wo sie mit gespreizten Beinen hing.

Der Athlet, ein Schnell- und Freikletterer, lief fast senkrecht die Wand hinauf, hatte bald die Entronnene erreicht, zog sie an ihren Bergstiefeln herunter.

Großjean bedankte sich, dass kein Unglück geschehen war, zitterte, blickte die beinige, braun verbrannte Bolivianerin mit ihrer Habichtsnase furchtsam an, als sei sie ein Dämon. Martin befahl, »Stirnlampen auf«, sagte noch zu Großjean, er solle sich nicht scheuen, auf dem Cellphone anzurufen, wenn etwas geschehe, mit dem er nicht zurechtkomme.

Hinab ging es über die Schlaufen der Serpentinen, die in der Dunkelheit, mit ihren Schwierigkeiten, von den Kopflampen bestrahlten Wellenkämmen glichen. Beim Geflatter der Herzen und der Sinne gaben sich Gemeinsamkeiten zwischen alarmierten Gefühlen und harten Felsbrocken die Hand.

Unten angekommen, wurden sie mit ausgebreiteten Armen von Eva, der runden Königin, empfangen, die nichts sagte, nur lächelte. Sie hatte genügend Lithium für ihren Zustand in sich. Der Hund und die beiden Katzen kamen ins große Zimmer herein, prüften, ob alles in Ordnung war, gingen wieder.

»Hast du ihnen zu essen gegeben«, fragte Martin.

Eva hatte einen kleinen Schwindelanfall, zog sich zurück in ihren Schafsfellsessel.

Nachts, als alle schliefen, schlich Ricarda zum Bett von Eva, trug nur ihre straffen Binden um Brust und Schoß. Sie lag neben ihr, hörte zunächst ein leichtes Geröchel, ruckelte ein wenig hin und her, wobei Eva mittat, dann lagen beide wieder still. Ricarda wandte sich zur Innenseite, strich mit ihrer verrunzelten Quechuahand über Evas Brüste, sehr zart, kaum spürbar, tat es noch ein paar Mal, während Eva zu schniefen und zu schnaufen begann, ließ die Hand hinunterwandern über den Lithium-Bauch, steckte mit ihrem Finger so viel Speichel wie möglich in den Nabel, wartete, bis die Spucke, erkaltend, eine Reaktion verursachen würde, die aber nicht erfolgte, was mit Evas Depressionsmittel zusammenhängen konnte, ließ die Hand auf dem Schoß liegen, kramte dort ein wenig herum, da Evas Kampferschatulle schon offen lag. Früher hätte man gesagt, eine sich öffnende Blüte, jedoch es war unverschämter, eine Zwinge, eine Kluft mit großen weinerlichen Lippen, darin ein Sporn, ein Dolchstoß, eine Legende.

Ricarda wühlte merkbar weiter, als habe sie es schon immer getan, drang tiefer, steckte beinahe die Faust hinein, und bereitete vorsichtig ihre Gewalt aus, so dass Eva zu jammern anfing, aber die Gegenwart der Kraft in sich behalten wollte, bis Ricarda, dumm war es, zurückschreckte, und Eva, sich hin und herwindend, schreiend und weinend kaum mehr still zu halten war. Unentwegt behaucht und gestreichelt von Ricarda, dazu mit murmelnden Weisen bedacht, wurde Eva ruhiger, kroch hinein in den Arm ihrer Geliebten, deren Wärme und Körpergeruch sich zu einer Herberge vereinigten, aus der Eva, einschlafend, nie mehr entweichen wollte. Irgendwann gelang es Ricarda, aufzustehen und ihren Schatz allein zu lassen, sie legte sich in ihrer Schlafkammer zum ersten Mal ins Bett, ihre Hände zwischen die Schenkel gepresst.

Morgens vor dem Ziegelhaus, noch immer war der Himmel blau, und die Sonne gewährte eine frühzeitige Aprilhitze, was mit der Verschiebung der Klimazonen zu tun hatte, seit Niña, die Hexe, im Meer vor der südamerikanischen Ostküste aufgetaucht war, nahm der Athlet wie ein Hund Witterung wahr, hinter seiner Frau, der Königin, herstreichend, die gleich einer rosafarbenen Wolke über den Hof schwankte, jedoch, als sie die Arme ausbreitete, nahm er sie sogleich in seine, roch an ihrem Hals.

»Hast du die Nacht gut verbracht?«

»Sehr gut. Ich schlafe immer noch.«

»Hast du deine Tabletten gekaut?«

»Tue ich immer, mein Lieber.«

»Das Tagespensum?«

»Wäsche in der Waschmaschine, später nach Mayerhofen zu meiner Gruppe, doch ich fürchte mich nicht mehr davor.«

»Sind die Frauen mit dir zufrieden?«

»Sie weinen und klagen, es ist kaum auszuhalten.«

»Du bist die Psychotherapeutin, geschult und genügend vernagelt dafür. Es ist dein Beruf.«

»Mein Schatz«, bei diesem Wort begann Eva stumm zu weinen, »mein Schatz, ich liebe, liebe dich, ohne dich wäre ich längst tot.«

»Stimmt nicht. Und ich?«

»Na ja, du auch.«

Sie hielten sich in den Armen, gaben sich Küsse ins Gesicht, auf die Nase, zuletzt gezielt an die Ohrläppchen, sagten Tigerchen, Schwanenhälschen, eine fast unerträgliche Verständigung, die trotzdem die gesüßten Schwankungen aushielt. Keiner fragte nach Ricarda, dem Gast.

Eva versammelte Hund und Katzen um sich. Martin schaute auf seine Armbanduhr, ging fluchend zum Stallgewölbe, fuhr, knapp die Kurve nehmend, in einem blockschokoladeförmigen Mercedes 124 heraus, allerbestes Fabrikat, kaum zerstörbar. Später hatte die Firma elegantere Modelle entworfen, die nur fünfzehn Jahre aushielten.

Bäume und Büsche gaben wie rachsüchtige Laute von sich, der Wind blies trockene Erde hoch. Die trächtige, irische Kuh trottete Richtung Stall, nein, doch nicht, kehrte wieder um.

Eichelhäher, überaus laut und wippend mit ihren weißlich gefächerten Schwänzen, flogen da- und dorthin, sich wieder auf dem großen Nussbaum vor dem Haus versammelnd. Sie waren Boten eines Wetterumschwungs, der erst viel später eintreten würde.

Unterirdisch trafen die beiden Frauen aufeinander, im Keller. Eva ließ Wäsche aus der Hand wieder in den Korb fallen, wollte auf Ricarda zugehen, die stumm den Kopf schüttelte und ging. Eva, die Waschmaschine füllend, schluchzte mehr und mehr, die Hände vor dem Gesicht. Der Hund kam herein, danach sprangen die Katzen dazu. Eva umarmte sie, hielt alle drei trotz unterschiedlicher Größe im Arm. Sie schnüffelten und schleckten, hielten die menschliche Schwäche aus, dann aber genug damit, sie befreiten sich und gingen.

Martin Kosslowski hatte Gemeinderatssitzung, saß neben den bleichen und eingesunkenen Gebrüdern Tammler, Thomas und Roland, legte seine Hand auf ihre Hände, sagte, »keine Angst«, obwohl die Gebrüder der größten Fraktion angehörten, sie auch bestimmten, während Martin nur ein Mitglied der Freien Wählergemeinschaft war. Es ging um Kanalisation, eine Tiefgarage unter dem Marktplatz, um einen gläsernen Turm als neues Tor, entworfen von einem schweizerischen Architekten, anstelle der großen Linde aus dem, wahr oder nicht, Dreißigjährigen Krieg. Die Übereinstimmung war Tage früher wie immer in privaten Gesprächen am Telefon hergestellt worden, gleich Geschäftsabschlüssen.

Nach der Sitzung fuhr Martin mit den Gebrüdern zu St. Elisabeth, der katholischen Kirche, kniete hinter ihnen und versorgte sie, seine Arme um sie gelegt, mit Wärme, während die Gebrüder, tiefer vor dem Altar knieend, schluchzend beteten. Die Tammlers hatten ihn um Hilfe gebeten, nicht seine Frau, und Martin, nachdem er mit Eva darüber sprach, war einsichtig gewesen.

Es handelte sich um ein Kontinuum von Schuld durch Reichtum. Ihr Vater, in seiner Jugend Schweinehirte, der sie sein ganzes Leben lang beaufsichtigte und leitete, hatte auf dem Totenbett Gott verflucht. Es gebe ihn gar nicht, auch sei das reiche Leben falsch gewesen.

Den Tammlers gehörte halb Achlamm, alterslos verputzt, auch Autohäuser, Kaufhöfe, Waschanlagen und Mietskasernen in Süddeutschland. Begonnen hatte der Aufstieg 1972, als sie mit Krediten nach der mörderischen Olympiade in München die Hochhäuser für die Athleten, die niemand wollte, kauften. Im Nachhinein fühlten sie sich sündig, inszenierten eine Stiftung der Drei-Generationen-Häuser für eine symbolische Ein-Euro-Miete, dafür müssten jedoch alle in dem großen Areal zusammenarbeiten, säubern und einander helfen, und wenn eine ältere Generation stürbe, müsse eine andere alte nachrücken. Es war ein feudalistisches Projekt, bestimmt von den Gründern, außerdem steuerlich abschreibbar. Niemand verkaufte ihnen Wiesen um Achlamm herum, Argwohn und Schadenfreude saßen schultertief.

Martin schlug ihnen vor, an den kiesigen und belaubten Stadtrand von Berlin zu ziehen. Dort würden ihnen haufenweise Familien aus Polen, Russland, Bulgarien, nicht mehr aus der Türkei, die Häuser einrennen. Allerdings benötigten sie Dolmetscherriegen und viel anderes Wissen dafür. Sie taten nichts, versanken in Schuldgefühlen, eine Armut des Geistes und des Körpers, zugleich eine verheerende Angstnervosität. Aussicht wäre vielleicht ein umhüllender Tod gewesen.

Martin fuhr mit den Gebrüdern hinaus zur Straße nach Ratzenhofen, wo ihr langgestrecktes, niedriges Wohn- und Bürogebäude lag, verabschiedete sich an der Tür, sagte, wenn die Not groß werde, sollten sie anrufen. Zuletzt strich er über das wappenähnliche Bronzeoval der Stiftung, das zwischen den Garagen und der Treppe hing.

Zurück durch die leere Fußgängerzone, und niemand war sonstwo in dem beleuchteten Städtchen unterwegs, kletterte er hinten am Rathaus empor, über altes, festes Gemäuer, in dem kleine Fenster wie Schießscharten saßen, erreichte das Dach, eine riesig ansteigende Amplitude mit bröckelnden Biberschwanzziegeln, und gelangte zum senkrechten Kamin.

Mit viel Spucke in den Händen stemmte er sich über schmale Leisten, kaum zappelnd, mit einem Schwung über den Rand eines kleinen Storchennestes, und tatsächlich, flaumige Bällchen lagen darin, die Schnäbelchen noch blind erhoben. Gottlob waren die Eltern nicht da, sie hätten ihm sonst das Gesicht zerhackt. Hinab über die Strecke war es noch elender als hinauf, jedoch es gelang ihm, er musste noch nicht einmal hinken.

Zuhause erzählte er davon. Eva lobte und küsste ihn, gab ihm Früchtegelatine zu essen, die sie zum ersten Mal hinbekommen hatte. In Evas Bett lagen sie zusammen, nuschelten und kuschelten, lachten auch. Es wurde ihnen zu warm, sie stießen die Gänsefederich- oder Eiderdaunenbettdecke weg, holten sie wieder hinauf zu sich und entfernten sich voneinander, jeder in sein Traumgespräch begriffen, von dem sie am nächsten Morgen nichts mehr wissen würden, höchstens Gefühle davon, als hätten sie eine Zigarettenschachtel aufgerissen.

Ricarda hatte ihre Schlafkammer gemieden, aber

im Stall war kein Tier, nicht einmal die schwere Bunte Bentheimer, die kühlenden Schatten entwarf. Der Gast entfachte im Steppengras aus Hölzchen, trockenen Bröckchen, Löckchen von Schafen, die es auch gab, sowie Coca-Tabak aus dem Goldenen Sack ein kleines Feuer, saß, eine Quechua-Formel murmelnd, in der Hocke davor. Die Weise lautete: »Muy bien entoces, kunanri ima sumatqua, chai Alemania campesinokuna, ima sumaquta kunanqa, paykunapaq suerste kachnun, qolcienkupas astawan kachnun, trabajonpas ima suerste kachnun, oploenkupas astawan kachnun, trabajonpas im suerste ima suerste kachnun«, was etwa hieß, »gut, also nun, auf das Beste nunmehr, die deutschen Bauern, aufs Beste nunmehr, soll Glück für sie gegeben sein, mehr Geld sollen sie haben, ihre Arbeit stehe unter einem guten Stern.«

Die Kraft des Vaters kehrte zurück, wie er aus den Mäulern von einem Lama und zwei Alpakas, das ganze Dorf wehklagte, Plastiktüten mit einer langen Zange herausholte, worauf Jubel begann, Schnapsflaschen kreisten, auch der Vater trank, aber Peter der Große wollte es nicht zulassen, stieß ihn in die Hütte und schrie. Draußen hatte er dann eine andere Stimme, verteilte wahrscheinlich Aspirin, war schon Teilhaber der Apotheke in der Hauptstadt.

Nach La Paz wollte sie nie, fuhr jedoch mit dem Vater hinunter, hinten auf einem Lastwagen. Es dauerte einen Tag und eine Nacht, und wenn es regnete, zogen sie, wie alle, Plastiksäcke über sich. Wer austreten musste, lies es rinnen oder kugeln.

In der Apotheke waren alle höflich zu ihnen, auch der Große Bruder war es. Tee wurde kredenzt, dazu Gebäck. Vor Kunden, die eintraten, machte Ricarda einen Knicks. Als sie älter war, tat sie es noch immer. Zum Abschied erhielten sie meistens eine Tasche voll Pharmazeutika, kostbarer als Lebensmittel.

Draußen, tobend, La Paz in der Hitze. Die Frauen mit ihren schiefen Hüten hinter Bergen von Kartoffeln und Bohnen, Maiskolben, kleinen Karotten, mit Wasser bespritzt, damit sie bunt blieben, hatten schon getrunken, jedoch die Männer, Zahnstummel im Mund, noch mehr. Vormittags war ihnen gestattet, vor der Kathedrale im Kreis zu tanzen, die Mäuler offen, die blutunterlaufenen Augen verkniffen. Es war furchterregend, genauso wie einen Tag später, beim Fest oben im Dorf zur Begegnung des Segens und der Danksagungen. Heiße, aufgeweichte Maiskolben wurden abgenagt, ihre Stärke und Süße gepriesen.

Nachts erschallten Vergewaltigungsschreie, der Vater hielt sie im Arm in der Hütte. Vor ihnen saßen ältere Frauen als Wehr, die solche Zeremonien oft erlitten hatten.

»Gib ihnen doch eine deiner Pistolen«, hatte Ricarda zu ihrem Vater gesagt.

Antwort: »Man würde uns schlachten.«

Die Wut der Quechuas war unablässig, weil sie in der Hauptstadt und in der Nähe des heiligen Titicacasees als Lohndrücker von dem städtischen proletariado verfolgt wurden. Sie mussten sich mit Ästen, Prügeln, auch Macheten wehren, bis einige tot liegen blieben und sie die lehmigen Pfade erreichten, auf denen niemand aus der Stadt so schnell hinauflaufen konnte, stundenlang, zu ihrem Reich, dem Altiplano, der Schwarzen und Weißen Lehre.

Ricarda war froh, dort ein Mädchen zu sein, zusammen mit anderen Mädchen unterwegs, Ziegen hütend oder ein paar magere Kühe. Der Tag war unendlich lang, die Bienen arbeiteten, setzten sich auf Blüten und Arme, und die Schwestern sagten: Oh, eine Wespe auf dem Kopf. Oh, der Schmetterling von dir zu mir. Siehst du den Frosch, er zieht Fäden hinterher, als wolle er Qoripaq, Silber spinnen.

Als kleines Kind von der Mutter mit Kleidchen ausgestattet, wie es auch der Vater wollte, war das Leben voll Wehmut gewesen. Später mussten sie, um einer Gefahr zu entgehen, abreisen.

Mutter Grete hatte geweint, wollte im Allgaw bleiben, zur Bewachung des Hauses. Jahre danach, so wurde erzählt, sei es abgebrannt, mit ihr. Hasserfüllte Nachbarn hätten es eines Nachts angezündet und die Mutter nicht heraus gelassen.

Drei Diamanten hatte Bischof Hulda für neue Pässe genommen und sie weitergeschickt nach Portugal, wo in Lissabon ein überfülltes Schiff bereit lag. Sie kamen hinein in eine der engen Dreierkabinen, wo Peter der Große die Torturen mit dem Vater begann. Am liebsten hätte Ricarda ihrem Bruder das Gesicht zerschnitten.

In Bolivien wurden sie geehrt, mit Proviant und neuen Ausweisen versehen, Führer geleiteten sie, es war anstrengend, hinauf in ein Dorf namens Salmesi auf dreitausend Meter Höhe vor dem Gebirge Encanada de Balea. Der Vater hatte noch genügend Geld, konnte die Hütte, innen mit Krüppelholz und Ästen, dazwischen Torf, außen und oben Wellblech, bauen lassen, das Allerbeste, was es dort gab. Für seine Asthmahusterei brauchte er Sprühfläschchen, die von Peter dem Großen aus einer Apotheke, die ihm noch nicht gehörte, geschickt wurden.

Ricarda schloss sich anderen Mädchen an, beschmierte sich das Gesicht mit Lämmchenkot, damit es schöner werde, lernte viele Kräuter zu essen, die schon nach dem nächsten Mond giftig sein würden, aber das wussten nur die Quechuas, weshalb die Mädchen manchmal zusammen Päckchen packten mit Flocken, Blättchen und Sprossen darin, zusammengeballt, bis sie ein wenig tropften, und danach legten sie die Geschenke auf die Schwellen von besonders habgierigen Frauen, die taten, als seien sie halbgöttlich. Die Christinnen unter ihnen scherten sich darum nicht.

Ricarda, das Mädchen aus dem Abendland, hatte eine Idee. Es steckte kurze Stopfnädelchen, die auf beiden Seiten nicht sichtbar wurden, durch jedes Kräuterpäckchen. In Deckung außerhalb des Dorfes hörten die Mädchen, wie die Frauen schrien. Sie eilten herbei, boten Hilfe an, wurden jedoch weggeschickt, sahen aber, wie die Frauen sich gegenseitig in den Mund langten, nach den Schmerzen forschten, Blut rann aus Mundwinkeln.

Es wurde nach einem berühmten Zauberer geschickt, der dem Ursprung der Botschaft, was die Nädelchen bedeuteten, nachging und ihn außer Kraft setzen wollte, sonst hätte sich das ganze Dorf verdammt gefühlt. Umgeben von Mädchen häufte er einen cabildo auf, der, angezündet, mal wie ein gutes, dann ein schlechtes Opfernest roch. Er brauchte noch Entenfedern, ein Stück Unterhose vom Ältesten des Dorfs, auch Schnaps und Zigaretten, und immer wieder verlangte er nach Geld. Die Mädchen brachten ihm alles, was er sich wünschte. Es waren die Frauen, die es ihnen gaben, als ahnten sie die Macht ihrer Kinder. Die Buben spielten keine Rolle, sie hatten sich verdrückt.

Der Zauberer, Don Tapatin aus Masmareste, blieb einen Tag und eine Nacht, musste mit Fleisch und Milch versorgt werden, außerdem mit Alkohol, sonst würde er keine Spur aus der Ferne finden.

Es gelang ihm nichts, vielleicht hatte Mutter Erde ihm die Kraft genommen, weil er sich nicht rein verhalten hatte. Das Dorf jagte ihn davon, hätte ihn am liebsten quer auf seinen Esel, mit dem er gekommen war, gebunden. Aber diese Schande hätte sich überall herumgesprochen. Aus Vorsicht wagten sie es nicht.

Die Mädchen bildeten wochenlang einen eigenen Kreis. Sie wollten keine bessere Nahrung, keine hübscheren Kleider oder Hosen. Dort, wo sie standen oder saßen, scheuchte sie niemand davon. Hunde, Ziegen, Kühe, denen sie befahlen, folgten ihren Anweisungen. Dann wurde eines der Mädchen krank, Natalilata hieß es. Medizin, die der Vater aus La Paz vom Großen Peter erhielt, half nicht. Natalilata starb, der Mädchenring war gesprengt. Sogleich brach sich ein anderes Mädchen das Bein, als es ein Alpaka, das sich im Gebirge verstiegen hatte, holen wollte.

Ins große Ziegelhaus kam Polizei in Zivil aus der Bezirksstadt Ravensloh, fragte Eva Kosslowski und Ricarda Muro, die am Tisch saßen und Domino mit schwarzen Steinen und weißen Augen spielten, ob sie wüssten, wo die Gebrüder Tammler sich aufhielten. Seit zwei Tagen und Nächten seien sie nicht mehr gesehen worden. Tochter Sandra von Thomas Tammler habe sie zu ihnen geschickt. Eva stellte den Polizisten ihren Gast aus Bolivien vor, der aufstand und einen Knicks machte. Eva wusste nichts, rief ihren Mann mit dem Schnurlosen an, der draußen in der Steppe nach der Mutterkuh schaute.

Martin meinte, die Gebrüder hätten manchmal das Verlangen, sich als Pilger ohne Wohnort und Geld an besondere Kirchenorte zu begeben, vielleicht ins Gebirge von Wunsiedel, wo Theater gespielt wurde, oder in die Wieskirche.

Die Polizisten fragten nach Essen und Schlafgewohnheiten.

Sie würden betteln, wie es früher üblich war, und im Wald unter Reisig schlafen, sagte Martin.

Ob das wahr sei?

»Warum nicht«, war Martins Antwort am Telefon. Sie wollten nicht erkannt werden, hätten altes Zeug an.

Ob er sie dabei unterstütze?

»O ja«, sagte Martin. »Wenn Seelenpein mit einem inständigen Abenteuer umgangen werden kann, wohlan.«

Aber warum Sandra Tammler davon nichts wisse?

Das gehöre mit zur Strategie, sonst müsste Sandra

als einzige zu schweigen versuchen, gegenüber der Polizei, den Journalisten und bald dem Städtchen. Eine kaum zu bewältigende Aufgabe.

»Sollen wir sie suchen lassen«, fragten die Polizisten. »Wir erwischen sie bald.«

»Bitte nicht«, sagte Eva. »Gewähren Sie den Gebrüdern ihre Demut. Nach ein paar Tagen werden sie geläutert in ihre Büros zurückkehren. Sandra wird glücklich sein.«

Sie ließen nun oben in die falsche Richtung suchen, und alle wären zufrieden, sagte der eine Polizist zu dem anderen. Die beiden bedankten sich bei Eva Kosslowski.

Eine Wolke aus Verdacht blieb im Zimmer zurück. In einem Handspiegel begutachtete Eva ihr Gesicht, ob es richtig geschminkt war, auch an der Gretchenfrisur zupfte sie ein wenig herum. Sie saß fest, im Scheitel waren dunkle Haare zu sehen.

»Bitte, kommt näher«, sagte sie zu Ricarda. Die Polizei hatte den Gast verschreckt.

Ricarda rutschte auf Eva zu und küsste mit ihrer rauen Quechua-Zunge die Handfläche ihrer Gönnerin.

»Oh, es kitzelt«, sagte Eva.

»De veras?«

Ricarda hob die Arme, als wolle sie tanzen, doch sang ein kleines Lied: »Doctorpaq, qosanpaq, chaymanta seniora Evitta, paykuna astawan uoquncheq yayarinanpaq amogo qonquananan hqpaq. Für die Doktorin, ihren Mann, dann für Frau Evita, damit sie sich unserer noch mehr erinnern, damit sie uns nicht vergessen.«

Ricarda ging hinaus.

»Bleibt doch, bleibt doch«, rief Eva ihr nach.

Im Hof, noch heimgesucht von den heißen Winden im April, wo im Nussbaum die Eichelhäher protestierten, weil Raben dazugekommen waren und ruppig den Platz erobern wollten, ging Ricarda, schlenkernd in ihren Bergstiefeln, die sie wahrscheinlich nie mehr ablegen würde, hinüber zum Futterkübel und Wassernapf des Hunds und der Katzen, um sich daraus zu versorgen.

Plötzlich ein Schatten, der sehr nah geradezu pfiff. Es war kein Kondor, sondern ein Bussard, den vielleicht eine Warze in Ricardas Gesicht verlockt hatte.

Ihre Mutter hatte immer gesagt, lass deine Binden an, aber wasche dich, mein Liebchen. Das erste Kleidchen, das sie ihr anzog, war das allerschönste gewesen; Puffärmelchen, Knöpfchen bis zum Saum, Gekräusel und Geschmäusel. Alle wollten sie auf den Arm nehmen.

Einmal im Emigrantenschiff, als sie in der Dusche stand und ihre Binden abgelegt hatte, zog Peter der Große den Vorhang auf. Sie schrie so laut, dass er rückwärts auf dem Boden landete. Er machte es nie mehr.

Martin, der Athlet, hatte Wut unten am Flüsschen. Viele Meter seines Zauns waren eingerissen worden.

Er zerrte noch ein paar Stücke nieder. Jungvieh, auch die Mutterkuh, hatten sich durch das Wasser gewagt und waren hineingeraten in die Jungpflanzen des Maisfeldes, weidend und verwüstend. Inzwischen zurückgekehrt in die vertraute Steppe, kauten sie, um ihre Mägen in Ordnung zu bringen, starres Trockengras. Die hellgrünen Pflänzchen waren ihnen zu süßlich gewesen. Am anderen Ufer standen die jungen Großbauern Haider und Laengerer, die mit ihren Drei-Tage-Bärten wie Guts-Pioniere aussahen. Sie riefen: »Kosslowski, nun reicht's! Bau den Zaun wieder auf!«

»Den habt ihr einreißen lassen!«

»Unverschämtheit! Die Maisfelder sind kaputt! Wir verklagen dich.«

»Das könnt ihr nicht, denn niemand war dabei.«

»Es war dein Viehzeug!«

»Woher wisst ihr das?«

»Wer denn sonst?«

»Ich war drüben, suchte nach Würmern, nach Vogelnestern, nichts mehr da. Ich werde euch wegen Vergiftung anzeigen.«

Hohngelächter auf der anderen Seite. Haider und Laengerer zogen Digitalkameras heraus und fotografierten Kosslowski, das Flüsschen, den niedergerissenen Zaun, dann drehten sie sich um und nahmen die Verwüstungen in ihrem Maisfeld auf, um schließlich davonzugehen. Es würde lange dauern, bis sie das Ende der Pflanzung am Horizont erreichten, wo die Schneisen für die Autobahn und die Ringstraße um Achlamm lagen.

Als Martin Kosslowski nach Hause zurückgekehrt war, ging er hinunter in den Waschkeller und blieb dort. Eva, die Madonna, suchte ihn, fand ihn in einer Ecke. Er zitterte und weinte.

»Liebster, komm herauf«, sagte sie.

Er wollte nicht, doch sie führte ihn unnachgiebig über die Treppe empor, und die beiden betraten den Hof voll Mittagslicht, gingen weiter auf dem Sträßchen, immer noch Hand in Hand. Der Athlet taumelte.

»Mach die Hand auf«, sagte Eva.

Sie streute ihm Salz aus einer angebrochenen Packung in die Hand, sagte, »iss!«. Sie tat es mehrmals, und er schleckte und schleckte, schien sich wieder aufzurichten.

»Salz«, sagte sie, »ist das Heroin der Steinzeit. Es bewirkt dasselbe, aber trinken darfst du zunächst nicht.«

Sie gingen weiter, Ricarda gesellte sich von irgendwoher zu ihnen, nahm den Athleten am anderen Arm, sagte, heute sei sie ein Quechua-Mann, sie habe Pflänzchen beaufsichtigt und mit ihnen gesprochen. Sie würden auch ohne Regen wachsen. Ein Flugzeug ohne Motor sei da gewesen, nahe über ihren Kopf geflogen. Irgendwo in den Bergen habe es sich aufgelöst.

Martin reagierte nicht, wurde aber habhafter, strenger, fing zu marschieren an, bis er vor einem großen Baum, einer Buche, die zur Hälfte von einem Blitzschlag gesplittert worden war, inne hielt.

Er schaute hinauf.

Eva sagte: »Ja, mach das.«

Er taxierte noch einmal, spuckte in die Hände, riss Blätter ab und ballte sie, um Klebhaftigkeit herzustellen, dann fing er zügig an, mit seinen verschlampten Schuhen, denen keine Herkunft mehr anzusehen war, hochzuklettern, spreizend zwischen den beiden vom Blitz gespaltenen Stämmen, und wenn irgendwo ein kleiner Spieß oder eine seitlich abgespaltene Holznuss vorsprang, benützte er sie mit den Fersen, schon in den nächsten Takt hinauf greifend entlang Schößlingen und Kröpfen, als hätte er eine Musik in sich, die ihn bestätigte. In diesem Rhythmus ging es zügig weiter hinauf, auch über Strecken glatten Stammes, an den er sich nur schmiegen konnte, um nicht abzurutschen, vielleicht manchmal ein kleines Moosgeschöpf küssend, dessen Blüte er in den Mund nahm. Die Arme, so weit es ging, um den feuchten, rindigen Stamm geschlungen, rutschte er, Kleider und Knöpfe wie pressende Werkzeuge benützend, höher, ähnlich einem tropischen Frosch, dessen Prätzchen selbst an Glas festhielten.

Beim letzten Schwung hinauf, wo sich ein herausstehender Ast im Laub verbarg, hatte er nur eine Hand dafür. Er erreichte ihn nicht. Der Athlet schien zu fallen, aber die Madonna tat keinen Schrei, seufzte nur ein wenig traurig, als wüsste sie schon, wie der König sich retten würde, was sie gar nicht schätzte, denn nun schlug er in der Weise von Wing-Tsun-Kämpfern um sich, mit griffbereiten Klauen. Irgendetwas würde schon geschehen, und so war es. Zwei, drei Griffe erkannten eine Unebenheit, und schon kletterte, schlüpfte der Narziss, der voll Panik gewesen war, weiter empor zum Gipfel, wo er sich an einem dünnen Buchenwipfel hin- und herwiegte, eine Vorstellung wie in einem Schnapswald.

Eva applaudierte, rief: »Sehr schön, alles wieder gut!«

Langsam ließ er sich hinunter, jedoch von unten wollte Ricarda den Baum besteigen, was ihr mit ihren Bergstiefeln nicht gelang. Dann barfuß, mit hornigen Fußsohlen an harzige Baumrinde gewöhnt, kroch Ricarda schneckengleich höher, bis sie in der Lücke des vom Blitz gespaltenen Baumes auf Martin traf, der sie, obwohl sie es nicht wollte, wieder hinunter zwang. Beide fielen auf den Blätterboden.

Martin war zornig, sagte: »Macht das nie wieder.«

Ricarda wandte sich an Eva und fragte, warum.

Antwort: »Er braucht einen Sieg, sonst vermag er nicht zu leben.«

Das Paar ging Hand in Hand weg. Sie fragte ihn: »Willst du Salz?«

»Nein.«

»Die Füße, vorhanden?«

»Sind da.«

»Arme und Hände?«

»Sind vorn.«

»Kannst du genügend sehen?«

»Alles.«

»Auch den Trompeter?«

Konvulsivisch wandte er sich um, fragte: »Welchen, wo?«

»War nur ein Therapiescherz.«

Ricarda und die Madonna geleiteten ihn in seine Kammer, gaben ihm aus einem Fläschchen Wasser zu trinken, bis allmählich sein Gesicht rosiger wurde und die beiden Frauen zurücktreten konnten. Die schwarze und die graue Katze kamen herein, vergewisserten sich, ob es einen Unfall gegeben habe, gingen wieder. Die Bunte Bentheimer, besser in Form für Todesfälle, stieß mit ihrer von Zecken und Ewigkeitsfüßlern bedeckten Schnauze an die Tür, roch, wandte sich wieder nach draußen.

Als Eva und Ricarda sich im Korridor voneinander verabschiedeten, hielt Eva die Hand von Ricarda fest, fragte: »Möchtet Ihr zu mir kommen?«

»Nein«, sagte Ricarda. »Das Paradies ist so schön.«

Sie gingen auseinander, jeder in seine Kammer. Vielleicht huschte ein Waschbär vorbei, der unsicher war, ob er willkommen geheißen würde, oder eine junge Biene, die ihren geflügelt vorgeführten Tänzchenpfad zum ersten Mal empfand, würde nicht mehr in den Stock zurück finden und mit einer Fensterluke vorlieb nehmen müssen.

Es herrschte Stille, eine durch das ganze Ziegelhaus sich ausdehnende Ruhe, als würden Gestorbene prüfen, ob alles sich ordnete. Ein Fuchs, der trotzdem sich hier herein verirrt hätte, wäre mit einem Klaps auf den Kopf hinausgejagt worden.

Ricarda, voll Verlangen, schlich zu Martin und legte sich neben ihn in sein Bett. Ungünstig war, dass er schnarchte, sie hielt ihm die Nase zu. Dasselbe musste sie noch zwei-, dreimal tun, dann blieb er lautlos in seinem Märchenreich. Sie küsste seine Wangen, seine Lippen, die Ohren, was ein wenig umständlich war, trotzdem, es musste geschehen, das ganze Gesicht als Vorrat, dazu noch der Hals, obgleich solche Partien abweisend waren. Sie fing wieder von vorn an, oben bei den Lidern, den Augäpfeln, zart weiter hinunter, doch plötzlich schmiss sich der Kopf des Athleten herum.

»Nein, nein«, hauchte die Quechua, alle Heiligen Geister seien vorhanden, sie als Gehilfe Gottes und dessen Sohns. Der Athlet schnaufte, hieb mit seinen Armen um sich, aber blieb liegen, eingepackt von Ricardas Kraft.

Sie küsste ihn auf die Brust, die bloßen Brustwärzchen, sehr klein, weiter hinunter zum Bauchnabel, in den sie warmen Speichel einließ, doch nichts geschah. Als sie zu seinem Schoß kam, nahm sie sein Geschöpf, streichelte es, zog die Vorhaut hinab, hinauf, tat es mehrmals, nichts ereignete sich. Sie wurde ungenierter, fast wütend, wollte beweisen, walkte hin und her, aber der Zapfen, von viel Haut umgeben, blieb welk liegen. Sie nahm ihn in den Mund, wie sie es bei den Vergewaltigern im Dorf mehrmals mit Schlägen ins Gesicht und auf den Kopf hatte tun müssen. Es war keine Anstrengung, nur ein Gemelk zwischen Lippen und den Häuten des Zäpfchens, bis, kaum zu spüren, ein wenig klares Säftchen sich meldete, während der Athlet, wie schon die Madonna, sich hin und her wälzte, leise schreiend. Sie lagen sich in den Armen. Martin küsste den Hals von Ricarda, dann schlief er ein.

Ricarda wusste nicht mehr, wie sie in ihre Kammer gekommen war. Vielleicht hatte die Madonna sie dorthin geleitet.

Am nächsten Morgen war Schnee gefallen, wie es inzwischen nach Hitze im April immer wieder vorkam. Martin wurde von der Stadtverwaltung angerufen, ob er nicht bahnen könne, das Skigebiet am Roßberg.

Er fuhr mit seinem Blockschokolade-Mercedes, auf dem Sommerreifen waren, rutschend und pfeifend hinauf, wo die Tennisplätze lagen, öffnete eine Scheune, und heraus steuerte er rückwärts eine Schneewalze mit Schaufeln und Ketten. Die Peitschenlampen am Hang, wo er spuren sollte, waren schon eingeschaltet. Er visierte sein rotes Mobil hinauf zum Roßberg und vorbei an einigen Bauernhäusern, die Plakate für Ferienwohnungen an ihren Balkonen hängen hatten. Die nächste Passage war eng, ein Hohlweg, durch den er nur kam, wenn er links und rechts die Raupen ein wenig höher stellte. Es rüttelte und schüttelte, er setzte die Kopfhörer des Radios auf.

Hinunter ging es durch Buchten, über denen das kalte, blaue Morgenlicht langsam schwand. Der Athlet sang ein Kirchenlied, sein liebstes: Kommet, ihr Hirten, ihr Männer und Frau'n, jedoch in den Hörern hatte sich plötzlich der Jazz-Sender, der niemals versagte, eingeschaltet, so dass er eine zweite und dritte Kopfstimme zu imitieren versuchte, hinausschauend in den glitzernden Schnee, den er gleich durchpflügen würde. Er hatte das Gefühl, als sei er der Heilige Geist, der Dienstbote Gottes.

Ein Skifahrer kam ihm entgegen, der sich mit gespreizten Brettern selbst Spur machte. Als sie voreinander standen, hupte Martin, ließ die Scheinwerfer blinken. Der Skifahrer ging nicht beiseite. Nochmals dasselbe, Martin fuhr näher, bis er den Skifahrer beinahe hätte umstoßen können. Der Athlet in der Kammer des Monstrums hielt und ließ die Sirenen aufheulen, ruckte noch einmal ein wenig vor, so dass der Skifahrer fast unter die linke Seite der Raupen gerutscht wäre, doch in Schneestaub und kaltem Glast stand er wieder auf, hob winkend einen Stock und verabschiedete sich.

Martin fuhr weiter, hinab in die Mulden von Hergatzweiler und Gottesweiler, nochmals fast senkrecht hinauf, so dass es ihn manchmal aus seinem Katapultsessel hob, steuerte, für Skifahrer angenehmer, in Buchten hinein, krachte durch ein Gehölz, das er nicht kannte, endlich am Tennisplatz seinen Raupenschlepper rückwärts in die Scheune bugsierend.

»Fertig«, rief er über sein Cellphone an.

»Sind schon Skifahrer unterwegs?«

»Ja, einer.«

»Was hast du mit ihm gemacht?«

»Beobachtet und behutscht.«

»Morgen bist du wieder dran.«

»Wieviel?«

»Fünfzig.«

»Einverstanden.«

»Hast du noch Buttersäure an?«

»Ja, Stadtverwaltung, Socken.«

Am nächsten Frühmorgen fuhr Martin mit seinem Ungeheuer wieder hinaus auf die Strecke, wo nicht nur alle Lampen eingeschaltet waren, auch einige Skifahrer hatten sich schon aufgemacht. Martin ließ hinter sich in der Mitte nicht nur eine Breite für Skating, den Schmetterlingsstil, links und rechts daneben auch je eine Spur für Norwegischen Stil, Stock und Bretter voraus in Eintracht. Ältere Herrschaften waren daran gewöhnt.

Ein Swing aus dem Radio ließ ihn ein wenig verrutschen. Es war in einer Scharte, die sowieso kompliziert war. Mit aufheulenden Motoren gelang es ihm, an Sicht zu gewinnen zwischen zwei Pferdehöfen, die früher von Bauern bewohnt gewesen waren. In einem Gehege daneben gab es auch Damhirsche, die zusammen in einem Tannengehölz standen.

Er fuhr zurück auf seiner Spur, nagelte sie noch fester, ohne auf Skifahrer zu achten, sie mussten eben ausweichen im Glanz des Föhns, des Bruchharsches der winterlichen Eingeweide des Allgaws. Aus Freude fuhr er zu schnell und verhedderte sich im Geäst am Hohlweg. Raupen rauf, Raupen runter, vor und zurück, es war peinlich, derart steckenzubleiben.

Nach den Gehöften, aus denen er gegrüßt wurde, fuhr er senkrecht hinunter, als wollte er eine neue Zielspur anlegen, bis vor die Scheune des Tennisplatzes, dort heulend umgedreht und rückwärts hinein, die Torflügel standen noch offen.

Auf seinem Wohlfeil rief er zuhause an. Alles war in Ordnung. Das Vieh litt nicht an Hunger, kratzte aus dem Schnee, was an Futter vorhanden war. Im Stall seien ein paar Schumpen eingekehrt, die Heu wollten.

Auch drei der vier Hühner seien vorhanden. Vielleicht wären morgen endlich wieder Eier zu finden.

»Und die Bunte Bentheimer?«

»Kratzt wahrscheinlich Maden aus dem Schnee, die nach Licht schnappen«, sagte die Madonna.

»Ich komme gleich«, sagte er.

Der Blockschokolade-Mercedes schlitterte über abgetauten Asphalt. Martin fuhr Sturm, ließ sich im Gegenzug der Räder durch Kurven tragen, aber verlangsamte auf dem Kieselsträßchen, das noch von Eisstücken bedeckt war.

Das andere erwachsene Waisenkind, beschützt von Lithium, der chemischen Gabe für Zuversicht, stampfte barfuß, nur rosafarbenen Slip und Büstenhalter an, durch den vor Licht sprühenden Schnee, der inzwischen zu Harsch geworden war und an ihren Beinen schabte. Sie ließ die Arme angewinkelt, als wolle sie zu fliegen beginnen, um das Durcheinander von Geist, Seele, Gemüt und Körper zu vereinigen, welches sich über den Erdball ausbreiten sollte, erforschend alle Winkel und Flächen, doch dann war der Atem zu Ende. In den Schnee sinkend, bekam sie von ihrem Mann noch Applaus. Er nahm sie in seine Arme auf.

Gegen Abend waren sie ins große Zimmer eingekehrt. Martin telefonierte mit Großjean auf dem Gottesacker. Großjean sagte, so weit er durch das Fernglas die Tiere beobachten könne, würden sie aus dem Schnee schlammen und schlemmen, er gebe nichts von seinem Winterheu her, das gespart werden müsse.

Wo aber war die gewittrige Bergziege mit ihren sonnenverbrannten Gliedern, die wie Rinden aussahen?

Sie hatte Blümchen aus dem Harsch gescharrt, weißen Klee, roten Sauerampfer, kleine Brennnesseln und Wacholderbeerchen gegessen, saß weit weg in der Wildnis, aus der verdorrte Schachtelhalme sprossen und hatte ein Feuerchen entfacht für eine mesa, eine Opfergabe. Es zündelte, doch qualmend. Vielleicht lag darin Gummi, zum Beispiel eine Packung Präservative, die sie verabscheuen musste, weil sie Kinder töteten, Vorsorge für Alte und Gebrechliche.

Die ungefährliche Weite des Schnees, das Summen von ein paar Stubenfliegen, die nach Heimat suchten, dazu Sonnenstrahlen, die wie Schilder vor ihr stecken blieben, gaben Halt. Sie nahm vertrocknete Krümel Coca aus ihrem Goldenen Sack und ließ sie zwischen den Zähnen mit Speichel quellen, bis sie ein wenig Traum ausschieden, Schichten übereinander, wie sie es stundenlang, auch bei Kälte und im Regen, mit ihrem Lehrer Ehullina, dem Dienstboten Gottes und der Elfen, an Bachrändern und zwischen Tabakpflanzen im Tiefland gegessen hatte. Kind, hatte er gesagt, wenn es dir schlecht wird, presse den Mund zusammen, atme sehr schnell durch die Nase, bis es dir doppelt schlecht geht und du denkst, du würdest sterben. Es ist aber nicht so. Du musst dich nur auf die andere Seite legen und eine Heuschrecke essen. Wenn keine da ist, iss ein Steinchen. Die sílfides werden dich beschützen.

Zwei Leute waren gekommen und hatten bei ihnen geschlafen. Sie hießen Hans Ertl und Tochter Monika.

Kaum Platz mehr vorhanden, um sich auszustrecken, und die halbe Nacht lang hatten der Vater und die Besucher geredet und erzählt.

Ertl hatte bei den Olympischen Spielen die Kamera auf dem Sprungturm hin- und hergeschwenkt, als seien die Springer Vögel, und dann war er auch mit der Kamera ins Wasser getaucht.

Seine Chefin, und das Väterchen schrie auf, habe Leni Riefenstahl geheißen, verliebt in ihn wegen seiner grünen Augen. Sonst sei nichts geschehen.

Für die Wochenschau habe er, der Ertl, die Kamera am Bauch, von einer Schanze als Skispringer einen Sprung getan. Filmen möge er aber schon lang nicht mehr, die Abenteuer hätten ihre Würde und Andacht, dignidad e devoción, verloren.

Einen Tag später brachen die Ertls, Fotoapparate dabei, früh auf, um über Berge zu gehen, die Ertl schon vor vielen Jahren bestiegen hatte. Ricarda fragte, ob sie mitkommen dürfe?

Der Vater, da der große Bruder nicht da war, stimmte zu, und die Ertls gaben ihr Stiefel, Hose, Windbluse, Pullover, Kappe, Ohrenschützer, Handschuhe, Steigeisen und eine Sonnenbrille aus ihrem gewaltigen Gepäck, das sie bis hierher geschleppt hatten, außerdem einen Rucksack, den sie für Ricarda gepackt hatten. Nun hätten sie einen Sherpa, sagten sie.

Ricarda ging zwischen Ertl und Monika, genau auf die Stapfen achtend, hatte nach Stunden noch keinen Hunger, nur ein wenig Durst, doch strengte sich an, bis sie alle auf einem Kamm saßen.

Der Blick schweifte über hellen, plötzlich zusammengeballten Sonnenschein, als wolle er explodieren, dort im Gebirge, von Gipfeln und dunklen Flanken unterbrochen. Ricarda atmete ein und aus.

Die Nacht über durfte sie noch bei den Ertls bleiben, in einem Dreieckszelt, das sich mit einem Knall selbständig aufspannte. Es war eng, aber sie lag neben Monika, die eine Hand zur Beruhigung auf ihr Knie legte.

Sie aßen, machten dicken Tee aus Schnee, dann wurde sie verabschiedet. Alles, was sie anhatte, konnte sie behalten, nur den schweren Rucksack musste sie hergeben. Monika schnallte ihn sich vor die Brust, sah aus wie eine Telefonzelle, die auf Reisen ging.

Ertl wies ihr den Weg, immer nach Osten mit der Sonne im Rücken. Wenn Wolken kämen, solle sie den Finger befeuchten, um den Wind zu spüren, und ein Steinchen in den Mund nehmen.

Ähnliches hatte schon ihr Lehrer Ehullina, der Dienstbote Gottes und der Elfen, gesagt.

Mit Energieriegeln im Hosensack und zwei Wasserflaschen am Gürtel ging sie, ohne sich noch einmal umzudrehen, hatte Mut und Frohsinn im Herzen, dabei gewesen zu sein, achtete auf die Stapfen vom Vortag, die inzwischen eingefroren waren.

Ein Kondor kreiste über ihr, mit seinen majestätischen Schwingen nur vom Wind getragen. Doch wenn sie gestürzt wäre und nicht mehr hätte aufstehen können, wäre er auf ihr gelandet, um sie zu zerhacken.

Einmal wollte sie abkürzen, schnallte die Steigeisen an und kletterte über eine Gletscherzunge, die sie beim

Hinaufsteigen nicht gesehen hatte, hinunter und gelangte an einen empörten Bach, der aus dem Eis sprudelte.

Ihn zu überspringen, war nicht möglich, aber voll Zuversicht und Stärke tappte sie schnell, nur wenig geduscht, hinter ihm in eine Lücke, ein Gelass für Verirrte, wo Wildwasserameisen an einem Eiszapfen hingen, was sie veranlasste, mit Speichel auf dem Zeigefinger gütig auf sie zu tupfen, doch die Freundschaft war falsch. Viele von ihnen reckten sich ihr zornig entgegen, verloren den Halt und fielen ab, in einen Strudel.

Der nächste Schritt war, hinter dem Wasservorhang hervor, teuflisch, ohne zu wissen, wo sie landen würde, aber die sílfides würden helfen. Sie rutschte draußen auf dem Rücken, als sei sie zu einem platt geklopften Schnitzel geworden, was es zuhause kaum gab, nur zerrupftes Geflügelchen, in eine Pfütze und war gerettet.

Durch Täler, die sie nicht kannte, und um Vorgebirge herum, wo keine Tritte im Harsch mehr waren, erreichte sie, als würde sie von Bibelversen getragen, die Schneegrenze, hinter der es wärmer wurde, sah Häufchen von Knödelchen, die Weide der Ziegen, wurde schneller, warf sich im Rhythmus trittsicher hin und her, Steinbrocken überspringend.

Die Pilger Thomas und Roland Tammler waren zurückgekommen und, bevor sie nach Hause wanderten, in der Küche der Kosslowskis eingekehrt.

An jeder Straße hätten sie etwas bekommen, ein eingepacktes Frühstücksbrot oder eine Orange, in Abfallkörben hätten viele Speisen gelegen, ein Wunder des

Heiligen Jakobus. Sie hätten manchmal davor gebetet. Der Überfluss sei schändlich gewesen, habe fast eine zerstörerische Kraft gehabt.

Was sie gefunden hätten, fragte die Madonna.

Milchbüchsen, Joghurtbecher, viel Brot ohne Not, ein noch summendes Hörgerät, eine tote weiße Maus, die vielleicht einem Mädchen gehört hatte, Hundekot, Eisbein, Salatzeug und Wimperntusche, auch ein Büchlein über die Mondlandung, die gar nicht geschehen sei, der Film-Regisseur Kubrick habe sie täuschend in einem Atelier hergestellt.

Wo sie während der Kälte geschlafen hätten, fragte der Athlet.

In Ecken von Parkhäusern, immer mit Zeitungen zugedeckt, auch unter Laderampen von Kaufhäusern.

In der Frühe seien sie wieder davon gegangen, hätten in Kirchen, die es selbst in kleinen Orten gebe, Andacht gehabt und sich aufwärmen können,

Nur draußen auf dem Land ließe sich kein Unterschlupf mehr finden, es gebe keine Scheune mehr oder einen Stadel voll Heu. Das Land sei aufgeräumt, ohne Gebüsch oder Gehölze, jede Furche diene dem Futteranbau.

Das Pilgern gleich einem Marschieren habe ihnen trotzdem Freude gemacht, schon nach ein paar Tagen hätten sie kein Muskelweh gehabt, und nur einmal seien sie von Polizei kontrolliert worden, die Ausweise sehen wollte. Viel Glück, ihr Gottesfürchtigen, hätten die Polizisten gesagt, sogar lachend.

»Warum seid Ihr nach Wunsiedel gegangen«, fragte Martin der Athlet. Thomas Tammler antwortete, es sei ein schöner Name. Und Roland meinte, er habe den Verdacht, nein, das Begehren gehabt, dass es dort viele kleine Kirchen gebe für Heilige und Selige. Und so sei es gewesen.

Frage: »Ihr habt dort unentwegt gebetet?«

»Ja.«

»Zu wem?«

»Zu den Heiligen und selig Gesprochenen, die ein Weg zu Gott sind, denn wir, als Reiche, wollen durch das Nadelöhr.«

Die Madonna stimmte zu. Sie sehe darin keinen wehen Gedanken aus Schuldgefühlen, die sie nicht haben müssten. Da sie jedoch in ihnen zu versinken drohten, was einer Sehnsucht nach dem Tod gleichkäme, wäre sie nun doch für Beichtgespräche als Therapie, was Hilfe bedeute, bereit.

Der Athlet entgegnete sofort, die Tammlers seien seine Freunde, bräuchten keine Therapie, die brächte nur ihren unbedingten Willen, anders zu werden, reiner, frommer, einsichtiger, ins Wanken.

Die Madonna sagte, das sei Unfug, die Seelenarbeit unseres Gehirns bestünde aus vielen Kleinigkeiten, über die sie mehr wüsste.

»Hat Euch das Mummel-Mümmel-Hormon Oxytocin geholfen, das auch Gebärenden gegeben wird?«

»Nein, ich muss mich auf das starke Lithium verlassen, das dick macht, denn nichts wäre schlimmer als ein erneuter Absturz.«

Ricarda, immer noch an der Tür zum Stall stehend, ging zu den Pilgern, die das dritte Flaschenbier tranken, und sagte, sie empfinde sanodar, Heilandigkeit, ob sie nicht zusammen beten könnten, und sie sank auf die Knie.

Thomas, der Stotterer, wollte es tun, stürzte vom Stuhl und brachte seine Glieder nicht mehr zurecht, so dass Ricarda ihm helfen musste.

Roland, der noch dünner war als sein Bruder, durch die vielen Lappen und Lumpen kaum mehr zu sehen, stand auf, ging zwei Schritte und fiel ebenfalls um, dass es krachte. »Verzeihung«, flüsterte er und fing an zu speien, eine Fontäne aus Bier.

»De nada, de nada«, sagte Ricarda, und alle drei wischten an den Tammlers herum, mit alten Zeitungsseiten, die auf dem Tisch lagen, bis Roland schließlich neben seinem Bruder kniete, an den er sich anlehnte, und Ricarda kniete sich dahinter, wie die Gebrüder den Kopf gesenkt.

Nichts geschah, es waren lautlose Gebete. Jeder gestaltete sie auf seine Weise, vielleicht, dass die Körper, als sängen sie innerlich, ein wenig sich zu rühren begannen, schaukelnd, währenddessen das Ehepaar, sitzen geblieben, sich an der Hand fasste, aber in Martin, dem Athleten, war noch Sträubung, Ironie vorhanden, weshalb seine Frau seine Hand fester drückte, bis auch er die Augen schloss und an vieles oder nichts mehr dachte.

Als es an die Stalltür polterte, war es die Bunte Bentheimer, die sich, als hätte sie den säuerlichen Dunst einer Hingebung gerochen, sofort wieder zurückzog.

So harrten sie in der Küche aus, kniend und sitzend,

stumm, aber mit einem kaum hörbaren Gesumme, das keine Heiligkeit war, nur eine Bereitschaft der Gefühle, bevor das Denken begann, sich auszubreiten, ähnlich der Wärme unter einem Dauerwellenapparat, und eingesunken, als hätten sie in einem Friseurgeschäft keine Blicke mehr für Zeitschriften wie »Via Mala« oder »Körper als Kunst«, schaukelnd und betend, wovon sich das Ehepaar Kosslowski nicht mehr ausschließen konnte, inzwischen die Köpfe voll Inbrunst erhoben, die Augen geschlossen.

Von der anderen Seite der Villa, durch die offene Haustür, stürmten Hund und Katzen herein, die es gar nicht leiden konnten, von einer Zusammenkunft ausgeschlossen zu werden. Sie jagten über alle hinweg, beschleckten Gesichter, Nasen und Ohren, die Gebrüder Tammler konnten sich kaum wehren.

Die Madonna klatschte in die Hände und rief, die Stunde sei vorbei!

Hund und Katzen gingen unmutig hinaus, die anderen verschafften sich einen bequemeren Platz und wollten hören, was die Madonna zu sagen hatte, aber sie verkündete oder befahl gar nichts, fuhr nur einmal mit der Hand durch die Luft, was allen weh tat, oder sie ängstigten sich vor der Bewegung und glaubten, sie würde schmerzen. Sogar der Athlet zuckte zusammen, als sei er von einem Stromschlag getroffen worden.

Sie habe nur das Magnetfeld durchtrennt, sagte die Madonna, aufgebaut durch Inbrunst.

»Das ist nicht möglich«, sagte ihr Mann.

»Versuche, mir eine Ohrfeige zu geben«, riet sie ihm.

Er holte aus, aber seine Hand blieb kurz vor ihrer Backe zitternd stehen. Er konnte sie kaum mehr aus dem Schrödinger-Käfig – wann ist die Maus da oder nicht oder tot? – lösen.

»Hokuspokus«, sagte er.

»Nein, eine sich selbsterfüllende Prognose, die im Gitter der Furcht steckenblieb.«

»Kannst du es noch besser sagen?«

»Seit der Jungsteinzeit sind wir intelligenter geworden, lernten mühsam den Ackerbau, aber unsere Gefühle blieben dieselben. Der Geist entwickelte sich monumental, doch das Gemüt blieb in der Kuschelecke des Individuums.«

»Und seither«, fragte er, »werde ich allein begraben? Du kommst nicht?«

»Ich liege neben dir.«

»Du glaubst, mein Schatz«, sagte er, »an alles, was du weißt?«

»Nein«, sagte sie, »ich verwende es nur.«

»Das heißt«, sagte Martin, der Athlet mit seinen blonden Locken und seiner Stupsnase, sich reckend, so dass die Schultern geradezu knackend sich hoben, »ich bin eine Körper-Rechenmaschine, die sich selbst bestätigt?«

»In dir streiten sich Gemüt, Können und Geist«, sagte sie.

»Und wer wird gewinnen?«

»Natürlich das Gemüt, mein Schatz.«

Er küsste ihre Hände, vermochte kaum mehr aufzustehen. Ricarda half ihm, wie sie es auch bei den Gebrüdern Tammler nach ihren Gebeten getan hatte, noch deren Kotze an der Hand, die sie an Martins Hose abwischte.

Sagte der Athlet: »Soll ich glauben, dass der Mond, von links kommend, aus dem Süden, einen Monat lang nachts Stonehenge beleuchtet?«

»Kannst du tun«, antwortete die Madonna. »Das ganze Firmament war verschoben, und die Sonne kam später von rechts, aus dem Norden, beschien die Steinkloben ebenfalls einen Monat lang. Das Klima war wärmer geworden. Weniger große Tiere zum Erlegen waren für die ständigen Fleischesser vorhanden, der Ackerbau begann, die Mühsal der Kleinarbeit. Gemüse und Körner im Darm, o Bauchweh, Bauchweh!«

Ricarda hatte nichts verstanden, sagte, sie gehe in den Stall, wo sie eine Pferdedecke über dem Stroh ausbreitete und ungewaschen mit ihrem Körperdampf darunter schlüpfte. Vielleicht würden die Segnungen der Mühelosigkeit kommen? Das Stroh roch danach und blätterte gemalte Bilder mit viel Gelb auf, die ihr schon der große Bruder als Unterricht gezeigt hatte.

Martin nahm links und rechts die Pilger am Arm und verstaute sie ins Auto. Als er in der Ratzenhofenerstraße vor dem oft umgebauten Büro- und Wohnungsgebäude der Immobiliengesellschaft ankam, sprang mit einem Schrei Sandra, die Tochter von Roland Tammler, heraus und rief: »Endlich alle, alle wieder da! Ich hatte so viel Angst!«

Martin antwortete: »Hinein in Badewannen, die Pilgerlappen gleich in der Heizung verbrennen, Essenzen ins Wasser und danach heiße Pizza, sie könne sich die Schachtel vom Schnelldienst in der Bahnhofsstraße kommen lassen. Erst morgen wieder Büro mit allen Verwicklungen und gestauten Nummern in den Telefonen. Schätzchen, machs gut.«

»Ach, Herr Kosslowski, wenn wir Sie nicht hätten«, sagte sie, sich an ihn lehnend, und, nach kurzem Zögern, ihm einen Kuss auf den Mund gebend, während sich Haare aus ihrer Frisur lösten.

Er küsste sie auf den Mund zurück und sagte: »Nun aber genug«.

Zurück in der Villa Skalamut packte er Ski, Stöcke und Stiefel ins Auto und fuhr hinauf zu der Scheune, in der sich außer der Raupe auch der Motor für den alten Bügellift befand.

In die protzigen Schäfte der Skistiefel, die über die Fußgelenkte ragten, hineinzuschlüpfen, war ein lästiges Geschäft, dann wurden hinten die Schnallen geschlossen, und er saß in den Stiefeln wie einzementiert. Sie würden jede kleinste Bewegung auf die Ski übertragen. Die Bindung schloss mit einem Ruck. Ski und Schuh waren nun eine Einheit, nur lösbar durch Stürze.

Er nahm die Stöcke in eine Hand, schaltete den Motor des Lifts ein, und sich auf den ersten Bügel schwingend, der klappernd aus dem Umlaufkranz kam, ließ er sich hinaufziehen über die Wellen, durch Mulden, weiter hinauf über steile Flanken und vorbei an Gehölzen, wo er für Langläufer gewalzt hatte, aber niemand war mehr da.

Spuren liefen kreuz und quer, die er nicht beachtete. Die Sonne sank, die abendliche Kälte kroch schon den

Berg herauf, was die Strecke schneller machen würde. Er hatte keine Mütze auf und keine Handschuhe an, steckte nur in Jeans und einem Pullover.

Oben angekommen auf dem Herrliberg, schaltete er den Lift aus und drehte sich Richtung Lac de Constance, wo der größte Berg, schon tief in der Schweiz, der Säntis, aufleuchtete, oben mit rosafarbenem Schnee bedeckt, hinab wurde er in Stufen blauer, bis er unten, meisterhaft, wie von Hodler gemalt, in einem Tintenbad versank. Das Böse schaute ihn von ferne an.

Er drehte sich zur Seite und fuhr los, durch Schlittschuhschritte beschleunigend, nahm die Strecke fast senkrecht hinunter, die ihn vielleicht bis zu ihrem Ende tragen würde, aber so weit war es noch nicht.

Bei viel Geschwindigkeit sah er, dass ein abgetauter Fleck auf ihn zukam, dem er nicht ausweichen konnte. Er hängte sich nach hinten, saß beinahe mit viel Widerstand in den Knien, als er in das Grün hineinraste, das ihn sofort stoppte, aber durch die Kälte, was Martin kalkuliert hatte, schon wieder ein wenig gefroren war, Gleitfähigkeit besaß, so dass er ruckelnd und zuckelnd weiter kam, um beim Beginn des nächsten Schnees sofort wieder mit Temposchritten nach links und rechts sich Fahrt zu geben, die Arme ausgebreitet mit den Stöcken an der Hand gleich Froschflossen, und so segelte er weiter hinunter, sang dabei, unterbrach mit kurzen Schwüngen, die der Kadenz einer Querflöte gleichkamen, musste sich aber, o Gott, o Gott, gleich wieder mit Skatings in Fahrt bringen, denn weiter unten war die Schneedecke nicht so gut wie oben von der Kälte verharscht, sondern lahm geworden, ein Ärgernis, so dass er am Ende, vor dem letzten Grün, schon rückwärts auf den Skiern saß, um bei dem nächsten Stop nicht nach vorn geschleudert zu werden.

Die Sicherung des Lifts ausgeschaltet, die Tür der Scheune beim Tennisplatz geschlossen und das Skizeug samt Stiefeln in das Auto geschmissen, fuhr er zurück zur Villa Skalamut. Als er den Jazzsender einschaltet hatte, behagte ihm das Gestampfe nicht. Es war Volksmusik, die, aus welchem Land sie auch kam, immer schlecht klang.

Zu Hause war niemand mehr da, auch kein Viehzeug. Er trank eine Flasche Bier und hangelte sich hinauf in seine Kammer, wo seine Frau, dieser selbständige Hagelschauer, nicht in seinem Bett auf ihn wartete. Zu ihr hinüber zu gehen, wäre zu kräftezehrend gewesen, Muskelkater schlich sich ein, ein Wohlgefühl der Schmerzen. Abrupt schlief er ein.

Ricarda wanderte nachts umher, stapfte hinaus in den Schnee. Warmer Wind blies, es taute. Bald würde der Mai beginnen, letzter Monat ihres Aufenthalts. Dafür brauchte sie unbedingt Meerschweinchen, sonst würde sie die Gesetze des Hochlands, des Altiplano, missachten, obgleich sie auch der alten Religion des Abendlands wieder entgegen neigte.

Ehullina, ihr alter Lehrer, hatte gesagt, alle Religionen seien sich im Ursprung gleich, nur wehe dem, der keine von ihnen beachte. Sie könne auch ein katholisches Kreuzchen tragen, was viele in ihrem Dorf

Salmesi taten, manchmal bei Gottesdiensten ein Hütchen auf, mit einer kleinen Madonna aus Plastik darauf. Am Schluss der Feier, falls es noch einen Tanz gab und Schnapsflaschen kreisten, wurden sie, abgepflückt von den Hüten, ins Feuer geworfen, wo sie knallten und sprühten, Beweis, dass sie geholfen hatte.

Nur der Vater hatte gesagt, das sei alles Unsinn, sie solle trotzdem Augen und Ohren aufsperren. Der große Bruder verabscheute solche Zeremonien, war nie anwesend und alleiniger Besitzer der Apotheke fern unten in La Paz geworden, für den Vater eine große Hoffnung, dass sie in ihrer neuen Heimat überleben könnten.

Mitunter hörte sie den Vater noch im Schlaf »Gretel, Gretel« murmeln, als sie aus dem brennenden Haus, das irgendjemand angezündet hatte, nicht mehr hinausgelassen worden war, in lohenden Kleidern und mit glühender Zopffrisur umherirrend in einstürzenden Gemäuern, während sie Schreie ausstieß.

Es war Neid, Missgunst und Rache gewesen, denn ihr Mann hatte eine goldene Binde mit Eichenlaub um den Arm gehabt, Rang eines Ortsgruppenleiters der »Stadt Achlamm und Land«, außerdem war er als Tierarzt Direktor des städtischen Schlachthofs geworden und einer Bahnstation, Kommandant eines Bewährungslagers im Moor von Schwarzerd. Bevor die französischen Truppen das Städtchen besetzten, war der Vater mit seinen Kindern schon auf der Flucht gewesen, weitergereicht von Gefährten auf der Strecke Südtirol-Rom, Bischof Hulda händigte fremde Pässe und Geld aus, weiter ging es auf dem Atlantik in dem stampfenden Dampfer nach Übersee.

In ihren Bergstiefeln, die sie nie mehr ablegen würde, zog Ricarda Furchen durch den Matsch, aus dem Wasser hochstieg, darunter schon mit Gras und Gänseblümchen ausgestattet, beste Unterlage von jeher.

Gegen Morgen, wenn das Licht kam, würden wieder Schwalben aus dem Stallgewölbe mit Schreien fliegen und wieder hinein, unterwegs für den Nestbau, denn in den wilden Gefilden der Kosslowskis gab es genügend Schmutz, Halme und Zweigchen für Vögel, die mit der Brut beginnen wollten.

Ricarda drehte sich eine Zigarette aus bröselndem Tabak mit ein bisschen Wurzel-Kiff darin, befeuchtete vorne und hinten, damit das Papier hielt, und ging qualmend hinunter zum Flüsschen.

Unterwegs sah sie ein Pony, das sie noch nie gesehen hatte, auch eine Gruppe fürsorglicher Gänse, die mit langen, verschlungenen Hälsen sich wie in einem Jugendstil-Potpourri um sich selbst kümmerten. Die alte Kuh sah sie nicht.

Es war immer noch Nacht, aber mit morgendlichem Schimmer, als würde die Sonne, die sich noch nicht zeigte, ein Heer frecher Boten voraus schicken. An einem schief stehenden Gitterbau, der für irgendetwas gedient haben mochte, vielleicht um Signale aus der Welt der sílfides und Eichhörnchen-Götter zu empfangen, keimten unten Pflänzchen, vielleicht Stangenbohnen. Ricarda bekreuzigte sich, vertraute immer mehr dem Land, in dem sie sich die Zähne putzte und aufs Klo ging. Auch duschen konnte sie hier warm.

Irgendein Tier, groß und stark, schnaufte an ihr vorbei. Kaum da, war es wieder weg, einen Schwall aus Wärme und Begattungswillen hinter sich herziehend, so dass Ricarda zitterte, stehen bleiben musste. Ein Gestank breitete sich aus, der an Gülle, Verwesung erinnerte.

Ricarda ging weiter, hatte Mühe durch den Matsch, obzwar er niedriger geworden war. Es dauerte lange, bis sie endlich vor dem Zaun am Flüsschen stand.

Die Lücke im Gatter war mit Schienen, Ästen und verbeulten Rohren repariert worden. Wenn es der Athlet nicht gewesen war, dann hatten es die beiden Großbauern, Haider und Laengerer, veranlasst, um ihre jungen Maisfelder, die am Horizont sich mit dem Himmel vereinigten, zu schonen. Tierspuren im Schnee waren nicht mehr zu sehen.

Das Ungeheuer mit seinem Gestank, der ein wenig höflicher roch, stand neben ihr, die Bunte Bentheimer. Sie raunzte, als sei sie ein kleines Kätzchen.

Die Erregung, die in Ricarda saß, suchte nach Befreiung, wie durch Libellen-Elfen aus dem tropischen Tiefland oder von vergeistigten Fußballgöttern, die auf dem Altiplano ebenfalls verehrt wurden,

Sie lehnte sich mit der Stirn gegen die Bunte Bentheimer, und während sie unter ihren Rock fasste, wo die Umschlingungsbinde spannte, machte sie mit einer Hand, wie gewohnt, Erschütterungsbewegungen, doch sofort, aus Vorsicht, mit der zweiten auch, als wolle sie das Schwein melken, was möglich gewesen wäre, aber es gelang nicht, kaum ein Zugriff, der sie erleichtert hätte.

Frau und Schwein liefen in leichtem Galopp nebeneinander, wollten durch den kaum mehr anwesenden Matsch, der schon von einer grünen Schur bedeckt war, heimkehren, so dass die beiden, froh ihrer gemeinsamen Absicht, behender wurden, rotzelnd und keuchend, während Ricardas Hand zur Vergewisserung auf dem Rücken der Bunten Bentheimer lag, als Vögel, es waren Dohlen und Krähen, die sie nicht bemerkt hatte, Kreise über ihnen vollführten, herab stürzten, wieder hochzogen, ohne einander zu streifen, sich sammelten, und Ricarda nahm bereits Bücklingshaltung ein, während die geflügelten Wesen, die kein Land wie alle anderen Tiere brauchten, unabhängig waren, noch einmal ineinander verwickelt gleich einem Speer auf sie hinunter jagten, jedoch, bevor sie Ricarda und die Bunte Bentheimer erreicht hatten, erneut den Luftraum eroberten, der ihnen allein gehörte und einzeln, ohne sich umeinander zu kümmern, gleich Schrapnells oder Kugeln auseinander stoben.

Als sie vor der Villa ankamen, machte die Madonna mit hoch erhobenen Armen kreuzweise Haltezeichen, als stünde sie auf einem Lastkahn. Die Bunte Bentheimer ging zu ihrem Futtertrog, in den Ricarda auch gern ihren Kopf hineingesteckt hätte.

Der Athlet blies seine Locken hoch, sie mit den Fingern ordnend. Vielleicht orientierte er sich an dem Schmelz alter Nivea-Reklame, wenn ein Skifahrer, die Lippen eingecremt, sich der Sonne entgegenstreckt und mit einem Stockschub sich gleich in die Abfahrt stürzen würde.

»Auf, auf«, rief die Madonna, »Beeilung!«

Sie trug einen zart blauen Umhang, dessen Farbe der irischen Rinderhaut entsprach.

Eva Kosslowski übernahm das Steuer des Blockschokolade-Autos, Martin saß neben ihr, Ricarda musste hinten einsteigen.

Sie fuhren auf dem Kiessträßchen bis zur Abzweigung nach Mayerhofen, wo Eva zweimal in der Woche im Dachgeschoss über der Turnhalle verzweifelten Frauen zuhörte, deren Männer und Söhne, da sie arbeitslos waren, nur noch tranken. Sie gab Ratschläge, wie sich Frauen in der anhaltenden Zerstörung verhalten sollten, aber an Zusprüche glaubte sie selbst nicht. Sie vermochte das wirtschaftliche Tosen nicht aufzustechen wie Eiterbeulen.

Manchmal, wenn sie sich voneinander verabschiedeten, ging Eva weinend nach Hause und zweifelte nicht nur an ihrem aufgeklärten Verstand, auch an ihrer Herzensbildung, trotz Glanz und Farbe des schönen Wetters über der Landschaft. Es gehörte einem überirdischen Täterrunzeln an.

Martin sagte, verlotterte Weiber, grimmige Kinder und Ketten schwingende Jugendliche seien ein revolutionäres Potential.

»Ach was«, sagte seine Frau.

Sie bremste an der Weidach, wo früher die Baracken der Allerärmsten, die Doser und Zaumzeug hießen, gestanden hatten. Die Weidacher fuhrwerkten damals mit Karren herum, die von Hunden gezogen wurden. Nur noch eine Wiese war dort.

In den Weidengehölzen daneben machten im Sommer noch Zigeunerfamilien sich breit, ausgestattet mit Wohnwagen der Firma Skalamut, die inzwischen einem Konsortium gehörte. Die Limousinen und Geländeautos für Transport waren Erfolge einer staatlichen Wiedergutmachung. In Achlamm erbosten sich Pensionäre darüber.

Nach einigen Gangschaltungen hielt die Madonna vor dem Verwertungshof für Müll, der eingegattert war. Dahinter reihten sich die Kessel für fortwährende Gärung, gefüttert von Mais, Raps, Holzschnitzeln, Mist und Gülle. Erzeugtes Wärmegas wurde weitergeleitet oder in Strom für Krankenhäuser oder andere Niederlassungen der Gebrechen umgeformt.

Seither nannte sich das Städtchen »Freie Energiestadt«, auch Wammlingen und Wemmslingen taten es, nur Lindaw am Lac de Constance erhielt noch billigen Strom aus Tirol.

»Weiter«, rief Martin.

Im Industrieviertel ragte eine schwarze Kaaba aus Eisen hoch. In ihr wurden Röhren und Träger für Firmendächer geformt und geschnitten.

Ricarda sprang bei einem Halt hinaus, kam mit Händen junger Maisblättchen zurück, von denen sie sich schon eine Portion in den Mund geschoben hatte, und kauend mit diesem Frühstück aus dem Paradies wäre sie in ihrem Dorf Salmesi umherstolziert, um an Mädchen, Jungen und Frauen das herrliche Futter zu verteilen. Männer, herbeigeeilt, hätten auch ein wenig davon bekommen.

»Sitzt ihr gut«, fragte die Madonna.

Es gab noch eine kleine Fabrik mit einem Tag und Nacht leuchtenden Firmenzeichen, einer hellgrünen Spritze. In dem abgeschirmten Gebäude wurde Gift für Asiens Gewächshäuser hergestellt, auch Heilmittel gegen Legionärsfieber.

Nach dem Hitler-Wall, von alten Leuten so bezeichnet, scherte die Madonna zwischen den drei krummen Füßen des Quellmalz-Turms ein, der vor dem Kino und einer Reifenfirma aus Glasziegeln errichtet worden war. Er sollte eine Touristenattraktion werden. Der Turm ragte über alle Baumwipfel und trug beiseite noch eine Kugel, in der trostlose Heimatkunst ausgestellt wurde.

Eva hielt im Unterdeck eines Parkhauses, wollte von ihrem Mann eine Zigarette, und rauchend ging sie als Erste hinaus, hinter sich die braun verwitterte Ricarda und ihren hinkenden Athleten mit seiner vorwitzigen Stupsnase. In der Fußgängerzone voll Pulloverständern, Apotheken und Brillengeschäften waren nur noch ein paar Türkenrentner, sich an der Hand haltend unterwegs, unablässig maulend.

Die italienische Eisdiele hatte schon geschlossen, jedoch die beste Boutique war noch offen.

»Was wollt Ihr«, fragte Eva.

Martin bekam eine englische Herrenreiterjacke mit paspelierten Knöpfen, ovalem Leder auf den Ellenbogen. Sie passte, sah wundergut aus.

Eva, die Dicke, wandte sich hin und her, probierte, war entzückt von einem Krokodillederkleid, das täuschend um sie saß, ein Fake aus Kunststoff.

»Ach, wie gut, ach, wie leicht, was niemand weiß«, rief sie. »Genommen, Quasimodo?«

Ricarda nahm, ohne zu zögern, aus einem Ständer das eleganteste Kostüm, verschwand in der Umkleidekabine, und als sie wieder herauskam, sah sie aus wie eine Lady, die in den Tropen gearbeitet hatte. Nur die Ärmel waren zu kurz für ihre Schaufelhände. Dazu passten allerbestens die Bergstiefel mit den Wülsten der Socken darüber.

»Perlmutt auf die Fingernägel«, sagte Eva, was sofort, während Ricarda still hielt, getan wurde.

»Ach, wie schnell, ach, wie angenehm«, raunzte die Kommandantin, links ihren Mann, rechts ihre Beischläferin am Arm, »bald werden wir vollendet sein.«

Kies und Eisstückchen spritzten auf, als Eva Gas gebend und mit Bremstaktik vor der Villa hielt. Ohne ihre Tür zu schließen, ging sie, war nicht mehr zu sehen, weder in der Küche, noch oben in ihrer Schlafkammer.

Der Athlet hob eine Flasche Whisky hoch, lud Ricarda dazu ein.

Das Geschöpf aus dem Altiplano bedankte sich, wusste, wohin, in den Stall. Ihre Geliebte lag zum ersten Mal neben der Bunten Bentheimer, die nur ein wenig grunzte, sich kaum bewegte.

Ricarda lupfte und scharrte schüchtern im Schoß zwischen den Beinen der Madonna, aber daraus wurde nichts.

Beide schliefen, aneinander geschmiegt, an der Flanke der großen Sau, die sehr langsam atmete, mächtiges Hebelwerk der Zuversicht.

Krähen, Dohlen und Kolkraben im Nussbaum verspürten wahrscheinlich Verlangen nach Fleisch, Aas, jedoch, als sie vom Hof in das Stallgewölbe hineinstürmen wollten, wurden sie von einer Heerschaar Schwalben, die ihre Nestorte verteidigten, wieder hinaus getrieben.

Eine Fährte der Kröten von dem einen zu dem nächsten Tümpel war genügend nass und schmutzig für ein abschließendes Konzert.

In der Fußgängerzone hatten sich noch Karrenleute vereinigt. Einige trugen Lämpchen auf dem Kopf, andere vermochten kaum zu atmen, besaßen Sprechgeräte vor der Kehle und konnten mit ihren schlaffen Eingeweiden gerade noch elektrisch betriebene Schalttäfelchen erreichen, mit denen das Rollwägelchen gesteuert wurde.

Sie kapriolten, wenn sie endlich in der Zone der Stille unterwegs waren, hintereinander her wie ein stummes Geschrei.

Manchmal stießen sie gegeneinander und gurgelten irgendeine Verzeihung. Sie stammten aus St. Stephan, einem Areal für Verstümmelte, ebenso frühe Schlaganfälle, wo sie beherbergt wurden, auch endlose Stöpseleien zu arbeiten bekamen, verbilligte Aufträge der Industrie.

St. Stephan war während des Weltkriegs eine SA-Truppenführerschule gewesen, danach Krankenhaus für Wehrmachts-Puppen ohne Glieder, Augen oder Gehör, von Minen noch nicht vollendet zerrissen.

Wenn die Leute mit ihren Karren das Städtchen besetzten, erfolgte ein Zustand der Wirrnis, der Anarchie aus Dankbarkeit, jedoch bald fiel der eine, der andere um, Geschrei, und von ihren Hilfsdiensten, den Samaritern, wieder aufgerichtet, wurde es still und dunkel.

Aus dem Achtopf, einer Quelle, floss ohne Unterlass durch das Städtchen helles Wasser, darin standen Forellen, die ihre Kiemen selbstverständlich öffneten und wieder schlossen, als vermöchte die ganze Welt ohne Hemmungen zu sein.

Die Karrenleute, mutig geworden, waren auch auswärts unterwegs, auf einer der Umgehungsstraßen, so dass kein hupendes Auto, kein Lastwagen mehr durchkam, und erst, wenn es ein Berglein hinaufging und die Batterien der komplizierten Wägelchen kaum mehr Energie hergaben, rollerten sie an einem Baggersee vorbei, in dem sie, wenn das Wasser sommerlich warm war, ohne Rettungsringe badeten, lärmend und plantschend. Am Ufer wachten Frauen der Feuerwehr.

Ende April war der Schnee wieder geschmolzen, das Frühjahr setzte sich zum zweiten Mal in Gang. Löwenzahn wuchs, eine gelbe Flut ohne Unterlass, einzige Blume, die der Jauche widerstand, als hätte eine Majestät gesagt, jede Krankheit sei auch Glück vor der Verwesung.

Ricarda wollte endlich ihren großen Bruder besuchen, obgleich sie davor Angst hatte.

Die Kosslowskis sagten, sie wüssten, wo Peter, Pjotr oder Pedro Muro wohne, im Haus Säntis an der Grenze zu Tirol. Fahren oder nicht fahren?

Nachdem sie im Ausflugsverkehr des Tunnelsystems, das St. Stephan, andere Erholungsheime und Krankenhäuser, die wie eine Gesundheitswehr um Achlamm lagen, verband, eine Weile stecken geblieben waren, gerieten sie hinaus in eine dramatisch verheißungsvolle Landschaft im letzten Schürzenzipfel Süddeutschlands, dem Allgaw.

Steile, grüne Grashänge ragten empor, auf denen sich weiß beflügelte Windkraftwerke aneinander reihten, eine Perlenkette um den Hals der letzten Gebirge, bevor sie niedersanken zum Lac de Constance, der am Himmel einen Widerschein warf.

Die Madonna jagte auf kurvigen Sträßchen hinunter, bremsend, hupend, dann wieder Gas gebend, wenn ein Auto oder ein Lastwagen sie an den Rand drängen wollte.

Martin schlug stöhnend die Hände vor das Gesicht.

Ricarda lag hinten auf den Sitzen, als sei sie im Wellblechhaus der Anden, wo das Väterchen, Asche oder irgendwelches erhitztes Steinzeug im Rücken, ihr zugesprochen hatte, sie seien umgeben von einer Brotsalzkruste, dem Rüstzeug der Armseligkeit.

Die Madonna sagte plötzlich zu ihrem Mann: »Erschöpfung.«

Sie wechselten das Steuer, der Athlet fuhr nicht so schnell wie seine Frau. Er schaute da und dort, fragte, wohin?

Über ihnen hing ein von Gittern eingepackter Geröllkropf, niedrig über der Fahrbahn, und weil das Licht nachließ, hätte er als Täuschung ohne Umstände herunterstürzen können.

Martin fuhr durch eine geteerte Gasse und bremste abrupt vor einem in der Abendsonne blühenden Bau aus Glas und Eisen, der auf Stelzen stand.

Ricarda stieg aus, die wieder ihre Hochlanduniform trug mit den Bergstiefeln an den Füßen, den Goldenen Sack umgehängt.

»Ricarda und ich«, sagte Martin, »klettern. Du«, er meinte seine Frau, »wirst unter den Stelzen zum Haupteingang gehen und sichern.«

Schweigen, und sie teilten sich.

Eva in ihrem neuen Schlangenkleid wurde bald eins mit den Strahlen von Punktscheinwerfern unter dem Gebäude, als Martin schon auf halber Höhe an der Eckseite aus Glas und Eisen hing, zügig weiter steigend, bis er sich über ein Geländer schwang.

Ricarda, ihre Stiefel im Goldenen Sack, hatte Mühe,

sich mit bloßen Füßen auf Zapfen oder kleinen Winkeleisen zu halten. Sie rutschte immer wieder ab, was weh tat.

Martin zog, mit einer Hand über das Geländer hinunter reichend, Ricarda herauf. Beide prusteten leise.

Auf einem engmaschigen Gitterboden der Terrasse entlang streifend, schauten sie durch ein geschlossenes Flügelfenster. Das Appartement dahinter war möbliert, doch leer.

Im Zweiten spielte eine ältere Frau, vor einem Notenpult stehend, Geige, immer wieder ihre grauen Haare schüttelnd. Als habe sie etwas gehört, wandte sie sich um.

Die nächste Flügeltür stand offen. Martin legte seinen Zeigefinger auf die Lippen.

In dem Appartement brannte eine dicke, kurze Kerze auf einem blank gebohnerten Holztisch. Die Möbel waren mit Intarsien ausgestattet, die Polsterstühle sahen nach Biedermeier aus.

Martin und Ricarda gingen auf Zehenspitzen hinein, einen Mann gewahrend mit pomadisierter Frisur, gekleidet in einen gestreiften Anzug.

Martin sagte: »Ihr seid Herr Muro? – Wir freuen uns.«

Der Mann stemmte sich aus einem gepolsterten Gestühl, ging Schritte vorwärts und begann zu schwanken, so dass Martin ihn festhalten musste.

Muros rechter Mundwinkel hing herunter, sein rechter Arm pendelte hin und her, und sein rechter Fuß schlappte. Über sein rechtes Auge hing das Lid. Als er sprechen wollte, gurgelte und speichelte er.

Martin sagte: »Ich bin froh, hier zu sein. Eure Schwester ist auch da«, während er eine Handbewegung zur Tür machte, wo Ricarda stehen geblieben war.

Aus einem Gezischel war »fuera, perdido, weg, weg« zu hören.

Ricarda trat Schritte vor, holte aus ihrem Goldenen Sack ein paar Coca-Krümel und steckte sie sich in den Mund. Sie wartete, beobachtete Muro, der immer noch von Martin gehalten wurde. Schließlich kam sie näher, noch näher, bis die beiden von Angesicht zu Angesicht standen, und Ricarda begann leise, inständig zu singen:

»Senoraykiq saludninpaq, waleqyakkunananpaq, tukuy songo, tukuy voluntac, tuku fe, tukuy santokunaman, waqyarikuspa imammatapas personaway nispa, waranqa, waranqa. (Für die Gesundheit deiner Frau, damit sie gesund wird, aus ganzem Herzen, voll guten Willens, voller Glauben, alle Heiligen anrufend mit den Worten, vergebt uns alles tausend, tausend Mal.)«

Danach sagte Ricarda noch voll Wut: »Wank'ira, wank'ira.«

Er sei kein wank, stammelte Muro, kein Frosch mit sechs Fingern. Er befinde sich in einer christlichen Pflegeklinik.

Frage von Ricarda: »Wo ist deine Frau?«

Zunächst keine Antwort, dann kaum verständlich: »Divorcido.«

Die Kleine, die Anschmiegsame, die einzige wahre Freundin, die Ricarda gehabt hatte, das Pummelchen mit den grünen Augen, hinten in einem Gelass grammweise Pülverchen in Tütchen hineinrieseln lassend, oder sie tarierte auf einer altertümlichen Waage, die in der Hand hoch gehalten werden musste, Käpselchen oder Förmchen ab, war immer voll Freude gewesen, auch wenn sie von ihrem Mann angeschrien wurde, sie solle schneller machen. Doch zu weinen begann sie nie, Angestellte kamen herein, beschwichtigten, legten angebissene Pralinen auf den Tisch.

Ohne dass der Athlet sie aufhalten konnte, stieß Ricarda ihren Bruder in das Plüschgestühl zurück und hätte sich auch noch auf ihn gestürzt, jedoch die Madonna trat durch die Zimmertür mit einer Pflegerin in einem weißen Hosenanzug.

Eva hatte ein Butterbrot dabei, zerteilte es, gab Ricarda die eine Hälfte, die andere Herrn Muro, der Mühe hatte, seinen Teil überhaupt in der Hand zu halten.

Die Pflegerin wollte Muro helfen, aber Frau Kosslowski in ihrem neuen, zu engen Schlangenkleid zog die Pflegerin am rückwärtigen Gürtel zurück, sagte: »Nix da.«

Muro mampfte noch umständlich, als Ricarda, die ihre Hälfte des Butterbrots fast aufgegessen hatte, sich niederkniete, das letzte Stückchen auf den Boden legend. Sie holte aus dem Goldenen Sack ein Schnapsfläschchen, nahm einen Schluck und sprühte ihn, nachdem sie noch ein paar vertrocknete Wiesenkräuter dazugetan hatte, darüber, wollte mit einem Gasfeuerzeug die mesa, die Opfergabe einer Schwarzen Heilung anzünden, aber es gelang nicht.

Der Athlet hatte die Hand von Muro losgelassen, und Ricarda war aufgestanden.

Sie gingen hinaus durch die Tür des Appartements, gefolgt von der Pflegerin, die einen Spucknapf, der neben dem Gestühl von Muro gestanden hatte, mitnahm.

Draußen erkundigte sich die Pflegerin bei der Madonna: »Sie haben unser Magnetkärtchen?«

»Danke, o yes.«

Sie fuhren alle nach Hause. Die Bunte Bentheimer schnüffelte durch die Küche, fand nichts zu essen, doch wich nicht.

»O Gott«, sagte Martin, »wir haben den Tieren zu viel Freiheit gelassen.«

»O Gott«, sagte seine Frau, »inzwischen weiß ich es auch, obwohl ich dir seit Jahren die Unterhosen wasche.«

»O Gott«, erwiderte Martin, »das Gebirge deiner Schlüpfer ist nicht zu bewältigen, du kaufst dir immer neue.«

Eva Kosslowski sagte: »Mein Schätzelchen, küss mich.«

Beide gingen, sich umarmend, hinauf in eine der Schlafkammern, wo jeweils ein Ehebett stand, das allerdings zu eng, zu schmal war, jedoch mit einem Pfühl aus Eiderdaunen bedeckt.

Ricarda, allein in der Küche mit der großen Sau, legte ihre Hand auf den Rücken der Bunten Bentheimer, wie sie es schon oft getan hatte, und die zwei gingen hinaus in den Stall und legten sich aneinander. Irgendwelches Gezeck oder Gezick sprang hin und her. Es würde noch viel zu kratzen geben.

Frühmorgens rief Großjean auf einem der Cellphones, die Martin immer bei sich hatte, hoch oben vom Gottesacker an, ein Yak habe sich das Bein gebrochen. Was er tun solle?

»Erschießen«, sagte der Athlet, »mit deinem Trommelrevolver. Ich schicke dir einen Hubschrauber hinauf.«

Das Tier mit Säge oder Messern zu zerlegen, wäre dem scheuen Großjean unmöglich gewesen. Den Lauf mit geschlossenen Augen auf den Hinterkopf des Yaks zu drücken, hätte ihn nicht so sehr verstört, obwohl das Yak noch strampeln und Blut husten würde.

Der Hubschrauber war noch nicht zu hören, als die älteste Gemeindesekretärin aus dem Rathaus anrief, Herr Kosslowski solle bitte, und sie wisse, dass er es gottseidank schon oft getan habe, beim Müllschlucker für die Außengemeinde, der im Bauhof auf ihn warte, bitte, bitte aushelfen. Der Fahrer, ein Türke, schon lang dabei, sei heute Nacht plötzlich gestorben. Seine Frau schreie und schreie.

»Gut«, sagte der Athlet, »mache ich«.

Er sah, als er sich reckte, wie von Breker entworfen aus mit seiner Stupsnase, die blonden Lockenhaare schüttelnd, ein Gestöber aus Geist und Kraft, weshalb seine Frau, schon wieder in ihr Schlangenkleid gezwängt, fragte: »Kann ich mitkommen?«

»Nein. Du hast keine Ahnung von der Bevölkerung.«

»Ich kenne sie besser als du, nicht außen, sondern innen.«

»Ach was, du glättest nur die Verzweiflung der verarmten Weibchen.«

»Und du räumst gründlich auf?«

»Ich nehme den Müll mit. Danach gibt es wieder Raum.«

»Heißt, ohne Müll kein Leiden mehr?«

»Haus und Leib sind für eine Weile befreit, das Seelenleben wird angenehmer.«

»Das glaubst du?«

»Weiß ich, wenn mir die Hand gedrückt wird.«

»Der hübsche Athlet und Fürsorger der Gemeinde.«

»Dumme Kuh, du bist nur eifersüchtig.«

Eva tat so, als sei sie die Zukunft, indem sie sich bückte, sich hin- und herwiegte.

»Ach, ja«, sagte sie, »bin ich«.

»Willst du nun mitfahren?«

»Nein. Ich werde als Hexe mitfliegen.«

Ach, schon wieder Bemerkungen aus der verzwickten Schöpfung, sagte Martin. Er habe es satt, kein Freudianer, kein Indianer zu sein. Die Stubenfliegen der deutschen Niedertracht müssten endlich vernichtet werden.

»Wie«, fragte Eva.

»Ich könnte auch töten.«

»Das wäre ungerecht«

»Wir haben keine Kinder, doch wenn wir eines hätten, ich würde dem Ersten, der dem Kind weh täte, mit dem unsichtbaren Schwert Samurai den Kopf abschlagen.«

»Deine Kraft, Zuversicht und Hemmungslosigkeit?«

»Mein Schatz, manchmal denke ich, ich bin nicht falsch am Platz. Wir haben in unserer Wildnis nichts zu befürchten. Wir sind ein Königspaar in einem Königreich. Je weniger wir tun, desto besser.«

»Und ich soll durch die verzweifelten Gemüter der Landfrauen wühlen und zuhören, dass die Söhne saufen, die Männer auch, und die Mädchen kaufen Crack?«

»Kopf ab.«

»Manchmal denke ich, es wäre besser, geschwinder.«

Ach wie schön es sei, sagte Martin, eine Gegnerin mit dicken Schenkeln zu haben und mit platsch, platsch auf den Hintern, den schönsten Körperteil zu tätscheln. Habe sie noch nicht gewusst, sagte Eva, ihr Schlangenkleid hochraffend und sich über eine Sessellehne beugend.

»Nein, tu das nicht. Es ist schamlos.«

»Ich bin nicht deine Mutter, sondern deine Geliebte, deine Frau, schon lang zusammen.«

»Trotzdem, ich habe Angst.«

»Sollen wir zusammen hinunter in den Keller wegen dem Popo?«

»Ja, bitte.«

Sie gingen in die finsterste Ecke der Fahrradteile und alten Gartengeräte, wo es kaum mehr ein Durchkommen gab und der Athlet voll Panik schon einmal gestanden hatte.

»Zufrieden?«, fragte Eva.

»Nein. Und wenn ich nein sage, dann ist es so.«

Irgendein Hemmnis schwindelte herum, entweder Güte und Vorsicht, oder ein chemisches Zerwürfnis, als die Madonna den Reißverschluss des Hosenladens öffnete und den unaufdringlich geformten Genus herauszog, ihn zupfte, massierte und packte, aber das

Membrum blieb stumm, obwohl er seine Hand in die weiße, makellose, aus Baumwolle gewirkte Unterhose seiner Frau hineinschob, in Feuchte und Bereitschaft, während er seine Finger auf doldenhaften Gebilden spazieren ließ. Es war genügend Schwulst vorhanden, doch kein Geseufze erhob sich, als blickten Schwalben zu, das zwitterhafte Geschehen vollendete sich nicht.

Martin wollte sich entschuldigen, doch Eva sagte, es seien die Tabletten.

Er ging hinauf zu seinem standhaften Mercedes, lud die Madonna ein, mitzufahren. Doch sie wollte nicht.

Als er, eine Vollendung für Zwerchfellfahrer, kuppelnd und Zwischengas gebend, mit durchdrehenden Rädern, was bei dem Einhundertvierundzwanziger noch möglich war, durch ein Gatter brach, das Gänse zurückhalten sollte, die aber noch nie jemand entdeckt hatte, stand die Madonna allein im Hof, schaute nach Krähen und Raben im Nussbaum, kein Vogel war zu sehen.

Im Stallgewölbe gab es keine Bunte Bentheimer, jedoch ein paar Meerschweinchen, die hin- und herflitzten. Von wem waren sie? Von Ricarda?

Sie war nicht da. Hatte sie sich, wie schon oft, versteckt?

Im Keller nahm Eva Wäsche, die beinahe angeschimmelt war, aus der Trommel und steckte sie in den Trockner. Das Geräusch der beginnenden, wuchtigen Umdrehungen beruhigte sie. Sie legte sich auf eine Bank daneben und befriedigte sich, wie sie es schon als Mädchen getan hatte. Dabei gab es keine

Enttäuschungen, selbst bei Phantasmagorien bis zum Anschlag.

Bügeln würde sie Hemden nie, sondern nahm sie noch feucht heraus und hängte sie auseinandergeflügelt auf, mit Holzklammern im Hof an gespannte Strippen geheftet. Sie hatte es auch Martin beigebracht, der gesagt hatte, einmal wolle er ein weißes Hemd mit gestärkten Manschetten und einem gestärkten Kragen haben.

Mit Wucht und Unwucht musste sich der Athlet auch auseinandersetzen, während vorn die gesäßige Elli Gottwald ihrem automatischen Getriebe nur Gas geben musste.

»Ab«, rief sie, »ab, ab!«

Hinten auf dem gewaltigen Fahrzeug zu stehen, das durch die Landschaft raste, glich Artistik, sich nicht nur festzuhalten, auch abzuspringen und die vollen Kübel zu holen, die vor Höfen oder kleinen Siedlungen standen, deren Namen er nicht kannte. Sie hatten sich fröhlich anmalen lassen, und die Stallungen waren zu »Ferien auf dem Dorf« umgebaut worden, so dass er die vollen Kübel gern dem Gerüttel überantwortete, damit sie leer wurden, aber leer mussten sie auch zurückgebracht werden, und die nächsten Familiencontainer standen schon da, eine unablässige Arbeit ohne Kopf und Nase.

Trotzdem hielt er manchmal inne, schaute hinein, holte alte Pappteile einer Firma heraus, eine Schachtel Suppenwürfel, ein Kinderbeinchen aus Holz, eine zerschlagene Brille und ein Mal einen völlig frischen Kalbskopf, versehen mit einem Veterinärsstempel für Güte.

Die Teufelin Gottwald beobachtete ihn durch den Rückspiegel, gab im Leergang Gas.

»Ab«, rief er, gab Zeichen.

Sich nur mit einer Hand festhaltend, ließ er sich durch die öde Landschaft aus Raps und Mais tragen. Ab und zu sah er noch grasendes Jungvieh, doch Ricarda lag nicht dazwischen, um zu mahlzeiten in ihrem Paradies.

Namen wie Nesselwang, Niederschwang, Schechtel oder Polsterlang flogen vorüber. Mitunter hielt Elli Gottwald an, als wolle sie ihm ein Atemholen gewähren, währenddessen er das Gefühl hatte, zum Erzengel Gabriel geworden zu sein, absteigend und prüfend um sich blickend, obgleich sein Gefieder, an den Schultern angebracht, noch blutete. Nun sollte ausgerechnet er Recht sprechen, hineinstechend in die Seelen der Bierfrauen, der prügelnden Männer, der Rechner- und Crack-Luder unter einem Föhnhimmel, der unablässig aus Italien über das Gebirge zog, als wolle er den Barbaren endlich Frieden bringen, eine Schönheit aus Schmerzensgewölk und unablässigem Blau.

Gottvater, der alles sah, war weg, sein Sohn ebenfalls, nur der Heilige Geist tröpfelte noch ein wenig als Diener.

Elli Gottwald gab Gas, gestattete es dem Erzengel kaum, am Müllwagen hinten Platz zu nehmen, er musste seine Flügel benützen, die ihn sogleich höher trieben. Schon als Radiologe hatte es ihn zuletzt angeekelt, in kranke oder noch gesunde Leiber hineinzublicken, Schlösschen in Lunge oder Gebärmutter zu entdecken, die bald zu uneinnehmbaren Burgen werden würden.

Der Athlet war zu einem Gottlosen geworden, den Herzens- und Magenangst jagten, so dass er seine Flügel abriss, ein blutiges Geschäft. Er wollte auf die Erde zurück, am besten hinunter in eine U-Bahn mit einer Kapuze auf.

Das Land mit seinen Wiesen- und Ackerregulationen war nicht mehr genießbar, nur in der Großstadt gab es noch Vielfalt durch Baggerzähne und vergessene Eisenbahngeleise. Zaunkönige hüpften auf Dornenbüschen umher, Spatzen stahlen von Kaffeeservices das Gebäck, ein Fuchs verwehrte plötzlich den Eingang zu einem Hallenbad, und ein Puma soll durch die verlorenen Ziegelviertel der Berliner Charité geschlichen sein.

Elli Gottwald hatte gewartet, war zurück gefahren. Martin stand hinten am Müllwagen und reckte, trotz Trennungsschmerzen, einen seiner flügellosen Arme hoch. Wie schön, die Kübel voll, dann leer, wieder hin- und herzerren zu können, als gäbe es keine Beweise mehr für das Himmelreich, nur noch Familienunrat und eine endgültig in den Schmutz hineingestopfte Schachtel voll Ferienfotos.

Die Fahrt dauerte bis zum Abend, denn Höfe und Weiler lagen weit auseinander. Früher hatten die Siedlungen noch enger gestanden. Kaum jemand wollte mehr, da sie nichts mehr einbrachte, Kuh- und Milchwirtschaft.

In einem Dorf namens Rohrbach hielt die Gottwald an, wollte Bier trinken in einer Wirtschaft, die geschlossen war. Als sie ans Fenster klopfte, wurden ihr zwei Flaschen herausgereicht.

Weshalb sie nicht zahle, fragte Martin.

Sie habe ein Deputat.

Wieso zwei Flaschen?

Brauche sie.

Wer drinnen sei?

Pfadfinder, Gewerkschaftler und die Eltern der Eltern der Wirtschaft. Das Haus sei groß genug. Sie kümmerten sich um eine Blindenanstalt und die Heilstätte am Kramm. Den Müll versorgten sie selbst.

Sie fuhren zurück zum Bauhof, wo Elli Gottwald ihn absetzte. Sie musste mit ihrem vollen Ungetüm weiterfahren nach Ravensloh, wo Müll der ganzen Gegend in einer zu umfangreichen Anlage verbrannt wurde.

Es gab einen Wettstreit zwischen Dörfern und Kleinstädten, wohin Unrat besser verkauft werden könnte, wie in einer Zeitungsnotiz, dass Neapel täglich hunderttausend schwarze Säcke voll nach Köln verschiffen lasse.

Martins Konto in der Stadtverwaltung wurde höher. Er ließ es immer bis zum Ende des Jahres stehen, um nicht aufzufallen als Springer. Es gab ihn im Grunde nicht.

Zuhause erhielt das einhundertvierundzwanziger Mercedes-Auto einen Tritt, so dass es, als Nachtrag für einen Erzengel Gabriel, selbständig ein Stück in den Gewölbestall hineinfuhr und, ohne anzustoßen, hielt.

Niemand da. Nur der Hund und die beiden Katzen liefen um ihn herum. Er prüfte ihre Futterschüsseln, die leer waren, und schlenderte noch über den Hof, zielte mit einem Zeigefinger hinauf in den Nussbaum. Raben und Krähen, die Beaufsichtiger, hatten ihn verlassen.

Der Athlet ging hinaus in die Wildnis, sah eine Herde Ziegen, die er noch nie gesehen hatte, dann die irisch blaue, alte Mutterkuh mit ihrem Bauch. Er legte seine Hand auf ihren Rücken und geleitete sie in den Stall.

»Hilfe«, rief er, »ist niemand da?«

Zunächst kamen nur Meerschweinchen, die dreimal im Jahr Kinder bekommen würden. Die alte Kuh legte sich zum Gebären hin, hätte aber stehen müssen. Sie schnaufte und presste, doch hinten kam nichts heraus außer Flüssigkeit. Wenn es so weiter ginge, würde das Kälbchen vertrocknen. Ricarda und die Madonna kamen, fragten, was sie tun sollten?

Er brauche Seifenlauge.

Der Athlet legte sich hinter die Kuh und schmierte Seife um seinen Arm, dann fuhr er in die Kuh hinein, spürte, dass das Kälbchen unrichtig lag und fing an zu zerren, an Beinen, am Kopf, den er kaum umklammern konnte.

Inzwischen lagen die Madonna und Ricarda neben ihm, ebenfalls mit eingeseiften Armen, und griffen abwechselnd auch tief drinnen nach dem Kälbchen, das nicht zu bewegen war.

»Ein Seil, ein Seil«, rief der Athlet.

Die Madonna holte ihm eines aus dem Stall. Er machte eine Schlinge und drang mit dem Seil Stück um Stück zu dem Kälbchen vor, das Gesicht völlig verschmutzt gegen das Hinterteil der Kuh gepresst.

Er schnaufte lauter als die in Bedrängnis gebrachte

Kuh, die zitterte und bebte, und nach einer Weile gelang es ihm tatsächlich, die Schlinge, wie er spürte, um zwei Beine des Kälbchens zu legen.

Alle drei knieten sich hintereinander, und während Martin das Kommando übernahm, zogen sie langsam, ganz langsam an dem Seil, das sich straffte, aber eine quere Gewalt sperrte noch.

»Keine Angst«, rief Martin, »ziehen, ziehen!«

Sie zogen und zogen, immer mehr ohne Rücksicht, ob es nun eine Totgeburt werden würde oder nicht, wenigstens musste die alte Kuh mit ihren mageren Schulterblättern als Regentin der Wildnis gerettet werden. Schreiend und tobend gelang es ihnen, dass die beiden gefesselten Beine sich zeigten, aber nicht der Kopf. Das Kälbchen würde bald ersticken.

»Weiter, weiter!«, rief Martin.

Sie waren aufgestanden, und das Gezerre wurde brutal, doch plötzlich rutschte das ganze Kälbchen heraus, schlohweiß, nicht irisch blau.

Die Madonna klopfte und rüttelte es, bis es zu schnaufen begann, wischte es mit Stroh ab und trug es triumphierend umher, übergab es auch den Armen Ricardas, die es mit Kräuter- und Coca-Schleim besprühte, den sie im Mund vorbereitet hatte, außerdem besang sie es leise mit der Melodie einer Weißen Heilung.

Die alte Kuh musste unbedingt aufstehen, sonst würden ihre Lungen einfallen. Der Athlet und die Madonna versuchten ihr zu helfen, doch brachten sie wenig zustande. Die Bunte Bentheimer, als sei sie gerufen worden, kam herein und schob sich mit ihrem großen, gewölbten Rücken unter den Bauch der Kuh, hob sie langsam hoch, und so blieben beide. Die alte Kuh muhte laut voll Schmerz und Triumph.

Bald fiel die Nachgeburt aus ihr, die von eingedrungenen Dohlen und Krähen aufgefressen wurde, Meerschweinchen umkreisten sie. Nur eine Blutspur blieb zurück, die Ameisen sich aneigneten.

Das Kälbchen stakste schon durch das Stroh, fiel hin, rappelte sich wieder auf, wurde von Ricarda zu seiner Mutter gebracht, damit sie es abschlecken, sich aneignen konnte, aber die alte Kuh hatte wenig Interesse, war zu schwach und müde, obzwar immer noch gestützt von der Bunten Bentheimer, deren Geduld anhielt.

Umschwärmt von Meerschweinchen wandte sich das Kälbchen ihnen zu, fiel hin, stand wieder auf, bewegte seine hohen Beinchen, deren Schrittabwechslung es erst üben musste. Diese Meerschweinchen, als seien ihnen gestrickte Pullover angezogen worden, waren zu verlockend, es folgte ihnen zu einer Höhle im Stall, war nicht mehr zu sehen.

Der Athlet und seine Erdbeerfrau umarmten sich, hätten wahrscheinlich auch gern ein Lied gesungen, wie es Ricarda schon vorher summend getan hatte, wenn ihnen eines eingefallen wäre.

Ricarda blieb zurück, veranstaltete aus Stroh und trockenem Mist eine Segens-Mesa, über die sie aus dem Goldenen Sack Schnaps spie, aber das Feuer wurde zu hoch, sie musste es austreten, sonst hätte es das ganze Stroh im Stall in Brand gesetzt.

Sie pfiff den Meerschweinchen, kannte seit Kindheit ihren Geruch und ging zu der Höhle, wo sich die

Meerschweinchen in einem Haufen über das Kälbchen als Gast gelegt hatten.

Sie zog das Kälbchen heraus, brachte es zu seiner Mutter, damit sie sich noch einmal gegenseitig abschlecken konnten. Die alte Kuh stand wackelnd allein. Der Bunten Bentheimer war es als Stützapparat zu langweilig geworden, sie hatte sich entfernt.

Ricarda legte die Schlinge des Stricks um den Hals des Kälbchens, mit dem es erst vor einer Stunde aus dem Mutterleib gezerrt worden war, und so ging sie mit beiden hinaus an den Rand der Wildnis, wo Schmetterlinge, Brummer und Heuschrecken schwärmten, das Kälbchen immer wieder an dem Strick hochziehend, damit es nicht stolperte, dann aber nahm sie den Strick ab und überließ Mutter und Kind der Freiheit, schönster und schwierigster Teil des Lebens.

Die beiden wurden von anderen Tieren beschnuppert und begrüßt, vielleicht zog eine Herde Pferde eine galoppierende Runde um sie, eher ein Erschrecken, obwohl es ein Willkommen vorführen sollte.

Auch Schnecken und Raupen würden an den Beinen des Kälbchens hochkriechen. Sie mit der Zunge berühren, was sehr fremd schmeckte, oder sie an der Rinde eines Bäumchens abreiben?

Die Mutter kümmerte sich nicht darum, hatte mit solchem Gezeugs an ihren abgemagerten Gewerken, die nur noch aus Haut und Knochen bestanden, nichts zu tun.

Sie ging langsam auf einen fahlen Wolf zu und fauchte, wie sie es während ihres langen Lebens gelernt hatte, traute sich schrittweise näher, in Abständen immer mehr fauchend, so dass der Wolf zurücktrat, schließlich floh, dessen Rudel irgendwo entfernt hinter Gesträuch lauerte.

Das Kälbchen wollte auch fauchen, was nicht gelang, es war eher ein verrotzeltes Krähen, aber es würde lernen, neben der alten Königin in Büschen und den eng zusammenstehenden, von Moos bedeckten Bäumen Schutz zu suchen. Es gab eine mit dem Gehörn leicht zu verteidigende Lücke.

Ricarda saß draußen mit untergeschlagenen Beinen im Gras, würde bleiben, bis es Nacht geworden war, sie nichts mehr sehen konnte, genügend erkaltet, so dass sie mit ihrer Reptilienstelle in der Stirn vielleicht beobachten könnte, infrarot, die Pflanzen in Blau getaucht.

Auf dem Altiplano war es manchmal geschehen, vorgeführt von Ziegen- und Lamahirten.

In der Küche saßen die Madonna und der Athlet am Tisch, wollten keine Reste aus einer Pfanne zusammenscharren und essen. Die Feierlichkeit des geborenen Kälbchens beschäftigte sie noch.

Der Athlet hielt das Schweigen nicht aus, ging hinaus und kletterte am Haus hinauf, eine Tour, die er oft gemacht hatte, doch er hangelte sich zu hastig hinunter und stürzte vom letzten Stück ab. Hinkend kam er herein.

Seine Frau sagte sofort: »Keine Ironie, bitte.«

Sie gingen hinauf zu ihren Kammern, küssten sich noch flüchtig und trennten sich.

Eva sagte, seine Impotenz sei nicht wichtig, eine Folge der vielen Tabletten wie bei ihr.

Murrend ging er, denn sie konnte täuschen, ächzen und jubeln. Das sollte er sich auch angewöhnen, aber wie, außen von ihr mit ein bisschen Sößchen in der Hand?

Ein Vogel pickte ans Fenster. Er schob den oberen Teil hoch. Eine Bachstelze stand auf dem Brett, wippte und schnippte, hörte nicht damit auf, so dass er schließlich lachte und vielen Dank sagte. Weg war das geflügelte Wappentier.

Die Kleinigkeiten des Lebens, deren Süße? Mit angelegten Armen lag er im Bett. Würde dasselbe auch Eva tun?

Schon in der Charité hatten sie sich umarmt und geflüstert: Kinder, bitte sehr, müsse aber nicht sein. Sie hätten als Waisen zuviel Grausames erlebt. Der Wurm der Fruchtbarkeit sei überall vorhanden; zunächst Gewerbe, Geld, dann Abschied und neuer Blick. Es war gelungen.

Der Wolf kam zurück, der die alte Kuh belauert hatte. Ricarda saß im Gras, ein bisschen Kräuter und unbekannte Halme essend, die überraschend gut schmeckten, aber sie hätte noch das Fischlein dazu gebraucht, das damals im Schnabel eines Fischreihers nicht quer, sondern längs lag und deshalb heruntergefallen war für eine vollendete Mahlzeit.

Der Wolf scheute nicht, kam näher, und Ricarda wusste nicht, was sie tun sollte. Irgendwo hinter dem Tier lauerte das Rudel.

Sie stellte sich auf Zehenspitzen, als der Wolf schon beinahe sich vor ihren Beinen duckte, um die Beute zu beschnüffeln, sie links und rechts die geöffneten Hände neben dem Gesicht, damit die menschliche Maske größer wirkte, dazu schnaufte und nieste sie vor Entsetzen, so dass der Wolf, ein wenig jaulend, zurück ging, das Hinterteil hin- und herwetzend. Er stieß Gebell oder kaum wahrnehmbare Jauchzer aus und floh. Das Rudel, in der Ferne zunächst auf Angriff bedacht, hatte sich verabschiedet.

Kuh und Kalb, die in der Nähe gestanden hatten, trotteten zu ihr, dessen gewiss, dass Ricarda alle Angriffe abzuwehren vermochte. Sie nahm die Tiere mit ins Stallgewölbe und verriegelte das Tor. Dem Kälbchen zeigte sie noch einmal das Euter seiner Mutter, und die alte Kuh bekam brasilianische Sojapellets, Notnahrung, die bei den Kosslowskis verboten war, aber es gab sie trotzdem.

Das alte und das junge Tier legten sich voreinander in das gelbe Stroh, das jeden Tag von Martin gemistet wurde, und konnten sich endlich nach der schweren Geburt inbrünstig begrüßen. Ein paar Meerschweinchen wuselten schon wieder umher, wurden mit Tritten der alten Kuh in die Ferne geschickt.

Nichts mehr geschah, außer dass Schwalben aus ihren Nestern noch ein wenig tschilpten, Ordnung und Genügen waren eingekehrt.

Ricarda ging hinauf in die Kammer und legte sich steif ins Kastenbett. An dem einsamen Nagel der Gemäuer hing ihr Quechua-Koks, ausgebeult und gebürstet.

Ach, der Rauch in ihrem gemauerten Häuschen mit dem Wellblechdach, der nur durch das kleine Fenster abzog. Sie besaßen, im Dorf üblich, keinen Herd, keinen Ofen, nur eine Feuerstelle auf dem gestampften Boden.

Das Väterchen hustete immer mehr, obwohl es vom Großen Bruder Asthma-Sprays erhielt, jedoch der Kopf schwoll an, der Blutdruck erhöhte sich.

Sie besaßen ein paar Ziegen, die morgens in der Herde mitliefen und abends selbstständig in den Hof einkehrten, wo sie Grünzeug vom Hang oder aus dem nächsten Bach von Ricarda erhielten. Die Tiere im Winter zu schlachten, wäre eine unmögliche Trauer gewesen.

Fleisch ließ sich von den Nachbarn kaufen, zu, sie wusste es, höheren Preisen. Die noches, Abendländischen, hatten Geld.

Das Väterchen, elender geworden, sagte, sie müsse zum ersten Mal allein unten in La Paz umtauschen, nicht nur Plättchen, sondern einen ganzen Barren. Er wog schwer im Goldenen Sack.

Sie hatte Hosen und Bergstiefel angezogen, war geschminkt, die langen Haare zu einem schwarzen Kranz um den Kopf gelegt, trug keinen Hut.

In La Paz, nach der langen Fahrt, wie immer zusammengepfercht auf der Ladefläche mit verlumpten Nachbarn aus Asmarete durch Regen und Schneeschauer die ganze Nacht stehend, während Bäche unter Röcken hervorrannen und ein Mann, der eine Stunde lang gejammert hatte, sein Darmgeschäft am Rand der Kiesstraße erledigen musste, ging sie die Hauptstraße

Villazon zur Plaza des Estudiantes hinauf, öffnete die Tür des Schmuckladens Ecke Colorados.

Drinnen stand der Froschkönig. Er hieß Wladimir Niclas Settembre, ein naturalisierter Staatsbürger aus Odessa, seit Kindheit ihr bekannt.

Das Gold auf den Tisch, Geschleppe ins Hinterzimmer, zurück mit einer Tüte voll Dollars. Sie meinte, es sei zu wenig, da er zwanzig Prozent behielt. Geschmunzel, und indem er gurgelnd »Kindchen, Kindchen« sagte, holte er nochmal Geld.

Nachdem sie die Bündel in den Goldenen Sack und die Joppe gestopft hatte, ging sie. Die Tür war nicht abgeschlossen. Beschäftigte der Froschkönig ein paar Pistolenschützen, die sie nicht sah?

Sie nahm ein Taxi, noch nie getan. Der Fahrer war begeistert, dass sie bis in das Altiplano hinauf wollte. Nach vielen Stunden, rutschend und bremsend, waren sie dort. Sie ließ vor dem Dorf halten, damit niemand sah, wie hochmütig sie daher gekommen war. Dem Fahrer, einem jungen Schratt mit wenigen Barthaaren, gab sie hundert Dollar.

Er wollte aussteigen, für sie beten und eine kleine Mesa aus dem Müll des Autos veranstalten. Sie verbot es ihm.

Das Geld wurde in die Fugen des Steinhauses eingelagert, und ein paar Goldbarren ruhten noch unter dem Fußboden. Das war die Güte des Kommandanturwesens, die Schönheit des KZ's gewesen.

Im Kastenbett von ihrer Steifheit erlöst, schwamm Ricarda mit Kieselsteingöttern durch Gebirge, bis Erinnerung und Traum in Bächen untertauchten. Ein Aschenbecher zeigte sich, leer und blank geputzt.

Sie war, wenn sie im Kreis der Frauen saß, nie hinüber dirigiert worden in den Kreis der Männer, obwohl die Gesichter der Dreißig- oder Vierzigjährigen, die schon drei, vier, sieben Kinder geboren hatten, älter aussahen als sie.

Der Athlet stand in der Tür, befahl, »Ihr müsst mit!«

Ricarda zog, ungewaschen, ihre alten Kleider an, sprang hinter Kosslowski her, der im Stall seinen alten Lanz-Bulldog, der noch eine Schwungscheibe besaß, anwarf.

Er war auch Besitzer eines achträdrigen Fendt, den er nur bei besonderen Gelegenheiten nahm.

Sie fuhren hinaus zu den Äckern, die alle umgewühlt waren. Die Bunte Bentheimer hatte nichts zu fressen bekommen und war auf junge Würzelchen und Pflänzchen gestoßen. Vielleicht hatten Hund und Katzen auch mitgetan.

Der Athlet stieg von seinem kleinen Schlepper und beschaute die Wüstenei. Es war nichts mehr zu retten, sie mussten, obwohl verspätet, neu säen und Keimlinge pflanzen.

Wütend sagte er zu Ricarda, »nun seid Ihr dran mit Eurer verwunschenen Sau. Sucht und holt sie«.

Sie fuhren zurück über Stoppeln und Fressfurchen. Als sie im Stallgewölbe ankamen, war die Bunte Bentheimer schon dort, als habe sie ein schlechtes Gewissen gehabt. Sie lag beim Schäfchenstall, wo noch Flocken der wolligen Kinderchen am Holzgitter klebten.

Ricarda durfte nicht mehr mit. Sie solle ihr Schwein im Stall einsperren, tagelang, wochenlang, bis zum Ende des Lebens, damit es keine Vernichtung mehr anrichte.

Der Athlet und die Madonna nahmen den Blockschokolade-Mercedes, dessen Räder wieder durchdrehten, und waren unterwegs nach Ravensloh.

Wo es über ein kurviges Gefälle hinunterging zur einstigen Reichsstadt, waren sie früher auf Fahrrädern mit zu wenig Bremsgummi an den Felgen hintereinander, ohne zu stürzen, abgebogen zum Badesee und zwischen Binsen gelandet. Sich gegenseitig ausziehend, hatten sie sich geliebt, wie es in dieser Rücksichtslosigkeit nie mehr geschehen war.

Sie kauften Säcke besten Samens und zehn Paletten, nicht voll hellgrüner Bambussprösslinge, sondern Tabakpflänzchen. Er wollte damit eine Durchfurchung des Bodens ausprobieren. Die Paletten reichten, hineingestemmt auf den Hintersitz, bis zur Decke.

Plötzlich war der Athlet weg, irrte auf dem großen Rathausplatz umher, schüttelte den Kopf, nieste, kniff ständig die Augen zusammen.

Ein Gewitter tobte in ihm, dem er Raum geben musste.

Nasen begeisterten ihn. Er wollte an allen ziehen, sie verlängern, stülpen, griff stets daneben; Passanten flohen.

Die Madonna in ihrem zu engen Schlangenkleid wusste, was eingetreten war, ein Tourette-Syndrom. Sie legte einen Arm von hinten, als sei sie eine Ringerin, um seinen Hals, knebelte ein wenig und hörte zu, wie sein Atem, der zu schnell war, einfacher wurde.

»Nehmt meine Nase«, sagte sie.

Zunächst fand er sie nicht, drehte sich, frei gelassen, um und packte schließlich seine Frau an der Nase, die er kaum erwischte, da sie klein war wie sein Athletennäschen, außerdem voll Rotz, auch Tränen hatten sich dazu gesellt.

»Holla, Frauchen, seid Ihr erschüttert?«

»Ja.«

»Schlimm, schlimm, bitte, nie mehr.«

Sie gab ihm aus ihrem Döschen, das sie immer dabei hatte, eine Tablette Benzodiazepam.

Werde gut tun, er spüre schon, sagte er, die Wirkung, was so schnell unmöglich war.

Die Madonna fuhr eilends hinauf über die Steige und hätte beinahe eine Katze, die über die Straße huschte, überfahren, wenn ihr Mann nicht mit seinem linken Fuß ihren Fuß, der schon auf dem Bremspedal lag, grob hinunter gedrückt hätte.

Quitt seien sie jetzt, quitt, quitt, murmelte er, seine Rücklehne zum Schlafen nach hinten stellend.

Ach, wie schön war das grüne Allgaw mit der Flut gelber Butterblumen, die nie verdarb. Die Gebirge der vorderen Alpenkämme besaßen noch Schnee, der im Schein der Sonne am wolkenlosen Himmel die Farbe zerlassener Butter annahm, ein unablässiger Brotaufstrich, und wenn Vogelschwärme in der Nähe sich verteilten, mochten sie einem philosophischen Unglauben angehören, der den Geschwindigkeiten in Raum und Zeit hinterher eilte und sich allmählich auf dem Steuerrad, das die Madonna im Griff behielt, wie ermattete Blütenblättchen, die sich zu früh hervorgewagt hatten, niederließ. Sie streifte sie ab, als handle es sich um eine Allergie, Mahnung des Wetterdienstes für ein zu warmes Frühjahr.

Die erboste Bunte Bentheimer hatte im Stallgewölbe, auf dem Hintern rodelnd, ihren Kot verteilt, schaute stur vor Befriedigung der Bescherung zu. Ricarda schaufelte noch einen Schwung aus dem Abfall der Küche in den Futtertrog, der jedoch nicht ausreichte und zu wenig Soße, Tunke, Schaum beinhaltete.

In einem eisernen Schubkarren bugsierte sie neue Fracht hinaus in die rissige Wildnis, die alles Gedeihen der Wünsche in sich barg, legte ab und zu eine Spur von Fresskleinigkeiten hinter sich, bis sie, schwer war es, durch die Schachtelhalme zu gelangen, vor einem kleinen Buchenhain angekommen war.

Dort leerte sie den Schubkarren in einen Kübel, und die Bunte Bentheimer mit ihrer gefährlichen Masse und, wenn sie gereizt worden war, ungehemmter Wildheit, saß sofort da und fraß, steckte ihre Schnauze in den von Ricarda immer wieder geschickt voran geschobenen Berg des Futters. Manchmal knurrte das Schwein, schüttelte den Kopf, um sich von dem vielen Fressen zu befreien.

Der Hund und die zwei Katzen waren lautlos dazu gekommen, hockten schüchtern um den Kübel, wartend, als seien sie Liebhaber von Aas.

Plötzlich schoss eine Handvoll gelber Prinzess-Sittiche aus dem Laub der Buchen herab, vollführte, sich auf den Rücken legend, einen Salto, so schnell wie Kolibris, verschwand wieder im Buchenhain, in dem sie vor Falken, Bussarden und Gabelweihen geschützt war.

Noch einmal, gemächlicher, flatterten die Vögelchen hernieder, beschauten sich die großen Tiere und suchten in den gelben Gräsern des Paradiesgartens nach Samen und Würmchen. Als sie gesättigt waren, flüchteten sie sich wieder hinauf zwischen die wie von Wachs bedeckten Buchenblätter. Ein japanischer Blutspitzahorn stand auch darunter.

Nachts lag Ricarda bei der Madonna und dem Athleten im Bett, musste sich bei ihnen anschmiegen, damit sie nicht vom Rand fiel. Außerdem war die Decke zu kurz und zu schmal. Aus dem Hin- und Hergezerre ließ sich leises Gelächter vernehmen. Finger strichen über die Haut, wanderten um Wärzchen, hinab zu den gefährlichen Gefilden, die noch geschlossen oder noch nicht aufgerichtet waren, sehnsüchtig ballten sich Hände ineinander, und Küsse wurden da- und dorthin verabreicht, an die Hälschen, hinein, kaum zu erreichen, die Öhrchen, hinunter in den Mund und wieder hinauf zu den Nasenlöchern, was keiner aushielt, wieder Gelächter und Gepruste.

Ricarda, die bisher geschwiegen hatte, fing mit der ganzen Hand, der Faust im feuchten, sich öffnenden Geschnitz der Madonna zu bohren an, was zunächst Freude bereitete, dann aber Schmerz, und sofort war sie beim aufgerichteten Zäpfchen des Athleten, das sie schüttelte und vorn an der Eichel würgte, wahrscheinlich ein Lernprozess bei Kinderspielen auf dem Altiplano, um irgendwie frei zu kommen, diesmal aber als Huld gedacht, jedoch der Athlet presste die Schenkel zusammen.

Die Madonna bot sich noch einmal dar, ließ die wie von Gelee bedeckte Hand in sich eindringen, auch ein wenig wühlen, da ihr Zäpfchen, viel kleiner als das ihres Mannes, hin und her geschaufelt wurde, mal schnell, wieder langsamer, aber dann verlor Ricarda die Spur und zog ihre Hand zurück.

Noch eine Weile lagen sie aneinander gepresst in dem schmalen Bett, hatten Wärme und im beginnenden Schlaf Zuversicht, nicht vom Rand zu fallen, bis eine Eule, die mit ihren weiß umflaumten Augen im Gebälk gesessen hatte, über sie strich auf Suche nach Beute, im besten Fall einem Schmutzklümpchen aus Ricardas Ohren. Sie flog ohne Laut wieder zurück und würde warten, bis gegen Morgen sich trotzdem noch Beute zeigte, verhärteter Rotz aus Martins Nase.

Ricarda ging in ihre Kammer, lag ausgestreckt im Kastenfließ und befriedigte sich mit ihren harten Fingern selbst, wie es das Väterchen, als sie noch ein Mädchen gewesen war, schüchtern vorgeschlagen hatte, damit sie betrunkene Quechuas während Festen nicht begehren würde.

Nie hatte das Väterchen sie am Schoß berührt, nur gesagt, wenn zu viele schwarze Haare gewachsen seien, solle sie sich dort rasieren mit seinem Messer, Pinsel und seiner Hartseife.

Einmal lag die Hand des Väterchens auf einem ihrer nicht vorhandenen Brüstchen, während sie beide schliefen. Es war unabsichtlich, doch wie von kühlen Bohnenelfen gedacht.

Der Athlet pumpte den Jauchewagen voll Wasser, fuhr mit dem monströsen, in rotem Lack erstrahlenden Fendt, der 300 Pferdestärken besaß, hinaus zu den

Äckern, tränkte sie, fuhr wieder zurück. Er benötigte für die weit abliegenden Landschaften, an deren Ende es einen Zufluss in den Henggelesweiher gab, einen ganzen Tag, ließ sich davon nicht beirren.

Das zu trockene Frühjahr nach dem verdampfenden Schneefall musste überschwemmt werden, damit Würmchen und akrobatische Käfer, die sich nur gegenseitig stecklings befruchten konnten, an die Oberfläche kamen und ihr Nervengezweig in die Mitochondrien gelangte, die kleinen Kraftwerke der Zellen, wo die Eigenschaften gemischt wurden.

Die Madonna machte nicht mit, hielt die Bunte Bentheimer, den Hund und die Erkundungskatzen zurück. Jedoch die Gebrüder Tammler waren da, als hätte ihre religiöse Magersucht ihnen einen telekinetischen Auftrag gegeben.

Sie trugen Gummistiefel, bückten sich und pflanzten. Keiner von ihnen litt an einem roten Kopf. Die Saatkästen hinter sich herziehend, versenkten sie in mit Spachtel gebohrten Löchern die Pflänzchen, nicht zu tief, und traten sie vorsichtig fest. Manchmal, wenn genügend Spucke sich im Mund gesammelt hatte, benetzten sie die Heilkräuter, den Tabak. Jedoch für Bohnen war auch noch Platz, in Abständen dazwischen gesetzt.

Wie immer war Ricarda die Schnellste, barfuß mit einem Ast, den sie in die Erde steckte, und sofort flog aus dem Setzlingskasten, den sie hinter sich her zerrte, ohne ein Blättchen zu beschädigen, ein Sämling, als sei er unten beschwert, senkrecht in seine Heimstatt, behutsam festgetreten.

Ob sie Wasser bräuchten, rief der Athlet, mit seinem überdimensionalen Fendt, den Tankwagen daran, unterwegs.

Sie hatten nichts nötig, nur Essen und Trinken, es war Mittag geworden, und die Bremsen aus dem Henggelesweiher stachen zu.

Nicht die Madonna kam, sondern Sandra, Tochter von Roland Tammler und Liebling von Thomas, dem Bruder, ein Geschöpf des Rechenwesens und von vertraulicher Güte. Sie hatte ein Gebirge von Pizzen in Kartons dabei.

»Mögt Ihr dünne Böden?«

Sie schwemmten mit Wasser aus Flaschen die Bissen hinunter, sagten, sei nicht schlecht, aber alles, was die Madonna gebracht habe, habe besser geschmeckt, dazu Apfelmost.

Sandra war nicht beleidigt, sammelte, nachdem die Pflanzer gegessen und mit den Fingern aus den Ecken die letzten weichen Reste gescharrt hatten, die Kartons ein. Sie reichten ihr, auf den Armen getragen, bis zur Nase.

»Sollen wir Euch helfen«, fragte jemand.

Nein, sie komme allein zurecht.

Wo die Madonna sei?

In Mayerhofen bei einer Person, die Hilfe brauche.

Sandra übernahm nun den Mittagsdienst, und zu ihrem Vater Roland sagte sie, keine Angst, alle Telefone habe sie auf Anrufbeantworter gestellt und das Vermögen aus Mietshäusern, Kinos, Schwimmbädern und Supermärkten weiter abgewickelt. Sie verlören viel Geld, doch genügend sei noch vorhanden für die Schweizer

Konten. Die Transfer-Gebühren seien minimal, außerdem stapelten sich im Büro Fünfhunderteuroscheine zu einem blauen Iglu.

Die Madonna verausgabte sich für Fanny Kubuhr, die zurückgekehrt war nach Mayerhofen, in ihren Heimatort. Sie wohnte parterre in einem Etagenhaus.

Fanny war immer fröhlich. Jeden Tag begrüßte sie als den allerbesten, um die Kirche gehend, hinaus zur Abzweigung der Straßen, wo sie winkte. Einmal hielt ein Auto. Sie fragte, »kennen Sie mich?«

Im Dorf wurde gesagt, »Fanny, Fanny, woher kommst du?«

Sie erinnerte sich nicht, ging verschreckt davon.

Die Madonna musste vor allem das Klo reinigen, dessen Wände bis Brusthöhe von Streifen und Klümpchen bedeckt war, ein venerisches Kunststück. Sie bürstete und wischte nass.

Täglich musste geduscht werden, für Fanny Kubuhr eine Qual. Sie wollte sich nicht ausziehen, so dass die Madonna in ihrem Erdbeermantel mit Hand anlegte, nicht schimpfend, vielmehr beruhigend, und wenn Fanny nackt, die Hände vor die Augen gepresst, in der Ecke der Dusche stand, während warmer Regen über sie huschte, trippelte sie auf der Stelle, als könne sie entrinnen. Das Einseifen, auch im Schritt, erledigte sie selbst.

Sie schrubbte und rubbelte, breitete die Arme aus, die Augen noch geschlossen, und ließ die stärker gewordenen Strahlen auch da und dort in die geheimen Ecken eindringen, während sie zu singen versuchte, aber das viele Wasser vereitelte jeden Anfang. Das Badetuch herbei, und schon war alles getan.

Das Mittagessen, von den »Rollenden Rädern« gebracht, aß Fanny ganz auf, hinterher noch eine Süßspeise.

Sie ging zu Bett, schaltete ihr kleines Radio ein, schlief eine Weile, stand wieder auf, umkreiste das Dorf, kehrte nach Hause zurück, aß Schlackwurstscheiben, Käsescheibletten aus Buchloe und Graubrote, die sie mit Gürkchen belegte.

Im Schlafzimmer zog sie sich wieder aus, schmutzige und frische Wäsche nebeneinander legend, und schlüpfte mit dem Seufzer »wieso nicht gleich« ins Bett, bevor sie noch ihr kleines Radio eingeschaltet hatte. Aus dem erklangen leise Tiroler Weisen, für sie der Beweis, dass sie nie mehr vor den Schlächtern flüchten musste, wie einst nach Hawaii, wo sie Jahrzehnte gelebt hatte. Verheiratet war sie nie gewesen, doch hatte Liebhaber gehabt, meistens braune Eingeborene mit Bäuchen, Ausdruck der Verlässlichkeit.

Gegenüber der Madonna fing sie immer wieder von einem Schriftstück an, das ihr aus Hawaii geschickt worden sei. Nachdem die Amerikaner ins Dorf einmarschiert waren, hätten sie einen Sherman-Panzer vergessen. Er stehe versteckt in einem Heustadel. Die Madonna solle mit ihr suchen, allein traue sie sich nicht in die Landschaft. Maulwürfe und Schlangen gäbe es dort, auch Krähen, die Augen aushackten.

Die Madonna beruhigte sie, sagte, »gemach, gemach, machen wir später.«

Zweimal die Woche musste wie immer die Frauengruppe beaufsichtigt werden, mit Weinen und Wutgeschrei, ohne die niemals Erleichterung einkehren würde. Die Madonna half kaum mit Hinweisen, ließ die Erschöpften und Gepeinigten selbst nach ihren Verlusten ins Innere schlittern, stammelnd und staunend, und wer Gründe entdeckte, teilte es den anderen mit. Nicht nur die Männer und Söhne waren schuld. Allmählich vereinigten sich die Frauen, aber der Weg zur Befreiung würde lang sein.

Im Stallgewölbe jagten immer mehr Meerschweinchen umher, als hätten sie sich schon wieder vermehrt. Böckchen und Schafe, die hereinkamen, gingen sofort wieder, nur die Bunte Bentheimer pflügte einmal durch das Gewusel, so dass ein paar Tierchen tot getreten auf der Strecke blieben.

Ricarda rief, »hinaus, hinaus!«

Die Bunte Bentheimer schnaufte erbost, verließ aber den Ort, zuletzt noch eine Menge Kot von sich gebend, verwirbelt mit ihrem Schwänzchen, als sei sie ein Flusspferd.

Ricarda ging zur Küchentür, öffnete sie, schloss sie hinter sich, blieb in der Ecke stehen.

Drinnen saßen um den großen Tisch die Gebrüder Tammler, Sandra, der Athlet und die Madonna. Sie aßen nicht, tranken nur Wasser aus Flaschen. Thomas sagte, nachdem sie sich verringert hätten, würden sie durch das Nadelöhr gelangen. Es sei ihre Pflicht als Beispiel. Rudolf fuhr fort, dass sich die Verpflichtung auf Daniel 9, 25 stütze, es werde aber übersehen, dass der Gesalbte vernichtet werden sollte. Seit frühester Jugend habe ihr

Herz an der vorausempfundenen Herrlichkeit eines irdischen Reichs gehangen, was ihren Verstand verblendete.

Thomas: »Wir rafften und schafften, wurden reich. Das darf nicht sein. Fast nichts mehr zu essen, ist nur ein kleiner Schritt.«

Die Madonna fragte, »ein Geistes- oder Körperkonflikt?«

Der Athlet sagte, »keine Ironie, bitte.«

Rudolf sprach über Paulus und seinen Brief an die Kolosser, reiche Segnung werde den Kindern Gottes verliehen. Sie baten und beteten für sich und die Nächsten, dass erfüllt werde die Erkenntnis seines Willens in Weisheit und Einsicht. »Lebt würdig, in allen Stücken zu gefallen mit guten Werken durch herrliche Macht zu Geduld und Langmut, Kolosser 1, 9-11.«

»Jesus«, sagte der Athlet, »auswendig gelernt?«

»Bitte, keine Ironie«, erwiderte die Madonna.

Der Satan, rief Thomas, er lauere überstücklig, wolle den göttlichen Plan zur Erlösung der Menschen vereiteln und durch Entstellung und Verunreinigung des Schöpfungswerks Schmach auf Gott bringen, Leid im Himmel anstiften und die Erde mit Weh und Verwüstung erfüllen.

Die Übel, sagte Rudolf, der Bruder, seien eine Folge davon, dass Gott die Menschen geschaffen habe.

Keine Gnade, ging es durcheinander, keine erneuernde Kraft? Beflissene Diener, die Befehle ausführten? Die Seele im Streit, die doch Tyrannen und Thronräubern widerstehe? Solle die Sünde verabscheut oder geliebt werden? Die beherrschende Leidenschaft bewahre sich darin, wer obsiege.

Der Satan gehöre eher zur Praxis, sagte die Madonna.

Stimme. Eine Person, ein Feind sei nötig, sonst könne die Vergangenheit nicht erkannt werden.

»Warum bin immer wieder ich dran«, sagte die Madonna

Damit die Jetztzeit gelinge, sagte der Athlet.

»Wollen wir das?«

»Auf jeden Fall«, rief Thomas, als habe er ein Rucksäckchen auf dem Rücken beim Gang zur Eisenbahn. Hinaus, hinaus zu Joseph, der Gast beim Bischof Eusebius gewesen sei in Skytopolis, griechischer Name für Beth-San.

Der Athlet ergänzte: »Südlich des Sees Genezareth, ausgesprochener Schmusename auf Englisch, Sea of Galylie.«

Die Gebrüder Tammler strichen über ihre Köpfe, welche zu Glatzen geworden waren, auch ihre Bärte hatten sich verringert, ähnelten Schmutzflecken. Vietnamesischen Revolutionären war auch nicht mehr gelungen, und die zwei Tammlers hätten im Aussehen allmählich Zwillinge sein können.

Den Satan, hieß es, nicht zu vergessen. Er sei unter ihnen, betreibe sein Handwerk lautlos.

»Keine Angst«, sagte eine Stimme von der Küchentür her. Ricarda kam aus ihrer Ecke herein, küsste jeden sacht auf den Kopf, für eine Quechua höchst ungewöhnlich, als wolle sie zu einem anderen Glauben übertreten.

Der Satan habe keine Macht, fuhr Ricarda fort. Er werde von der Pachamama, der Mutter Erde, überwältigt, müsse unendlich viel Tierpisse trinken, bis er platze. Er werde verspottet, gesteinigt, aufgespießt und zerrissen. Die Pachamama wolle seine Anwesenheit nicht, auch nicht oben auf dem letzten Altiplano, wo er Vicuñas zu Fall bringe. Die Hirten in ihren Steinhütten würden verhungern.

Ricarda ging zu jedem und riss ein Büschelchen Haare aus, bei den Tammlers schwierig, da sie kaum mehr welche hatten, aber sie wehrten sich nicht. Die Quechua mit ihrer scharfen Nase, den knochigen Händen und der Pagenfrisur mit grauen Fäden darin, steckte die Haare in den Mund, dazu Zigarettenasche und alte, krümelige Coca aus dem Goldenen Sack.

Sie kaute und aß, malmte und schluckte, schien die ganze Portion wieder aus dem Magen hoch zu holen, kaute weiter, schloss die Augen und sank zu Boden. Ihr braunes Gesicht wurde blass.

Sie würgte, streckte kniend die Arme aus, so dass sie einem verhungerten Puma glich, der gerade auf dem Sprung war. Schließlich erbrach sie sich, es war weißer Schleim mit ein wenig Blut darin. Der Athlet sagte, er habe eine Maus gesehen, die davongesprungen sei.

Er erhielt einen Klaps von seiner Frau.

Ricarda setzte sich auf, ihr war schwindelig.

Den Teufel hätten die Spanier eingeführt, verkündete Ricarda. Die Hermanos, Brüder einer protestantischen Sekte, hätten geweissagt, er werde durch Gebete schwach, entweiche mit Gestank. Bei ihnen hätten früher nur Kadaver schlecht gerochen. Stellte sich im Dorf der Satan dar, kam ihm die Pachamama nicht mehr bei. War sie in Zeiten der Lastwagen, des elektrischen Lichts und des Telefons, die es inzwischen auch in Salmesi gab, schwach geworden? Befand sie sich auf dem Rückzug, hinein in die Gletscher, um nie mehr zu erscheinen?

Dann könne auch die gloria mesa, die Dreifaltigkeit mit katholischen Opfergaben, sie nicht mehr erreichen. Und die Gottheit des Blitzes, welche in die Herzen schlage, bleibe aus. Wie würde gestorben werden? Langsamer, qualvoller, in Hospitälern? Eine teure Fahrt ins Tiefland?

Sie brauche eine nauwi, eine Quelle, das Auge der Wahrheit, eine Geldmünze, sagte Ricarda.

Die Madonna gab ihr ein Fünfzig-Cent-Stück.

Ricarda visierte damit ihr Erbrochenes an, urteilte, paranque, Geister der Dunkelwelt seien nicht mehr da, nur noch kleine pechons, Bruststücke der Opfertiere, die sie während der phicha de vara, einer Kollektivweihe, aus dem Fleisch geschnitten hatte.

Sie weinte und weinte, es war eine Niederlage. Die Madonna zog sie auf den Erdbeerschoß ihres umfänglichen Lithiumgewands, küsste, murkelte und wiegte hin und her. Der Athlet kam hinzu, wollte auch irgendetwas tun, wie Handauflegen oder die Lippen spitzen, wurde verscheucht.

Er gesellte sich zu den Tammlers, sagte, der Gast, eine Quechua aus Bolivien, sei ein Beispiel für Spinon und Orbiton, hinaufzusehen, oder hinunter, zu verschollenen Weisheiten.

Oh, sagte Rudolf Tammler, es poche sein Herz. Franziskaner und Dominikaner hätten in Südamerika die Indianer in Reduktionen angesiedelt, ihnen Demut, Frömmigkeit und Handwerke gelehrt, den Chiquitos in Bolivien, und in der Jesuitenstatt in Paraguay.

Woher er so viel wisse, fragte der Athlet.

Thomas stand auf und verkündete, Kenntnisse seien wichtig für ein schönes und genügsames Leben, das sie bisher missachtet hätten. In ihrem Büro lägen auch heilige Bücher, die sie studierten, nicht nur Kontoauszüge und Bilanzen.

Sei wahr, sagte Sandra. Sie müsse die Stapel dahin und dorthin schieben oder auf den Boden legen. Sie wünsche sich einen Anbau, eine Bibliothek.

Kein Werk mehr komme in Frage, mitteilte Thomas. Sie wollten sich mit der Erde vereinigen und spurlos verschwinden. Ihr Glaube müsse glühen wie der von Daniel.

Als handle es sich um ein kleines Theaterstück, setzte sich Thomas, und Rudolf stand auf, sagte: »Daniel entführt an den babylonischen Hof, sein Heimatland Israel grausam zerstört, der Tempel des Einen Gottes geplündert und in Trümmer gelegt. In der Fremde, der Gefangenschaft, hält Daniel dennoch an seinem Gott fest. Nachdem Babylon von den Persern erobert worden ist, erhebt Darius den untadeligen Daniel zum Hofbeamten. Einheimische neiden ihm die Karriere. Sie schmeicheln dem König, ein Gesetz zu erlassen, dass, bei Todesstrafe, dreißig Tage lang nur er angebetet werden dürfe.«

Rudolf setzte sich, um Thomas in seinem Eifer Raum zu geben. »Daniel«, sagte Thomas, »hält unbeirrt an seinem Gott fest und betet. Er wird denunziert, die verhängte Strafe bedeutet, Löwenfutter zu werden. In die Grube geworfen, gibt niemand ihm auch nur noch eine Minute Lebenszeit. Daniel sitzt sinnend und betend zwischen den grollenden Löwen. Am nächsten Morgen tritt er unversehrt durch das geöffnete Schiebetor. Gottes Engel haben den Raubtieren den Rachen zugehalten.«

Thomas wischte sich den Schweiß ab und blickte zu seinem Bruder, der ebenfalls schwitzte. Die bekannte Geschichte war eine Verkündigung aus vollstem Herzen gewesen.

Die zwei mageren Gestalten auf ihren Stühlen umgab nach der Arbeit auf den Feldern eine würdige Weihe, während das Abendlicht in Streifen durch die Fenster in die Küche griff.

Schweigen herrschte, nur die Madonna hüstelte. Von ihrem Schoß glitt Ricarda und richtete sich auf. Sie benetzte ihren Mittelfinger und schlug mehrmals ein Kreuz über Stirn und Brust.

»Schluss jetzt, Tammlers«, sagte die Madonna laut. »Ihr seid Hypofrontaliker, habt zu viel Moral im vorderen Lappen. Eines Tages erstickt ihr daran.«

»Wollen wir«, sagte Rudolf. »Und Ihr helft uns dabei.«

»Wie denn«, fragte der Athlet.

»In den Kesseln.«

Wieder begann ein Schweigen, doch Sandra fing leise zu weinen an, wand sich hin und her, stand auf und ging aus der Küche hinaus. Draußen startete ein Auto, fuhr schnell davon.

»Nun habt ihr sie verschreckt«, sagte der Athlet. Sandra sei der Schatz des Lebens, ohne Mutter, ohne Frauen in Haus und Büro. Sie sollten wenigstens, um sich von materiellen Kostbarkeiten und Leidenschaften zu trennen, die ganze Sammlung von Oldtimern auf den Hof fahren und anzünden, oder als Geschenk dem Städtchen übergeben, damit der Bürgermeister sie wieder loben könne, wie er es getan habe bei Errichtung der neuen Schule, der Turnhalle, der schreckensbunten Restauration alter Häuser, schloss der Athlet.

Gut, auch diese Werke schenkten sie der Stadt, sagte Rudolf.

»Schenkungen kosten«, sagte Thomas.

Bezahlten sie.

»Geld, Geld, sonst noch was«, ereiferte sich Rudolf.

Die zwei Tammlers fielen auf die Knie, hoben die flach zusammengepressten Hände wie bittende Spender aus einem mittelalterlichen Bild, baten um Hilfe, Hilfe beim Verschwinden.

»Abgemacht, Dame Lithium«, fragte Martin seine Frau.

»Könnte werden«, sagte die Madonna. Ein Verbrechen sei es nicht, eher das Händchenhalten vor dem Flug in den Kompost, wo es keinen Satan mehr gebe.

Die Gebrüder setzten sich, bekamen ernste Gesichter und nickten, nickten. Ihre Schmutzflecken als Bärte verbreiterten sich. In der Küche wurde es dunkler.

Der Athlet schaltete Licht ein und ging, wie schon oft, hinaus, als wollte er fliehen. Vielleicht kletterte er nochmal am Haus hinauf und kehrte zurück, ohne sich etwas verstaucht zu haben.

Die Kosslowskis und Ricarda legten sich zusammengepresst als lateinisches Cursorium ins zu schmale Ehebett, nachdem die Tammlers sich verabschiedet und sich für die Pflanzarbeiten bedankt hatten. Nicht zu vergessen die blauen, kostbaren Kartöffelchen aus Schottland, Kälte und Hitze widerstehend und deshalb, nach langem Wachstumskampf, Wohlgeschmack erzeugend.

Es hatte, während der ganzen Zeit, immer noch die strittige Frage gegeben, wie hieße, nach hungrig und satt, das Gegenteil von durstig? Es gab nichts dafür in allen europäischen und semitischen Sprachen, sie verneinten alle.

Hätten sie, wie sie meinten, das wahrscheinlich zweisilbige Wort, damit es sich abhob von einsilbig satt, gefunden, wäre die Welt der Straßen und der Redaktionen voll Zustimmung gewesen, als hätte es das Wörtchen für nicht durstig schon immer gegeben. Glück und Elend der Lebensläufe wären kaum zu begreifen gewesen.

Nichts in Sicht.

Zu Hause knieten die Tammlers schon wieder auf dem Boden ihrer langgestreckten Büros, priesen, dass sie aufgefangen würden von den heißen Gefäßen fürs Verschwinden, und sie dortselbst blieben, wo nichts mehr wäre außer dem Glauben.

Sandra, hinaufgeflohen in ihre Wohnung, hatte sich in einen Teppich gewickelt. Sie würde allein bleiben,

Geld verwalten, das nicht mehr wichtig war, aber an einen Mann, einen Geliebten, ein Kind hatte sie nicht gedacht, um ein neues Leben zu beginnen. Wohin konnte sie ausweichen? Sie schlief ein, träumte nichts.

Ricarda in ihrer Kammer, wo der ausgebeulte und abgestaubte Quechua-Koks am Wandnagel hing, träumte von ihrem Dorf Salmesi, wie schwierig es gewesen war, dafür zu sorgen, dass die Ziegen und Schafe abends in den Hof einkehrten, obwohl das Väterchen und sie nicht darauf bestehen mussten. Sie besaßen noch genügend Geld und ein paar Goldbarren.

Manchmal kam überraschend Peter der Große, der Bruder, zu ihnen herauf, verteilte aus seiner Apotheke verschwenderisch Aspirin, seit neuestem mit Salbeigeschmack. Er wurde geehrt.

Er sagte, sie müssten mitmachen im Dorf, auch schlachten lernen, sonst könnten sie in Salmesi nicht bleiben. Ein besseres Versteck kenne er nicht.

Das Väterchen, hustend und den Asthmaspray benützend, sagte, »ach, Peterchen, du hast recht. Wenn es dich nicht gäbe, wären wir schon tot.«

»Nein, nicht.«

»Wieso?«

Es gebe immer noch Auswege, hinaufzulaufen in Vicentes Steinhütte, zu seinen Vicuñas. Das Väterchen schaffe es.

»Viertausend Meter hoch?«

Oder hinunter mit dem Lastwagen ins Tiefland nach La Paz, aber dort könne er sie nicht brauchen.

»Weshalb?«

»Ihr sprecht nur Quechua, schlecht spanisch und

habt Dorfkleider an. Meine Frau, das kugelige Püppchen, hätte euch sicher geholfen, doch sie ist gestorben,« log er, »ich glaube, an Lungenentzündung.«

Früh morgens, als der Hund und die beiden Überwachungskatzen noch schliefen, wachte Ricarda zitternd auf.

Sie duschte, für sie weiterhin ein Ereignis, erregend vor allem, wenn sie sich mit einem großen Handtuch überall trocknete, rubbelnd zwischen den Zehen, ebenso an der Scham. Dort standen zu viele Haare. Sie mussten ausgerottet werden, um die neue Heimat zu ehren in dem Ziegelhaus und dem Stallgewölbe. Leute, wie den Athleten und die Madonna hatte sie noch nie kennengelernt.

Am nächsten Tag fuhren sie, mehrmals, da es sehr warm war, mit dem großen Fendt und dem Tankwagen hinaus in die fernen, inzwischen umzäunten Gemüselandschaften, wo Salate, Bohnen, Zucchini, Paprika, Leidenschaft der Massenküchen, Gurken, vor allem Tabak wuchsen, dessen Wurzeln den Boden lüfteten.

Ein abgestürzter Seeadler, der vielleicht in der Luft verendet war, lag vor ihnen, von Ameisen fast schon verzehrt. Sie schnitten aus dem glasigen Aas, aus Gefieder, sogar Knöchelchenrändern kleine Portionen, hocherhoben über ihren Köpfchen, nicht zu verstehen, dass sie so viel Gewicht bewältigten konnten, während sie hintereinander, auch nebeneinander, sich sogar überholend, den schnellen Marsch antraten, der durch Sumpf und über Gezweig führte, um nach Hause zu gelangen, ins Nest der Königin, das mindestens, und so war es stets aus Sicherheit, einen halben Kilometer beiseite lag, wobei sie von oben belauert wurden, Speise und Trank für Schrapnellfinken, extrem schwarze Raben und die langen Arme von Spinnen, so dass selbst die großen Soldaten, die mit ihren Greifwerkzeugen entlang der Strecke wachten, nur noch halbwegs für Sicherheit sorgen konnten, selbst teilweise vernichtet wurden, aber der Vorteil, von der Weltenhistorie hervorgebracht, war die Unmenge der Wesen, wie es sie für Ricarda und das Väterchen niemals gegeben hätte, auch nicht im Tiefland von La Paz, so dass, wer sich bequemte, zuzuschauen, einen Schauder erhielt, der über die Haut und deren Sinneskörperchen eilte, eine Gelegenheit, demütig zu werden, sich zu beugen, als gäbe es Göttlichkeit, die nur in der Natur vorhanden war, nicht nur in Pflanzen, die schwiegen, ebenso in Tierchen, die sich gegenseitig umbrachten, um vorwärts zu kommen, wie schon zu Hause im Christenland, und damals war Ricarda noch ein verkleideter Junge gewesen, als im Schlachthaus ihres Vaters eine Kuh an Ketten hochgezogen wurde, deren aufgeschlitztem Wanst sich unendliches Gedärm entrollte, das in Schubkarren fiel, von Metzgern unter der Kuh eilends ausgewechselt, und dann, die langen, bleichen Innereien aufgeschlitzt, spritzte daraus grünes Futter, schon blau gewordene Soße hoch zur Decke, so dass die Schlachter ihre Arme vor das Gesicht hielten und johlten, in ihren Gummistiefeln stampfend, wobei ihre schweren Schürzen hin und her schlugen. Fliegen hatten derweilen keine Chance, sich dort aufzuhalten.

Peter der Große ließ aus dem Heim Säntis anrufen, er möchte seine Schwester sehen.

Sie schwieg, auch nach dem dritten Anruf.

»Habt Ihr Angst«, fragte die Madonna.

»Entweder bringt er mich um oder ich ihn.«

»Ihr seid doch in Sicherheit bei uns. Er kann nicht laufen, ist halbseitig gelähmt.«

»Vielleicht schickt er einen Kondor?«

»Was Ihr denkt und fühlt, mag richtig sein, doch in der Wirklichkeit existiert es nicht.«

»Euer Geschäft ist, uns immer wieder zu besänftigen. Auch Euer Mann leidet darunter.«

»Er leidet?«

»Er wäre gern woanders, muss aber hier bleiben.«

»Er kann jederzeit gehen.«

»Er traut sich nicht.«

»Weshalb?«

»Weil er Euch liebt, weil Ihr stärker seid als er, weil die Wildnis ein Paradies ist und es noch den Gottesacker in der Höhe gibt.«

»Ihr meint, alles sei zu viel für ihn?«

»Für mich ist hier ein Paradies, aber dabei habe ich Angst wie er.«

»Und wer denkt an mich?«

»Niemand. Ihr seid die Königin.«

In ihrem Erdbeermantel ruckelte sie auf ihrem Sitz im großen Zimmer mit den immer noch nicht ausgepackten Kartons hin und her, fasste sich und erstarrte, nahm eine ihrer Lithiumbomben, die sie groß, schwer und einträchtig machten. Wie mochte sie gewesen sein, als sie noch nicht so viel Chemie gegen drohende Depressionen sich verabreichte? Ein schnelles Mädchen, dünn und beweglich?

Der Stall, wohin Ricarda ging, war leer und sauber. Der Athlet hatte wieder gegabelt. Der Haufen draußen wurde größer, so dass sie den Mist der Tiere verstreuen konnten. Sie stand hinten auf dem Anhänger und er steuerte den alten Lanz-Bulldog. Es würden Kraniche und Störche einfliegen, um sich zu sättigen, und erst nach Stunden unten vor dem Verhau am Fluss würden die meisten umkehren.

Ricarda, wieder zurück im Gewölbestall, fing zu weinen an. Es schüttelte sie. Ehullina, ihr Lehrer, hatte gesagt, pass auf, dass es nicht geschieht. Du darfst dich nicht verlieben, sonst bist du nichts mehr wert für Weissagungen der Weißen und Schwarzen Heilung. Eines Tages wird dich ein Mann, der dich auch begehrt, unterwegs vor Zorn zusammenschlagen. Nur die Klapperschlangen werden dir noch helfen.

Sie kannte außer Michael Kosslowski nur Frauen, wie es auch in Salmesi gewesen war, wenn bei der Arbeit am Hang die Geschlechter wechselten, doch zuletzt waren sie immer Frauen gewesen, die sich an der Hand nahmen und in Gummistiefeln nasses Unkraut und Gesträuch niedertraten bis zum Eingang des Dörfchens, wo die Männer schon warteten, einige bereits betrunken und auf dem Sprung, sie in die Hütte zu zerren und zu begatten. Dem Väterchen erzählte sie nie davon.

Im ehemaligen Reichstädtchen, dessen Name allmählich vergessen wurde, als seien gelbe und weiße Sturmfalter eingekehrt und hätten den Ort hinweggefegt, hatte ein Wasserpolacke auf der Vielfachkreuzung vor dem Bug des Raiffeisen-Lagerhauses, das die Masse des elend gesunkenen U-Boots Kursk besaß, eine Holzstele mit Köpfen errichtet, die zur Adelleg schauten. Sie würden, den Wettern ausgesetzt, schon nach wenigen Jahren verrottet sein.

Was gab es sonst noch zu berichten?

In der Fußgängerzone fiel plötzlich Edith Mammelle, die Weissagerin mit dem Kropf, um und war tot. Um sie herum standen die Rentner-Passanten, hielten einander an ihren schaufelartigen Patschehändchen fest, fragten, was sei.

Auch Paul von Wisprat-Zeil war gestorben, bei seiner zweiten Hüftoperation. Vorher hatte er noch geflüstert, die Ärzte seien nicht schuld daran. Nun lag er, wie seine Vorfahren, unter einem schweren Marmordeckel in der Seitenkapelle von St. Georg, und niemals mehr würden so viele Spenden eingehen für das Städtchen wie zu seiner Zeit.

Günther-Hans Gmürtz, ein Feger, den alle liebten, war nach drei Herzinfarkten wieder auferstanden. Er sagte, drei Sommer weg, in der Reha Arbeit, Arbeit am Körperchen, wie noch nie. Wer kommt mit mir zum Tarocken?

Der Name des Städtchens allerdings, über dem sich der dreischenklige Quellmalz-Turm aus Glasziegeln mit einem zur Seite geneigten Kopf über alle Wipfel erhob, wackelte immer noch. Vielleicht lautete er Limfort, Sutenau oder sogar Achlamm?

Frühmorgens hieß es in der Tür von Ricarda, »auf, auf, wir fahren!«

Die Madonna saß am Steuer, daneben der Athlet, hinten machte sich Ricarda breit.

Wunderschön, wie die Straße wieder durch die wellige Landschaft führte mit ihren mächtigen Keltengräbern, die noch niemand geöffnet hatte.

Als die Madonna in den Wäldern das Fernlicht einschaltete, legte sich Ricarda hinten längs und schlief ein.

In Konstanz herrschte Massenbetrieb. Fast nicht möglich, die Abfahrtszeiten der Fähre in die Schweiz auf ein Zettelchen zu schreiben.

Nach diesem Gedränge aßen sie in einem Restaurant Bodensee-Blaufelchen. Ricarda schaute nicht von ihrem Teller auf, nahm nur von den gedämpften Kartoffeln und dem Salat etwas zu sich.

Plötzlich war ihr Fisch weg. Gegenüber hob der Athlet die Haut ab, auch die Gräten und gab seiner Frau auf einem Gäbelchen von seinen Portionen.

Ricarda lief hinaus in die Toilette und weinte, weinte schon wieder. Der Athlet und die Madonna kamen, umarmten sie, zu erklären gab es nichts.

Zurück im Auto, saß Ricarda neben der Madonna und schaute, da es Nacht geworden war, genauso angestrengt wie sie durch die Scheibe.

Hinter ihnen hatte sich der Athlet auf die Bank gebettet, schlief wie ein Fötus mit angezogenen Beinen.

»Schnarcht er«, fragte die Madonna.

»Ich höre nichts.«

»Seid Ihr sicher?«

»Wir lagen schon zusammen im Bett.«

Habe sie vergessen, sagte die Madonna. »Ach, mein Schätzchen«, sagte sie und tätschelte Ricardas Hand.

Für Ricarda war es die Pest. Sie zündete sich eine Zigarette an.

Die Madonna bat um die Angerauchte.

»Sonst noch was?«

»Den Kopf von meinem Mann.«

Davon, dass Johannes der Täufer nur noch als Kopf auf einem Tablett serviert worden war, wusste Ricarda nichts, jedoch sie fühlte sich herausgefordert, trat den Bremsfuß der Madonna nieder.

Kurverei, erneut Beschleunigung, und die Madonna sagte, »macht das nie wieder, sonst schmeiße ich Euch hinaus.«

Sofort hackte Ricarda wieder auf den Bremsfuß der Madonna. Als das Auto still stand, öffnete sie die Tür und lief davon.

Das Auto entfernte sich. Ricarda blieb allein im Wald zurück, wo sie sich geborgen fühlte.

Aber was war das, ein Geschnäuze der Käuzchen oder das näher kommende Getrommel der Murmeltiere? Irgendein Vogel schrie, als wollte er auf Beute aufmerksam machen, und Gezweig ächzte, als sei es das Jammern und Flehen von Gestorbenen.

Sie setzte sich in ein Nest aus Steinen und Moos, die Stirn daran gelegt, ähnlich einer Heiligen dort angelangt, wo Wunden von Gepeitsche und lodernden Scheiten sich wieder schlossen.

Wie eine Gehölzelfe hätte sie umhersurren mögen, auch spindelartig in sich selbst zurück, und dann wäre sie emporgestiegen zu den Wolken, mit dem Tintenblau dazwischen. Nichts mehr wäre gültig gewesen, außer Wohlbehagen und Sorglosigkeit.

Aus der Ferne war ein Lastwagen zu hören, der in kleinere Gänge geschaltet wurde. Sie lief durch den Wald, überschlug sich eine Halde hinunter, und als sie verdreckt und aufgeschürft an der Straße stand, kam aus der letzten, engen Kurve ein Ungetüm auf sie zu gerollt, ein Fünfachser mit Aufsetzer. Die Beifahrertür ging auf.

»Wohin?«

»Achlamm!«

»Einsteigen!«

Hinter dem Steuer saß eine stark geschminkte Frau, die mit einer Hand eine offene Thermoskanne hielt.

»Eistee?«

»Danke, nein.«

»Ihr seid Ausländerin?«

»Bolivien, hier geboren«.

»Freut mich. Ach, dummes Zeug, weshalb sollte es mich freuen?«

Ricarda wusste nicht, was sie antworten sollte.

Nach einer Weile, während die Frau mit der Linken steuerte, so leicht, als handle es sich um ein Federballspiel, doch immer wieder ihre wulstigen Lippen gegeneinander pressend, wobei ein wenig Rot über die Ränder geriet, rollten sie aus den Wäldern hinaus in die welligen Ebenen. Die Beherrscherin des Kolosses legte größere Gänge ein. Schwankend und hupend wurden Personenwagen überholt, manchmal spritzten Teerstückchen aus den Spurrillen. Die Fahrt beschleunigte sich noch mehr, Ricarda hielt sich an Griffen fest, schloss die Augen.

Plötzlicher Stopp des Trucks, dessen Bremsen dampfmaschinenartig zischten, Befehl, hinaus, und Ricarda stand allein auf dem Galgenbühl, blickte hinunter nach Achlamm im Tal, das im Krieg mit einer Mauer für einen Stausee abgesperrt werden sollte, aber Nebelbänke wären entstanden und hätten die Luftwaffe behindert.

Sie musste sich in Bewegung setzen, hinein in die Maisfelder, mit den Ellenbogen die schnell gewachsenen Pflanzen zur Seite brechend, aus denen schon kleine Kolben sprossen.

Ermüdend die Hitze und Einsamkeit. Keine Vögel, keine Grillen oder Insekten als Plage. Auch sah der Boden wie gestampft aus, endgültig verlassen, in seinem Inneren waren die Würmer vernichtet worden. Manchmal setzte sich Ricarda hin und nagte an einem der milchigen Kolben, wie es sie in den Anden nie gegeben hatte.

»Väterchen«, flüsterte sie, »schau dir das Heimatland an. Weshalb haben wir es verlassen?«

Beim zweiten Flüstern dachte sie an Don Tapatin, den Zauberer, der seine Macht im Anblick dieses Reichtums verloren hätte. Er wäre nur noch ein krummes Männlein mit seinem Esel gewesen, unterwegs von Dorf zu Dorf, ausgelacht und vom Bettel lebend.

Dass die Vorbilder aufhörten, welche zu sein, tat weh im Leib trotz verschiedener Opferstätten und Kirchen. Sie wollte eine Kerze anzünden, besaß keine mehr.

Ehullina, ihr Lehrer, hätte gesagt, in der anderen

Welt müsse sie sich verwandeln, sonst gelte es, Abschied zu nehmen. Mesas seien wichtig, doch in der neuen Welt wirkungslos, ein getrockneter Fötus und die kleine Heilige in viertausend Metern Höhe sowieso.

Als sie schon Stunden durch das störrische Blattwerk gestampft war, stieß sie auf Gerümpel. Es waren verbogene Stangen, schmale ungeschälte Bretter, alte Güllerohre, entzweigte Äste, rostiger Stacheldraht und ein eiserner Fußabstreifer.

Die Großbauern Haider und Laengerer, denen die immensen Pflanzungen gehörten, schienen Erinnerungsstücke an die einstige Zaun-Kultur zusammen getragen zu haben, als noch kein Mais gesät wurde und die Wiesen für das Milchvieh noch klein waren. Die verwendeten Teile besaßen den eifersüchtigen Charme einer Wirtschaft, die bäuerlicher Phantasie angehörte, aus Nutzlosem noch Verwendbares zu gestalten. Im Sturm der Vergrößerung und Wertsteigerung war diese Technik verlustig gegangen.

Als Ricarda am Ende der Maisplackerei angekommen war, watete sie durch das Flüsschen, überkletterte den, nachdem ihn die alte Kuh niedergetreten hatte, neu errichteten Zaun und musste noch eine halbe Stunde ein wenig bergauf sich durch die Wildnis mühen, aus deren Schachtelhalmen und scharfkantigen Gräsern bei jedem Schritt, den sie tat, Insekten, geflügelte Käfer, auch Raublibellen mit ihren starren, beinahe knöchelgroßen Augen hochschossen, so dass sie ein paar Mal in Panik geriet, was ihr noch nie in dieser vertrauten Umgebung geschehen war, und sie mit ihren Armen um sich schlug, um das Kroppzeug zu verscheuchen.

Auf den Lippen saß Samen, Blütenstaub und ein Geschmiere, das von Linden, Eschen oder von dem japanischen Rotspitzahorn stammte. Sie riss den Mund auf und die fast verklebten Augen. Wasser hatte sie nicht dabei, die nächste Quelle lag weit entfernt.

Zuspruch, Hilfe hätte sie benötigt. Der weiße Riese, dieser Athlet, schaute doch sonst oft mit einem Feldstecher über sein Reich? Warum kontrollierte er nicht? War er mit der Madonna wieder weggefahren?

Oben, vor der Villa, standen wartend der Hund und die beiden schwarzen oder grauen Katzen, wollten wissen, wer eintrifft, machten lautlos Platz.

Drinnen in der Küche war niemand. Ricarda fand ein wenig zu essen auf dem großen Tisch, Rauchfleischstreifen und kalte Kartoffeln, daneben lag ein Häufchen Grobsalz. Es sei aus Grönland, hatten die Kosslowskis behauptet. Der ganze Betrieb gehörte Geltungssucht an, vor allem, wenn Ricarda noch an den dreitausend Meter hoch gelegenen Gottesacker dachte mit Großjean, dem wund Unberührbaren, und den seltenen Tieren.

Sie duschte im ersten Stock, zum zweiten Mal nackt, gönnte sich Shampoo, nahm die alten, ausgewundenen Gebinde mit und legte sie unter das Laken im Bett, wo sie trocknen würden. Frische hatte sie immer im Goldenen Sack dabei, wand sie um Brust und kunstvoll durch Schritt und um die Hüften, den letzten Zipfel in seiner ganzen Länge schlaufenartig hineingesteckt, so dass nichts rutschen konnte. Im Bett seufzte sie, was »warum nicht gleich« hätte lauten können.

Sie war noch nicht eingeschlafen, als die Madonna vor ihr stand und sagte: »Da seid Ihr ja, kommt, bitte, mit«.

Sie sprang folgsam auf, zog lange Hosen und ein Küchenkleid, das sie im Haus gefunden hatte, an, dazu, wie immer, die Bergstiefel.

Draußen nahmen sie Fahrräder, welche an einer Eisenstange lehnten, und radelten hintereinander auf dem Kiessträßchen, das außer ihnen nie jemand benutzte, nach Mayerhofen.

Fanny Kubuhr, wenn auch spät, musste versorgt werden. Die Panzer-Frau oder der Hawaii-Flüchtling saß am Tisch, hörte Radio, sang, hatte alles, was von »Essen auf Rädern« gebracht worden war, verspeist, doch Nudeln und zierliche Industriekarotten verstreut. In ihrem Haar steckte eine Rosenblüte aus Kunststoff.

»Guten Tag«, sagte sie, »welcome, a good day, I trust you.«

Die Madonna säuberte das Klo, in dem hellbrauner Kot bis zur Brusthöhe in Bögen angebracht war. Flöckchen fanden sich auch an der Tür, deren Mattglas, und, sehr viel höher, am Klofenster. Frau Kubuhr musste mit verschmierten Fingern auf dem Klodeckel gestanden haben, ein kühner Akt des Gleichgewichts, um hinausblicken zu können.

Heute mochte sie nicht spazieren gehen, fürchtete sich vor den Panzern, ihren aufgerichteten Geschützrohren, die auf sie zielten, zwischen die Beine. Sie setzte sich vor den Fernsehapparat, aus dem Volksmusik mit Chören und Schuhplattlern klang. Wieder sang sie, sagte plötzlich, sie sei im Krieg ein Blitzmädel gewesen, in Berlin, wunderschön.

Ricarda nahm neben ihr Platz auf dem Sofa, schunkelnd und singend, lehnte den Kopf an Frau Kubuhrs Schultern, so dass Anden- und Vergreisungswesen vereint waren.

Die Madonna besaß Geduld, am Tisch das Kinn auf die verschränkten Arme gelegt, schaute zur Wand, an dem ein Kalender aus Hawaii hing.

Der Abend wurde dunkler, bedeckte die Fenster. Manchmal öffnete sich noch der Vorhang, zur Seite gerafft vom Wind, und ein Schein der Straßenlampen drang herein.

Fanny Kubuhr schaltete das Licht an, holte in der Küche aus dem Kühlschrank einen Teller voll Wurstscheiben, zwei Eckchen Schmelzkäse, Gürkchen und zwei Scheiben Graubrote. Die Madonna versorgte den Kühlschrank immer wieder mit Abendessen.

Ihr gegenüber setzte sich die Kubuhr im Wohnzimmer an den Tisch, aß schweigend, verstreute nichts, hob ein Glas voll Wasser hoch und sagte, bevor sie es in einem Zug austrank, das Allerbeste sei der Gänsewein.

Sie nahm das Geschirr mit in die Küche, säuberte es heiß mit einer Stielbürste und stellte es in ein Trockengitter.

Im Schlafzimmer ließ sie nicht den Rolladen herunter, denn es war Nacht geworden, zog sich aus, warf sich ein luftiges Hemd über, legte sich ins Bett, raffte die Decke bis zum Kinn hoch, schaltete das Licht aus und ihr kleines Radio an, dessen leise Musik sie begleiten würde. Sie schlief sofort ein.

Sie könnten gehen, sagte die Madonna zu Ricarda.

Zurückradelnd über das Kiessträßchen, flackerten bei jedem Ruck die Dynamo-Lampen. Über dem Steilhang mit den Seilen war noch die Sichel des Monds zu sehen, ein Zeichen für Vorsicht. Zu Hause ging jeder an seine Statt.

Nachts, von Geistern geplagt, tastete sich Ricarda in den Stall hinunter, wo die Bunte Bentheimer im Stroh lag und schnaufte. Das verschreckte Anden-Weibchen legte sich wie anfangs, als sie nach einem Sturz aus der Eisenbahn die Herberge erklommen hatte, neben die mächtige Sau, welcher ihre Anwesenheit gleichgültig war, während Läuse und andere Wanzentiere übersprangen.

Umherhuschende Meerschweinchen kletterten auf das Tiergebäude der Bunten Bentheimer, flohen wieder, wenn die Borstenhaut in Wellen böses Geziefer verschleuderte.

Vor Löchern und Spalten im Stall richteten sich Vorposten der sich vermehrenden Schweinchen auf und pfiffen, wenn Gefahr drohte.

Die Schwalben in ihren Nestern hatten für diese Welt kein Gespür.

Ricarda wurde von Wanzen, Läusen und Gliederrüsslern gepeinigt, ging wieder hinauf zu ihrem Kastenbett. Davor schüttelte sie sich, glaubte, die Insekten könnten sich in Trockenheit nicht mehr an ihr halten.

Im Grunde wissen wir wenig über die kleinen Segmente der Haut, auch über den Enddarm von acht Metern Länge. Beide aktivieren sich selbstständig, benötigen dafür keine Befehle aus dem Gehirn oder von den Nervensträngen der Wirbelsäule. Der gesamte Körperapparat gehört einer Herrlichkeit gleich den Hebelgesetzen an oder einer ähnlich begabten Biogeologie.

Dazu rumort noch Theosophie, als würden sich auf einem Teppichboden Liebende vereinigen.

Wie Kinder, die mit ihrem Zeigefinger zum Himmel weisen, sollte jeder glauben, dass dort Hunde, Katzen, Omas und Opas versammelt wären, damit das Gleichgewicht wieder stimme.

Als Ricarda an der Firma Schwitters, Weltmacht für Metronome, deren Zeiger im Gleichtakt hin- und herwischten, vorbeigefahren worden war, dachte sie an Pamela, die kleine, runde Frau, ihre Freundin, geschieden von Peter dem Großen, die an der Theke der Apotheke vor allem Mittel gegen Herz- und Blasenschmerzen verkauft hatte, auch Hunderterpackungen Aspirin, sehr billig in Südamerika.

Wahrscheinlich gab es noch den Einfluss der Gestirne, der glatten Kiesel im Bachbett, die Unterbrechung des Geheuls als Sturm, oder des Flüsterns der Meerschweinchen in der Blechhütte, die nicht wussten, dass sie, geschlachtet, begehrte Speise sein würden.

Das Haus blieb still. Selbst spätnachmittags geschah nichts. Ricarda tappte barfuß zur Küche, niemand war darin. Sie floh zurück in ihr Zimmer.

Irgendwann standen der Athlet und seine Frau vor ihrem Bett und sagten: »Auf, auf, es ist soweit!«

Sie fuhren hinaus zu den Anlagen der Selbstenergiewirtschaft von Achlamm, wie sie auch in den Städtchen Ravensloh und Birgleb errichtet worden waren.

In der Weidach bei der Ach und dem stillgelegten Schotterwerk, wo früher die Ärmsten gewohnt hatten, standen nicht mehr die sibirisch anmutenden Baracken, alles abgebrochen, junge Stauden wuchsen dort.

Weiter oben, bei den schweigenden Ungetümen, aus denen nicht einmal ein Brodeln der Ladungen aus Gras, zerschnitzeltem Mais und zerkleinerten Holzabfällen zu hören war, erhob sich der Zaun für Müllsortierungen, verwaltet von einem energischen Italiener, der kein Italienisch sprach.

»Hände«, sagte der Athlet zu Ricarda, nachdem sie die zwei äußersten Kessel umkreist hatten.

Ricarda faltete die hornigen Quechua-Finger zusammen. Der Athlet erstieg sie und schwang sich weiter zum Rand des Kessels hinauf. Mit einem großen Franzosen, dessen Gefräßigkeit jede Schraube bewältigte, fing er zu drehen an und steckte sich eine Mutter in den Mund. Er musste noch zwei Schrauben bezwingen und die starre Plane ein wenig hochfalten. Durch den geöffneten Spalt quollen unsichtbare Schwaden aus Methangas und Gärungsgestank.

Der Athlet sprang herunter, sagte, »schnell, schnell, wo sind die Büßer?«

Sie waren schon da, lautlos barfuß gekommen und

knieten, inbrünstig betend, hinter den Kesseln in einem Feld aus Tulipanen, Narzissen und Buschrosen, vereinigt durch einen Teppich Vergissmeinnicht, verzaubert auch von den Ausdünstungen der Kessel.

Für ein holländisches Stilleben des 17. Jahrhunderts hätte noch ein halbvolles Weinglas gefehlt und ein Stück Lederpanzer, beaufsichtigt vom Goldfinken des Carel Fabritius, eine »betriegertje«, ein trompe l'oeil.

Die Madonna hatte die beiden Tammlers schon mit Birnensäften versorgt, in denen Betäubungsmittel, aber auch Amphetamine waren, um ihnen das Klettern noch zu ermöglichen.

Sie lallten, robbten näher und klammerten sich an den Erdbeermantel der Madonna, als sei sie eine Heilige geworden.

»Empor, empor«, rief der Athlet, »das Nadelöhr wartet!«

Ricarda war weg, half nicht mehr.

Die Kosslowskis mussten auf Zehenspitzen mit aller Kraft schieben, bis die Tammlers sich am Rand des Kessels festkrallen und weiter hinauf quälen konnten, um sich schließlich unter die Plane zu zwängen. Rudolf war zuerst an der Reihe, danach Thomas.

Kein Stöhnen war zu hören, während sie nacheinander eintauchten in die Todesbrühe, sofort bewusstlos werdend, doch vielleicht sahen sie noch das chemische Leuchten einer völligen Auflösung. Schon nach Tagen würden Kleidung, Fleisch und Gebein zu Dünger geworden sein, dessen Gas in Elektrizität verwandelt wurde, so dass, laut globaler Bibelkunde, die Erträge der Erde wieder der Erde angehörten. Das Paradies schaute als frommer Himmel darauf hinab.

Nicht mehr zu erraten war, ob die Tammlers sich noch plagen mussten, bevor sie Hand in Hand durch das Nadelöhr gingen. Die kleine Reise hatten sie sich verdient.

»Gelungen«, flüsterten die Kosslowskis.

Der Athlet, ledig der Pflichten, lief in freiem Kletterschritt den Kessel hinauf, holte Mutter um Mutter aus dem Mund und drehte sie auf den Schrauben fest. Die Plane wieder unter das befestigende Drahtseil zu zwängen, verlangte mehr Mühe.

Den Franzosen als Beschleuniger in der Hand, warf er sich mit einem Rückwärtssalto selbst aus der Höhe herunter und hielt sich, ohne zu wanken, aufrecht.

In der Ferne stand Sandra im Mondlicht, den Mund aufgerissen zu einem Schrei und verzweifelt die Hände zum Kopf erhoben. Vor ihr kniete Ricarda und hatte ein Opferfeuerchen entfacht, in dem sie ein geschlachtetes Meerschweinchen briet.

Die Kosslowskis mussten von dem ausgeweideten Meerschweinchen einen geringfügigen Braten essen und behielten Ruß um den Mund.

»Danke«, sagten sie.

Das Ehepaar kehrte in seinem Auto nach Hause zurück und legte sich zusammen in das weiche Schlafdurcheinander der Madonna. Der Athlet fiel hinaus, wollte die Kissen wieder erringen, doch seine Frau rief, »o nein, o nein!«

Er marschierte zu seiner Kammer, als Ricarda und

Sandra auch eintrafen und einander an der Hand über die Treppe zum ersten Stock hinauf halfen.

Seite an Seite im Kastenbett aneinandergeschmiegt, fuhren sie mit befeuchteten Zeigefingern über Stirn, Nase und Mundwinkel, vergaßen nicht die Ohrläppchen, und begannen von neuem mit den Erkundungen, bis plötzlich die Lider herunter fielen, als habe ein Uhu im Dachgebälk dazu geraten.

Im Stall unten stolzierte ein Ziegenbock aus der Wildnis umher, fand niemanden, dem er begegnen konnte, ging wieder durch das Tor. Meerschweinchen, stets auf dem Quivive, versuchten, von Strohhalmen, Holzspleißen und verhärteten Knödeln der Bunten Bentheimer, die sich nicht sehen lies, zu essen, stießen auf ein Nest junger Schwalben, das aus Lattenkreuzungen gefallen war, und hineinstoßend in das Gepfluder und Getschilpe war bald nichts mehr vorhanden, außer dass Blutstropfen noch versickerten und ein paar Federchen sich verabschiedeten. Die Meerschweinchen gingen, ein kleines Geschwader, hinüber zu Spalten und Höhlen des Futterheus, in denen sie sich weiter vermehren würden, ein Heer Ricardas.

Gegen Morgen ereignete sich ein zündender Knall. Die Hauptleitung der Elektrizität war ausgefallen, und alle Sicherungshebel, in der Wand unter einem großen Sonnenhut verborgen, standen nach unten.

Aus Achlamm kam bald der Notdienst, führte Martin Kosslowski hinaus vor das Haus und wies nach oben zur Starkstromleitung, an der schon Monteure reparierten. Mit einer Leuchtrakete gaben sie Signal, dass alles wieder in Ordnung sei. Unter dem Strohhut im Haus waren die Sicherungshebel selbstständig wieder nach oben geschnappt.

»Wir sind glücklich«, sagte der Athlet und schlüpfte in das Bett seiner Frau. »Die Elektrizität funktioniert wieder.«

Die Madonna drehte sich auf den Bauch und bedeutete ihrem Mann, er solle sich auf ihren Rücken legen. Zum Atmen wandte sie ihr Gesicht zur Seite, der Athlet wog schwer.

»Haben wir Schuld auf uns geladen«, fragte er.

In ihrem Beruf gebe es keine Moralvorstellungen, antwortete sie. Der Tod könne auch Glück sein.

Sie hätten zu Selbstmorden verholfen.

Die Tammlers wären ohne Zuspruch nicht an die Grenze des Verlangens gekommen, wo der letzte Schritt beginne, sagte sie.

»Würdet Ihr einer Selbstmörderin die Giftspritze aus der Hand winden?«

»Nein«, sagte sie. Das Gespräch mit ihr würde so lange dauern, bis sie es freiwillig täte.

»Ihr seid ein Monstrum, ein teilnahmsloser Promoter.«

»Und Ihr wollt immer der Allerbeste sein, gewinnen, um glücklich zu werden.«

»Trotzdem fühlt Ihr Euch wohl mit mir?«

»Hätten wir das Glück gehabt, zusammen im selben Waisenheim aufzuwachsen, wären wir eine erfolgreiche Terrorbande geworden«, sagte sie.

Nie mehr, sagte er, wolle er Röntgenbilder anschauen. Entweder seien sie blank, oder irgendeine Verseuchung, Verkrebsung sitze darin, auf Dauer langweilig. Das Ergebnis, nochmals und nochmals geröntgt, sei eine negative Auswahl. Die Geduld lasse nach und plötzlich sei der Patient gesund.

»Wollt Ihr wissen, was Liebe ist«, fragte sie.

»Ein Geständnis der Unerschütterlichkeit.«

Ihm komme es darauf an, eine Haushälterin zu haben.

»Nein, nein«, rief er. Vorrat für Glück besitze nur sie mit ihrem Wissen um Kümmernisse und Freuden.

»Und weshalb sträubt Ihr Euch?«

Weil er schüchtern sei.

»Ach«, sagte sie, »endlich habt Ihr gestanden mit den vernarbten Wunden eines Athleten. So viel wunderbare Kraft und Flickflacks, um nicht entdeckt zu werden.«

Sie wälzte ihn von ihrem Rücken und drehte sich ebenfalls um. Beide lagen nackt in dem engen Kastenbett der Familienkammer.

Den Oberkörper hoch gereckt an den Kopfkissen strich die Madonna mit dem Zeigefinger über das Nagelbett des Mittelfingers ihres Manns, und sofort fing ihr Schoß zu beben an, so dass sie sich ein wenig streckte, mit der Hand sich zu befriedigen begann, schließlich vom Nachttischchen noch einen kurzen, dicken Parfümflakon dafür nahm, der gerade dort herumstand.

»Habt Ihr Euch geschämt«, fragte sie ihren Mann.

»Nein«, sagte er. »Ihr seid die Otter, ich bin der Specht.«

Sie lagen im gemeinsamen Bett und schliefen. An der Decke brannte noch die nackte Glühbirne.

Von draußen vor dem Haus, aus der beginnenden Wildnis, erreichten sie durch das geöffnete Fenster Töne und Chöre, die vom Kampf eines Seeadlers um Meerschweinchen stammen konnten, oder eine begierige Horde Meerschweinchen verfolgte ein Huhn, das sich flatternd und kreischend retten wollte bis zu einem Zaun, an dem es hängen blieb, zerfleischt von Ricardas Truppen aus den Anden.

Nach einer Weile sagte der Athlet, der Madonna Scham sehe wunderschön aus mit kaum Haaren wie bei einem Edelfräulein. Er fügte noch an, das Köpfchen sei genauso.

Sie rasiere sich unten nie, sagte sie, aber die Haare auf dem Kopf müsse sie sich kürzer scheren lassen. Sie wäre gern eine Pflaume.

Wieder nach einer Weile sagte der Athlet, er brauche einen großen Hundekorb. Ob sie ihn aus Lindau holen könne?

Dafür hätten sie Sandra und Ricarda.

Bei denen nun auch Glück ankomme, sagte er.

Morgen Vormittag müsse sie wieder die Hawaiianerin aus Mayerhofen reinigen und zum Frühstück verleiten, sagte die Madonna. Abends dasselbe noch einmal, bis Fanny ihre alten Kleider abgelegt und gefaltet habe. Dann, im Bett, würde Fanny Radio Innsbruck einschalten, Volksmusik, und selig schliefe sie ein, das Fenster halb geöffnet mit einem Store darüber, damit ihr morgens die Sonne wie auf Hawaii erschiene.

Mittags, sagte die Madonna, sei sie im Dachstuhl der Turnhalle von Mayerhofen, bei ihren Kartoffelfrauen. Wenn sie endlich weinen würden, wäre die Grenze erreicht. Nach langer Trockenheit öffne sich der Verstand. Im Grunde sei es jedoch eine politische Aufgabe. Das Kuhland sehe im Schein von Sonne und Regenbögen mit seinen properen Häuschen und Bauernhöfen wie gesegnet aus. Dort aber, sagte sie, sitze der Teufel, besonders beim Fotografieren und Filmen.

Beide legten sich zurecht, nahmen sich an den Händen und schliefen ein. Die Glühbirne an der Decke hatten sie ausgeschaltet.

Am nächsten Morgen sagte der Athlet zu Sandra und Ricarda, er brauche den größten Hundekorb, den es gebe, irgendwo her.

Die beiden starteten ohne den Hausherrn. Ricarda saß als ältere Schwester am Steuer von Sandras Auto, einem französischen Mops mit abgesägtem Eckfenster und nur zwei Türen.

Sandra hatte Ricarda gefragt, ob sie überhaupt fahren könne.

O ja, der große Bruder habe ihr einen Internationalen Führerschein gekauft. Prüfungen gebe es in La Paz nicht.

Die Madonna füllte den Fressnapf des Hundes mit Resten von Rauchfleisch, Gemüse und Mais. Das Tier steckte seine Schnauze hinein und fraß, während hinter ihm Meerschweinchen auf ihre Gelegenheit warteten. Darüber, am Rand des Dachs der einstigen Scheune für Rennschlitten, saßen die beiden düsteren Zwillingskatzen auf der Lauer.

Vor dem Haus ließ die Madonna ihren Erdbeermantel fallen, während sie sich auf einen leeren, eingesunkenen Karton setzte. Aufmerksam sah sie an sich hinunter.

Der gewölbte Schoß glich der Stirn eines Edelfräuleins auf alten Gemälden. Sie fasste an ihren Hinterkopf, dieselbe Form war dort als Spiegelbild, wie aus der Werkstatt von Raffael, zu spüren.

Sie ging schwankend, ihrer Körperfülle mächtig, die den Drehpunkt oberhalb des Bauchnabels besaß, auf dem heißen Kies und Sand vor dem Ziegelgehöft hin und her, während auf dem Sträßchen, was selten geschah, ein Motorrad vorüber fuhr, das vielleicht dem Fischereimeister gehörte.

Die Schritte wurden kürzer, sie begann zu tanzen, die Arme ausgestreckt, wie im Schlaf. Meerschweinchen waren schon wieder um sie.

Als sie auf dem leeren Karton, der kaum mehr standhielt, wieder Platz nahm, drängten sie sich, mit ihren Barthaaren kitzelnd, zu ihrem Schoß, andächtig und schnüffelnd.

Die Madonna langte hinunter, hatte zwei Schweinchen mit weichem Fellkleid im Griff, führte sie zur Brust, küsste sie, wiegte sie hin und her, so dass die Tierchen mit geschlossenen Augen sich wie in einer unzerstörbaren Herberge fühlen mochten, doch die Madonna warf sie auf den Kies, so dass sie mit kratzenden Pfoten sich möglichst schnell entfernten. Einige blieben da, versteckt hinter einer Hecke oder einem Fuhrwerk.

Die Beine auseinander, saß die Madonna auf dem eingesunkenen, leeren Umzugskarton, die kleinen

Brüstchen und den Bauch vorgestreckt, alabasterfarben die Haut, als gehöre sie in das Gebetsbuch der »Très Riches Heures« des Herzogs von Berry, hinter sich fahle, spitzige Schlossgebilde, vor sich ein ungeniertes Gelage, gemalt von den bereits fiebrigen, an Malaria erkrankten Gebrüdern Limburg aus dem Elsass, die trotzdem exakt illustrierten, die Gäste reich gewandet, darüber gestaffelt sich drängende Krieger mit blauen Kapuzen, als sei es dem Fürsten gelungen, Araber, Schöpfer der Mathematik, der Medizin und der Gartenkunst, aus Andalusien herbei zu bitten, und zum Zeichen des Willkommens hielten illustre Adelige mit steilen Hipstermützen silbergraue, regungslose Iltisse hoch, deren Raubgier sich nicht bezähmen ließ. Entweder waren sie betäubt oder schon ausgestopft worden.

Zu den geöffneten Beinen der Madonna drängten sich wieder Meerschweinchen aus ihren Verstecken, machten Männchen und zupften kurze Härchen aus der schönen Scham der Frau Kosslowski. Sie rasten mit ihrer Beute zum Stallgebäude und flochten sie ins Heu ihrer Nester. Mauerschwalben flogen aus und ein, fütterten ihre Brut.

Mustergültig standen der Hund und die beiden Katzen, als besäßen sie ein Teleorgan, vor der Madonna und geleiteten sie hinunter in den Keller.

Schändlich, überall lag Schmutzwäsche auf dem Boden, auch Ricardas Poncho, der kaum Hitze vertrug. Die Madonna steckte in die große Trommel der Waschmaschine so viel, wie hineinging, stellte nur auf vierzig Grad, zu wenig für Sauberkeit, jedoch die Farben des Ponchos würden nicht zerfließen.

Im Blockschokolade-Mercedes fuhr der Athlet, schlingernd und holpernd auf einer Spur, die der Hanomag durch die Grasverwilderung gegraben hatte, hinaus zu den Pflanzungen. Manchmal rutschte er, gefährlich einem Fuchs- oder Hamsterloch nahe, und befreite sich im jaulenden ersten Gang, den er liebte, weil die Limousine ihre Pracht an Unerschütterungsfähigkeit und Stoßdämpferstolz zeigte.

Er stieg aus und holte von der Rückbank seinen Steigerrucksack, in dem alles war, was er brauchte.

In der Ferne zeigte sich die Bunte Bentheimer, kam näher.

»Nein«, schrie er, »dich will ich nicht! Hund, wo bist du?«

Der Schäferhund, dem Schwein folgend, umkreiste es und trieb es zurück, als sei es ein Schaf. Protestgrunzen und Gebell waren zu hören.

Vor einer jäh beginnenden Schlucht hatte der Bergschutz ein weißrotes Band quer gespannt, doch Martin Kosslowski gab darauf nicht acht, ging in tiefer Hocke, so dass selbst der Rucksack es nicht streifte, unten durch, betrat Steine, altes Holz und musste sich durch Gestrüpp kämpfen, das er manchmal mit den Armen zur Seite schlug.

Die Schlucht wurde tiefer mit einem Wall aus Geröll, der zum Teil noch mit Latschen und kurzen Eiben bewachsen war. Auf der anderen Seite erhoben sich unregelmäßige Felswände bis hinauf zum Gottesacker der Hochebene.

Darüber war als Verheißung noch die Sonne zu sehen, unterwandert von dahinziehenden Wolken eines vergangenen Jahrhunderts.

Hitze stand in der Tiefe, ließ ihn schwitzen, je heftiger desto besser für die Betriebstemperatur der Muskeln, vielleicht sogar für den Hypothalamus, in dem seit Jahrhunderttausenden Vorteile zum Überleben sich schnell sammelten, obwohl nur das Kügelchennetzwerk des Gehirns ihm signalisierte, dass es sehr warm geworden war. Das weiße Gesichtchen der Amygdala im Hinterkopf, abgeschirmt vom Schädeldach, spürte nichts, außerdem war es blind, waltete nur für Eifer, Abenteuer, fortschreitende Entäußerung, doch keine Eifersucht.

Er stapfte und rackerte, fluchte vor sich hin. An seine Frau mochte er nicht denken, aber an die Bunte Bentheimer, ob der Hund sie weit genug Richtung des Familiengehöfts getrieben hatte.

Eine verirrte Gans flatterte schreiend über seinen Kopf, das Sumpfgebiet fing an, er näherte sich dem Henggelesweiher.

Im Zwielicht erhob sich ein Baum, eine hybride Sequoia, die er schon früher entdeckt hatte und die gar nicht hierher gehörte.

Vielleicht war ein Samenzapfen im vorvorherigen Jahrhundert von Jean Louis Lothringer eingeschleppt worden, der ein neues Schloss und Fürstentum von Napoleon nicht übernehmen wollte, sondern seinem jüngeren Bruder schenkte. Lux ging auf Reisen, nach Spitzhergen und Grönland, schließlich tat er sich in dem wenig bekannten Australien um.

Dort gab es auf der Hume-Hochebene nördlich von Melbourne mehrere Skelettwälder aus Mammutbäumen, die sonst nur noch in den Humboldt Redwood State Parks an der Küste von Kalifornien gediehen. Geldgierige Holzfäller wurden, entdeckt von Polizeiförstern, sofort erschossen, als handle es sich noch um den Wilden Westen.

Der Athlet sah an dem Riesen hinauf. Aus seinem sonst glatten, umfangreichen Stamm ragten bis beinahe unten noch Äste heraus. Vielleicht gehörte der Baum im Allgaw einer neuen Mutantensorte an, die sich zu verbreiten versuchte, ein utopischer Gedanke.

Nachdem er eine Strecke im Gestrüpp am Boden zurecht getreten hatte, lief der Athlet in schnellster Geschwindigkeit los und am Stamm hinauf, den Oberkörper im rechten Winkel in Schwebe haltend, keine Tortur, denn bevor die Muskeln übersäuerten, war er, trainiert, schon oben und packte den ersten Ast.

Es krachte und splitterte, der Ast hielt. Mit Armschwung wie an einem Reck schnellte er sich höher, von Abzweigung zu Abzweigung, wobei er allmählich den ganzen Stamm umkreiste, aber dann war diese Möglichkeit des Aufstiegs zu Ende. Den Kopf zurücklegend, sah er nur noch gefleckte Borke.

Aus dem Rucksack holte er ein Blasrohr, auf dem lose eine nadeldünne Harpune steckte, daran hing langer, glatter Kunststoffzwirn.

Gleich einem Ninja-Kämpfer der japanischen Geheimzeit holte er Luft, atmete sie aus, atmete wieder ein, spie die Kompression von sich, bis er wie zu einem

Kugelfisch geworden war, tödlich giftig. Höchste Zeit war es.

Hinauf visierend zum zweigchenlosen Anfang eines Astes in der Höhe, pustete er aus dem Rohr die Häkchenharpune empor. Obgleich er sich nach der schnellen Erschöpfung kaum mehr halten konnte, sah er, wie oben mit trägem Schwung, als beschauten sich gegenseitig Ankunft und Abkehr, die Harpune über die blanke Stelle geriet und wieder langsam herunterpendelte, den unzerreißbaren Führungsfaden hinter sich her ziehend.

Die Mallung war gelungen. Nun musste er nur noch zwei Kletterseile daran knüpfen, sie Zug um Zug über den Ast oben wieder herunter lotsen.

Mit einer Steigklemme des Systems Jümar, die wie Zähne in das Seil griff, vermochte er, gesichert durch einen Sitz- und Brustgurt, Griff an Griff, höher zu kommen, beschaute die Bläue des Himmels, die sich über der Tiefe des Grabens ausbreitete. Zum ersten Mal bei Blättern angelangt, entdeckte er darin kleine Frösche, die nach Mücken schnappten, ein Leben ohne Erde unter sich.

Auch Ameisen waren auf den Wohnschiffen unterwegs, die Blätter gewachst, so dass Tau und Regen abliefen. Die nach einem gemeinsamen Mahl strebenden Blattschneiderkünstler, um die Königin, eine Gebärwalze, hundertmal größer als sie, mit vorgekauter Nahrung zu versorgen, liefen hintereinander. Sie besaßen kleine Häkchen an den Füßen, Steigeisen gegen den Schliff der für sie umfangreichen Nadeln.

Einwanderung konnte hoch oben durch Stürme geschehen sein, oder Krähen, Dohlen hatten Beute, die noch lebte, aus dem Schnabel fallen lassen, gejagt von einem Seeadler.

Höher klimmend, die Seile eingezogen in den Rucksack, sprang vor ihm eine Wühlmaus davon, über Gezweig hinüberpendelnd zu Douglasien, wo sie vor Käuzen geschützt war.

Des Adrenalins Begeisterung ließ den Athleten mehr riskieren, beschleunigte ihn, Ast um Ast hinauf sich durch blattförmige, weiche Nadeln schleusend, als sei er in der Kreidezeit angekommen.

Er stieß auf Girlanden aus Johannis und Holunder, auch Prachthimbeeren, die er sofort aß. Sie schmeckten umfänglich tiefer, wie es auf der Erde keiner Beere mehr gelang.

Zuletzt musste er speien, nicht aus Übersäuerung, vielmehr war er verzuckert, Galle und Leber wehrten sich dagegen, jedoch das Gehirn war in Schwingungen gebracht, als er an einer Gabelung noch auf Lorbeer stieß, den er zu einem Kranz hätte winden und sich auf den Kopf setzen können.

Die Sonne, eine gleißende Scheibe, trat wieder aus Wolkengebilden. In Gelsenkirchen war bei der Polizei während Regenmonaten angerufen worden, was das runde, feurige Rüstzeug sei. Neigte sich die Heliumwirtschaft des glühenden Balls dem Ende entgegen?

Der Athlet kletterte von Ast zu Ast höher, sah rosafarbene Würmer und wurde von Hummeln umschwärmt, in einem wunderreichen Buch von Jean-Henri Fabre als folgsame Brummer bezeichnet, die einen Wirt benötigten. Flechten, Moose, welche über ein Kreislaufsystem verfügten, daneben Bonsai-Rhododendren, deren flüsternde Wälder in England selbst mit Flammenwerfern nicht ausgerottet werden konnten, umringten ihn.

Schließlich war der Athlet oben und reckte sich. Er stand auf dem Pflanzendach der Sequoia, ging hin und her über ineinander verwachsene Grünzeuglappen, ließ sich federnd davontragen bis zum Rand des unsicheren Gedecks, wo er mit rückwärts rudernden Armen sich vor einem Absturz bewahrte, und, wieder die Mitte des wogenden Geschlampes erreichend, schwankte er in den Wellen des Winds.

In der Mitte des schieferartigen Blättergrüns hatte sich eine Mulde gebildet, wo aufgesprungene Samenkapseln, Blüten, Grannen, auch zwei junge Gabelweihen goren, denen der Sprung aus dem Nest misslungen war. Das Kesselchen kochte, schickte Dampf aus. Der Athlet griff zum Cellphone.

»Seid Ihr da?«

»Wo seid Ihr?«

»Auf dem Dach der Sequoia.«

»Kommt Ihr zurück?«

»Es ist schön hier.«

»Habt Ihr zu essen, zu trinken?«

»In meinem Kletterrucksack. Wo sind die Mädchen mit dem Hundekorb?«

»Kommen noch, vielleicht.«

»Wenn sie keinen großen Hundekorb mitbringen, könnt Ihr sie gleich wieder auf Tour schicken.«

Sie habe, sagte die Madonna, auch den Poncho gewaschen, nur mit vierzig Grad.

Was Ricarda dann anhabe?

»Wahrscheinlich das Kostüm mit den Bergstiefeln. Ich musste ihren Bubikopf noch kürzer schneiden.«

»Wie geht es Eurem Schlangenkleid«, sagte er.

»Ich komme kaum mehr hinein, sollte mich ausmotten.«

»Frau Lithium, irgendwann setzen wir Maß um Maß ab, Ihr werdet wie ein Engelein werden.«

»Ich stecke in meinem Körper, einer Walze, die mich verdirbt.«

»Ihr seid lang nicht mehr in der Finsternis gewesen.«

»Ja, wie schön.«

Beide schlossen das Gespräch. Die Madonna mochte sich noch mit der Wäsche beschäftigen, sie in den Trockner stopfen, an draußen gespannten Strippen mit Klammern aufhängen, den Kopf ein wenig geneigt, eine Dienerin ihrer selbst.

Der Athlet ging auf dem Pflanzendach umher, vertraute den Schichten, holte aus seinem Rucksack Wurfleinen, die drüben, nach dem Abgrund, in einer Douglas-Tanne hängen blieben.

Mit Augenmaß holte er die Leinen ein, ließ sie erneut hinüber wandern, bis er seine Hängematte aus unzerreißbarem Nylon, Dederon oder irgendeinem amerikanischen Geflecht, dessen Namen er nicht kannte, einklinken konnte, so dass er abends unter dem orangefarbenen Himmel in einer Heimstätte läge, ohne

Furcht und Beben. Er setzte die Schaukel, die ihn umschloss, ein wenig in Gang.

»Seid Ihr noch da«, telefonierte er mit dem dicken Handy, groß wie ein Faustkeil für ungeschickte Männer.

Keine Antwort.

»Weshalb seid Ihr nicht da?«

Nochmals Anruf, »ich liege in der Hängematte und schaukle.«

Keine Antwort.

»Öffnet die Pakete von Sandra nicht. Versprochen?«

Keine Antwort.

»Habt Ihr genügend Lithium genommen, auch Milli Lorazepam?«

Keine Antwort.

Er streckte sich, holte aus dem Rucksack verlässliche Nahrung, alte Brotbrocken für die Backentaschen, gemächlich würden die Kohlehydrate tauen. Er hatte auch kleine Tüten dabei, die mit den Zähnen aufgerissen werden konnten, wie es auch Rennradler freihändig vollbrachten, mit gekochtem Rinderschädel, zerriebenem Hafer und Weizen, dazu Nikotin und Ephedrin zur Erweiterung der Kapillaren, nicht nachzuweisen als Doping.

Hin- und herschwingend in der Hängematte zwischen der Douglasie und der Sequoia gab er sich dem Traum eines unbesiegbaren Recken hin, wie im Nibelungenlied, von dem es eine Fortsetzung geben würde, in der die Amelungen zurückkehrten in den breitblättrigen Schopf des Baums. Der Athlet fühlte sich, vom Wind gewiegt, wie in einem Kinderbett, überaus sicher, während die Sonne unterging, als orangener Ball, dessen Protuberanzen den Funkverkehr störten.

Später lag er nackt auf den weichen, umfänglichen Nadeln, die nicht weh taten, spreizte Arme und Beine, sah hinauf zur Einzigartigkeit des Baumriesen, dessen Leben mindestens fünfhundertmal mehr Zeiten umfasste als seines. Er genoss Großartigkeit, Einsamkeit in Fülle, während sein Zipfelchen, das kaum mehr, trotz Fingerzupfarbeit sich entwickeln ließ, sich zu einem Dorn verhärtete, der, als er ihn kurz berührte, Samenspeichel hinausspringen ließ, was in den letzten Jahren kaum geschehen war aufgrund des Chemierotzes im Leib, der ihm auch aus den Augen drang, diesmal, verbunden mit Geröchel und Gejauchze, eine kurze Entladung, nach der er zurücksank auf Blätter und weiche Nadeln der Sequoia, klopfenden Herzens mit Vorhofflattern.

An seine Frau, die Madonna, hatte er überhaupt nicht gedacht, auch nicht an dicke alte Frauen oder an junge Knochengeschöpfe. Die ganze Nacht lang bot er sich den Sternen, dem Himmel an, fror nicht, hatte weder Hunger noch Durst, schwebte durch die Reiche der Erhabenheiten sorglosen Glücks und gleißender Hautstreifen, als sei er dafür zurechtgebürstet worden. Nichts tat weh.

Frühmorgens, kalte Nebel kniffen in die Muskeln, wachte er auf und ließ es rinnen. Ein wenig ängstlich rief er mit seinem Cellphonkeil die Madonna an. Keine Antwort.

Er musste von der Douglas-Tanne seine Hängematte herüberholen, den Rucksack schnüren, dann sich abseilen, jeweils auf Gezweig Atem schöpfen, während er das Führungsgebinde verkürzte, das schnurrend durch die in den Stamm eingeschlagenen Ösen lief, eine Tonlage der Verlässlichkeit.

Schließlich stand er unten im Gehölz, marschierte durch dornige Sträucher, die er, wieder an Kraft gewinnend, mit den Armen zurückschlug, dabei wollte er ein Kirchenlied pfeifen, das er seit der Kindheit kannte, doch er hatte es vergessen.

Zuhause, am Küchentisch, saßen die Madonna und die beiden Freundinnen, Ricarda und Sandra, während er, zerkratzt von den Durchbrüchen im Mammutbaum, hereinkam und seinen Allerweltsrucksack auf den Boden schmiss.

Die Frauen aßen Schmalzbrote mit gebräunten Zwiebelchen darauf. Er wollte zunächst nur Wasser trinken, Wasser, Wasser aus dem Küchenhahn, dessen enges Rohr alle Kleinigkeiten der kettengleichen Hilfspräparate in sich schloss, als handelte es sich um Gewässer aus Lourdes. Zufrieden sank er auf einen Hocker, sagte, er sei da.

»Wie kostbar, wie lieblich«, stimmte der Frauenchor an.

Nachdem auch er dicke Brote gegessen hatte, deren Schmalz bei jedem Bissen an den Lippen hängen blieb, hineingeschleckt von der Zunge, die immer fettiger wurde, so dass sie ihrer Aufgabe, hin- und herschmierend wie ein zu gut gewachster Ski, kaum mehr gerecht wurde, fragte er, ob Ricarda und Sandra einen großen Hundekorb gefunden hätten.

Er stand auf dem Küchenboden, ein Gewölbe aus Rattansträhnen, gewickelt und verbunden wie von einer Thai-Handwerkerin, die noch Geschicklichkeit und verknotete Schönheit kannte, aber der in Wasser getauchte Rattan war scharfkantig geblieben.

Der Athlet fragte Sandra, ob sie die Päckchen dabei habe.

»Ja«, sagte sie, gab ihm drei. Es waren eher Pakete.

Eines öffnete er, gab jedem ein paar Hunderteuroscheine, sagte, morgen führen sie nach Zürich, gute Nacht, zeitiges Aufstehen.

Wer bei wem lag, war nicht wichtig. Jedenfalls schmiegte sich Ricarda unten im Stall an das von seiner alten, abgemagerten Mutter mit Schulterblättern gleich Flügeln verlassene Kälbchen. Es nieste, warf sich auf den Rücken, wollte gestreichelt werden.

Nachts kam die alte Kuh aus der Wildnis der Gräser und Schachtelhalme, hinter sich die schnaufende Bunte Bentheimer. Sie legten sich im Kreis. Zufriedenheit war wieder eingekehrt.

Morgens früh die Frage, wer putzt die nächsten Tage Fanny Kubuhr, die Hawaiianerin?

»Der Sozialdienst von Achlamm.«

»Habt Ihr eine Telefonnummer?«

»Ihr habt eine.«

Der Athlet platzte geschickt bei der Sekretärin des Bürgermeisters hinein, Antwort, sie habe keine Zeit. Jedoch dem Athleten gelang es mit wie aus Holzrinde und Klatschmohn eingewickelter Stimme, den Argwohn der Sekretärin zu überwinden. Versprochen, der Sozialdienst würde sich um Fanny Kubuhr kümmern.

»Danke und einen schönen Tag noch«, erwiderte er berlinerisch, »wir sind sehr froh, die Tante versorgt zu wissen. Sie steht selbstständig auf, kehrt ebenso ins Bett zurück, isst alles, was der Speisedienst ihr bringt, schaltet das Radio ein und singt bei Volksmusik mit. Nachmittags geht sie spazieren im Kreis um die Siedlung, die sie kennt, fragt Leute, denen sie begegnet, wer sie seien und blickt neugierig an ihnen hinauf. Susanne, Fanny ist lieb wie Sie.«

»Kommt mal wieder zu uns«, sagte der Athlet. »Wir sind allen zugänglich. Wir haben neue Gäste, Meerschweinchen. Eines ist für Euch.« Gelächter, Gezwitscher am Telefon, Proteste, »nein, der Bürgermeister ist Allergiker.«

»Auch bei Porzellan?«

Die Reise konnte am nächsten Tag nicht begonnen werden. Der Schäferhund ließ sich nicht einfangen, hasste den Maulkorb, außerdem sollte er noch eine starke Binde um den Bauch bekommen.

»Die Katzen müssen her«, sagte der Athlet

»Sind auch weg«, sagte die Madonna.

»Dann nehmen wir für die Veterinäruniversität die Bunte Bentheimer.«

»Ogottogott«, Antwort der Madonna, zu schwer, passe in keinen Korb, lasse es aus Angst plätschern und verschmiere alles mit Kacke.

»Ricarda«, sagte der Athlet, »könnt Ihr Euch um die Katzen kümmern? Vielleicht kommt dann der Hund mit.«

»Eine Rotation«, sagte die Madonna. »Unsere Freundin besitzt die Ausstrahlung eines chinesischen Tischtennisnetzes.«

Ricarda spritzte sich aus dem Schapf im Herd warmes Wasser ins Gesicht und war von Fruchtfliegen umschwärmt, als trüge sie eine Haube, oft dargestellt von alten Meistern bei Versuchungen und gezeichnet, als handle es sich um ein Katapult von da Vinci. Sie ging, und Sandra wollte ihr folgen, doch die Madonna sagte, »lasst sie, bleibt hier.«

Sandra setzte sich an den Tisch, die Arme verschränkt und den Kopf darauf. Sie weinte ein bisschen. Mit dem Fuß haute sie in eines der Pakete, die auf dem Boden lagen.

Der Athlet sagte, »Euer Vater und Euer Onkel wollten es so.«

»Wo sind sie jetzt«, fragte sie.

»Im Himmel.«

»Bestimmt? Das glaube ich nicht.«

»Wir glauben es, sonst hätten wir nicht geholfen. Ihr müsst schweigen, sonst werden sie wieder auferstehen.«

»Tot?«

Nicht mehr zu sehen im Kessel, dachte der Athlet, als Wanderer ohne Fleisch und Gerippe ins bessere Reich.

»Darf ich bei Euch bleiben?«

»So lang Ihr wollt. Ihr müsst nur manchmal ins Büro und nachschauen, was noch zu tun wäre mit Sammlungen, Verkäufen oder Verzichten. Habt Ihr Vollmacht? Verzeichnet beim Rechtsanwalt und Notariat? Würdet Ihr sonst noch etwas brauchen?«

»Der Vater und der Onkel haben alles bestellt. Ich bin dessen gewiss.«

»Wer holt die Katzen«, fragte der Athlet.

Die Madonna kam nach einer Weile mit dem träumerischen Katzenpaar zurück, dahinter der Schäferhund mit angelegten Ohren, als wollte er aufpassen.

Ricarda ließ sich nicht sehen, mochte sich mit der Bunten Bentheimer begnügen.

»Wer wickelt den Hund«, fragte der Athlet.

»Ich nicht«, sagte seine Frau.

»Wer ordnet die Polster im Hundekorb?«

»Unschwierig«, sagte die Madonna.

»Kein Fetzelchen darf zu sehen sein«, antwortete ihr Mann.

Sandra lief aus der Küche, die Tür schwang auf und klappte gefährlich kurz hinter Sandra zu.

Draußen, den großen Stall durchquerend und hinein in die Wildnis laufend, rief Sandra, »nein, nein, ich will es nicht, es muss nicht Jesus sein!«

Ricarda stürzte sich vor einem Gebüsch auf sie, und keuchend lagen die beiden übereinander, waren wütend, lächelten jedoch ein wenig.

»Weshalb wolltet Ihr weg«, fragte Ricarda.

»Ich weiß nicht mehr, wem ich angehöre«, sagte Sandra, »den Gebrüdern Tammler, Jesus oder dem Heiligen Geist.«

Wisse sie auch nicht, sagte Ricarda. Sie kenne die Mutter Gottes des Weißen Bergs, Geschwister der Elfen, und Brummkreisel, wie inzwischen die Kinder in Salmesi sie geschenkt bekommen hatten, und ihr Meister Ehullina sei tot.

»Ein Jesus«, fragte Sandra.

»Nein, aber genauso wieder auferstanden aus dem Geröll, in dem er lag.«

Ob alle Götter und Göttinnen Geschwister seien, fragte Sandra.

Anders könne es nicht sein, antwortete Ricarda. Es habe einen Esel gegeben, der nach dem Tod von Meister Ehullina immer noch von Dorf zu Dorf unterwegs gewesen sei, leise vor sich hinsprechend, obwohl es niemand verstand. Geholfen habe es nicht.

»Jesus, ein Esel«, rief Sandra.

Darauf antwortete Ricarda nicht, sondern wälzte die von hinten gepackte Sandra im störrischen Gras herum, so dass beide auf dem Rücken lagen und in den Himmel schauten.

Prinzess-Sittiche jagten als gelbe Wolke umher, verschwanden wieder in einem Baum, dessen verhaktes Gezweig Gabelweihen und Mäusebussarde nicht durchdringen konnten.

»Was soll ich jetzt tun«, sagte Sandra.

»Beten.«

Sie knieten sich hin, den Kopf gesenkt, die Handflächen zusammengepresst, Wesen beflüsternd um Schutz, Kraft und Sorglosigkeit, blickten auf, wieder nieder.

Für sie sei Jesus wichtig, sagte Sandra.

Für sie auch, antwortete Ricarda.

»Ihr kommt doch woanders her?«

»Wir sind froh um jedes Göttlein, jede Jungfrau.«

»Seid Ihr katholisch?«

»Sind wir auch, quolqepirwapas pachunh, Goldener Vorrat möge es sein, wayrapas wayranqa, tiempollanpi ruphachun, ama qasapas kanqachu, Lugarniyoquna, der Wind wehe zu seiner Zeit, bringe ein gutes Jahr vorbei, halte Krankheiten fort, der Frost bleibe fern.«

Sandra fragte Ricarda, wie es sei, zu glauben?

»Erfüllend, endlich der Darm leer.«

Verstehe sie nicht.

»Ihr müsst Euch«, sagte Ricarda, »jedem Stein, jeder Kerze hingeben, so lang, bis Ihr spürt, dass Ihr allein seid. Nach fünfhundert Malen werdet Ihr zu einem Reisigbündel für Ziegen oder einem Schmatz für Schweine.«

»Ich werde gegessen«, fragte Sandra.

Täte nicht weh, die Antwort.

»Und dann?«

Wisse sie auch nicht, antwortete Ricarda, sie habe es noch nicht erlebt. Brüder und Schwestern seien gestorben, das Väterchen habe noch aus dem Steinhaus geschaut.

Wen sie anbeten müsse, um zu überleben, fragte Sandra.

»Hier Jesus«, sagte Ricarda, »sonst habt Ihr niemanden mehr außer dem Heiligen Geist, den wir nicht kennen.«

»Und Gott?«

»Eine Kokosnusspalme im Tiefland.«

Sandra sank auf die Knie, fing inbrünstig zu beten an, die Augen mit den Händen bedeckt.

Ricarda stand aufgerichtet neben ihr, einen Arm erhoben, als halte sie eine Keule empor.

Sandra kroch, laut betend, durch das knebelnde Wildgras, Arme und Hände voraus wie eine Schwimmerin. Manchmal rief sie Jesus an, Gott den Herrlichen, vor allem Mutter Maria mit dem Posaunenkind auf dem Schoß wie bei Raffael.

Ricarda betete ebenfalls, hatte wieder einen Schwarm Fruchtfliegen um sich. Er ließ sich auf ihrem Kopf nieder.

Beide Frauen umfassten sich. Ihr Kopf tue weh, sagte Sandra.

Die Madonna kam herbeigestampft, spuckte in die Hände und strich über die Gesichter der zwei Frauen, immer wieder, ohne etwas zu sagen.

Die Fruchtfliegen flogen davon, und die Frauen gingen zurück zum Hof.

Der Schäferhund brauchte einen Maulkorb, den er nicht tragen wollte, und als er einen eng angelegten Verband vom Brustkorb bis zu den Lenden erhielt, befreite er sich immer wieder, sprang hoch, überschlug sich bellend, die weißen Binden wie japanische Kriegsbanner hinter sich her zerrend, bis er endlich so matt war, dass er sich in den Korb hinein schieben ließ.

Er bekomme noch zu trinken, nichts mehr zu essen, sagte der Athlet.

Das verluderte Geschwisterpaar der Katzen hielt sich auf der Deichsel einer alten, zweirädrigen Kutsche auf, hätte gern einen Angriff gestartet, war aber zu vorsichtig dazu.

Der Hund blieb nachts im Korb im Hof allein, mochte noch jaulend sich hin und her werfen, doch selbst Eulen und Spechte hielten sich in Abstand auf den Palastbäumen.

Ob sie den Hof versorgen könne, wurde Sandra von dem Athleten gefragt.

O ja, sei eine wichtige Aufgabe, nach Hause gehe sie nicht mehr.

»Und wenn die Polizei kommt, um Euch nach Vater und Onkel zu fragen?«

Werde sie antworten, seien wieder weg wie schon einmal. Vielleicht hätten sie sich barfuß und ohne Geld auf den Weg nach Compostela gemacht.

Fragen nach uns, den Freunden?

Seien in die Schweiz gefahren, und deshalb füttere sie die Tiere. Allein zu Hause fürchte sie sich.

»Weshalb?«

Der Tod oder der Eingang ins Paradies.

Verstehe die Polizei nicht, werde misstrauisch, sagte der Athlet. Keine Antwort von Sandra.

»Ihr müsst wissen«, sagte der Athlet, »selbst wenn Ihr einen Vorlass für das ganze Vermögen habt, dauert es mindestens noch ein Jahr, bis ein Totenschein für Thomas und Rudolf Tammler ausgestellt wird, die nicht gefunden wurden. Dann erst kann das Testament eröffnet werden.«

Sie kriege sowieso alles, antwortete Sandra.

Anerkenne aber die Behörde nicht. Ein Vorlass sei nichtig. »Kommt mit, wir gehen heuen.«

Sie stiegen hinauf in den obersten Stock des Stallgewölbes und gabelten durch eine Luke Heu hinunter, erster Frühjahrsschnitt, hauchfein, bevor in der Wildnis die gelben und scharfkantigen Stengel gewachsen waren. Als alles unten war, ließen sie sich durch die Öffnung hinabgleiten, die Beine aus frohem Entsetzen auseinander, die Arme erhoben, und immer noch die Gabel in der Hand, unten auf einem tief einsinkenden

Pfühl im Beckensitz ankommend, sich mit Gelächter wieder herauswühlend aus dem duftenden Schnitt, das Heu dann in den Raufen verteilend, so dass genügend Futter vorhanden war, wenn Sandra allein die Tiere versorgen musste, die, falls es regnete, zahlreich in den Stall kämen.

Die Madonna hatte ihr knappes Schlangenkleid an, das kaum schloss, dazu Gummistiefel.

Der Athlet, ebenfalls mit Gummistiefeln, trug Blue Jeans und die englische Reiterjacke aus Achlamm.

Ricarda, in ihrem Kostüm und ihren Bergstiefeln, sah mit Bubikopf aus wie eine hochgerüstete Katze.

Sie fuhren in dem unzerstörbaren Mercedes bis zur schweizerischen Grenzstation St. Margarethen, hinter sich den Schäferhund, der in seinem Korb immer noch tobte.

In der Eisenbahn wollten die Schweizer Kontrolleure keine Pässe sehen, nur wissen, was mit dem Hund sei? Ob sie ein Attest hätten?

»Nein«, sagte der Athlet. Heute früh habe er in der Veterinärklinik von Zürich, der besten der Welt, angerufen, der Rüde sei plötzlich herzkrank geworden, vielleicht ein Infarkt. Antwort, sofort kommen.

Tatsächlich, ein Hund könne auch einen Infarkt kriegen?

Seien wie wir, antwortete der Athlet.

Die Kontrolleure verabschiedeten sich, wünschten Gesundheit.

Weshalb der kranke Hund in dem großen Korb dick verbunden auf seinem Bett lag, danach hatten sie nicht gefragt. Irgendwie krank hatte der Hund aussehen müssen.

Der Athlet pfiff durch die Zähne.

In Zürich gingen sie die Bahnhofstraße hinunter, in der besonders Wurstgeschäfte mit grellroten Anschnitten auffielen, und verschwanden, zusammen mit Hund und Korb, in einer Bank, über der UBS stand. Hund und Korb blieben dort.

Vorher hatten sie Ricarda gesagt, sie hätten Zimmer unten an der Straße, im Hotel Baur au Lac, am See, auch für sie eines.

Ricarda blieb mitten auf der Straße stehen, jedoch ein Polizist geleitete sie auf die andere Seite.

Eine bolivianische Musikband musizierte dort. Sie stellte sich dazu, erhielt zwei Hölzer in die Hand und begann, den geblasenen Melodien mit schrammenden Gegentakten aufzuhelfen. Es klang nach schneebedeckten Bergen und hoppelnden Ziegen.

Spät nachmittags, die Madonna und der Athlet hatten sich geliebt, so weit es ging, stürzte Ricarda in das Zimmer. Es war ihr gelungen, bis hierher durchzubrechen. Sie blutete an mehreren Stellen im Gesicht.

Per Telefon orderte der Athlet Pflaster und eine Flasche Champagner mit drei Gläsern.

Die bolivianische Musikgruppe, mit der Ricarda musiziert hatte, war von einer anderen angegriffen worden, die behauptete, nur sie habe eine Lizenz für die Bahnhofstraße. Als Polizei kam, war Ricarda entronnen.

Die drei gingen abends, ohne gegessen zu haben,

nur ein wenig betrunken, Ricarda verpflastert, in die Altstadt, standen vor und in Kneipen herum, tranken geeisten Gin, das fürchterlichste Getränk für Unheil, trafen schließlich einen Freund, Schrummpeter, Architekt, dem es gelungen war, Gemeindehäuser, Bibliotheken, auch Hotels wie das Baur au Lac zum Teil aus Eisen zu bauen, deren Schönheit sich allmählich durch Verrostung entwickeln würde.

Bei sich hatte der Architekt eine Freundin, frühere Bekanntschaft des Athleten, als er in Zürich studieren wollte.

Damals war sie noch dünn gewesen, jetzt eingewickelt in einen weißen Puffmantel, jedoch sie besaß immer noch ein Pfirsichgesichtchen, beschäftigt als Graphologin für Firmen und Universitätsabteilungen, auch private Kundschaft.

Sie tranken und schwatzten, aber Ricarda konnte nicht mittun. Die Freundin des Architekten bat schließlich Ricarda, ihre Hand zu öffnen.

O ja, sagte sie, sie sehe.

Könne nicht sein, erwiderte Ricarda. Sie spreche Quechua, vara, Zepter, paqarichiq, Schöpfer, waranqa waranqata totto chuka waranqata, tausend mal tausend oder zehntausendmal. Bitte, zu wiederholen.

Es gelang nicht, die Freundin des Architekten ging. Der Architekt entschuldigte sich.

Die Madonna sagte, »nun wissen wir, dass wir nicht mehr hierher gehören. Wir sind allein in unserer Siedlung, brauchen keine Freunde mehr.«

Sei noch nicht entschieden, sagte ihr Mann.

Sie zogen umher, und Ricarda hätte beinahe einer

torkelnden Dame einen Diamantring vom Finger gestreift, doch der Kniff gelang nicht. Sie rannten und rannten.

Bevor sie umkehrten, trafen sie auf Gil. Der Vielfachreiche einer Dämonenwelt trug eine verschmierte Kapuzenkluft. Er malte für Filmproduktionen taubengraue Teufel der vierten und fünften Dimension und zerrissene Mädchen, von denen nur aufgesperrte Münder im Vordergrund übrig blieben.

Am besten gelangen ihm Schrauben, Zahnkränze, Stangen und Wannen aus dem einstigen Eisenreich, die sich in bösartigen Verzerrungen selbst vernichteten, trotzdem noch funktionierten, in glasierter Ferne ein wenig Dampf ablassend, mit einem Regenbogen darüber.

Er klagte, dass ihm, wenn er zum Einkaufen radle, immer unten die Hosenspangen abgingen, und der Stoff verwurstle sich in der Kette.

Die Madonna sagte, er solle die Hosen hochstülpen.

Gehe nicht, er friere zu sehr.

»Nehmt ein Taxi.«

Niemals, Verschwendung.

Gil warf seine Kapuze nach hinten, und sein Gesicht mit einem dünnen Lippenbärtchen war zur Maske eines alt gewordenen Ministrantenbuben mit Rissen in der Haut geworden.

»Habt Dank, habt Wohl«, sagte er. »Braucht Ihr Geld?«

»Nein«, antwortete Ricarda.

»Wann kommt Ihr zu mir?«

Er kniete vor der Madonna nieder und küsste

mehrmals ihre Hand, bis sie ihm ein Tempotaschentuch gab.

»Gil«, sagte der Athlet, »bringt Euch um, enthauptet Euch.«

»Wollt Ihr das Gemälde sehen?«

»Sehr gern, schickt eine Photographie davon.«

»Werde ich tun«, sagte er und radelte davon.

Am nächsten Morgen saßen sie im großen Salonbett und erhielten Frühstückstabletts auf Knie und Schoß, eine Darbietung, als ginge ein Luxusdampfer auf Fahrt.

Es gab geköpfte Wachteleier, Spinat mit Schinken, kaum Brot, jedoch einen Wall aus Haferflocken, der in die Höhe schoss und am richtigen Platz wieder niedersank.

Sie aßen kaum, suchten nach Zigaretten, die nicht serviert worden waren, außer einem russischen Feuerzeug, bei dem, wenn man es bediente, der Kreml immer wieder in Flammen aufging, dann jäh erlosch.

Ricarda zog aus ihrem Goldenen Sack einen gekrümmten kleinen Lamafötus, kostbares Geschenk, das ihr die Musikanten auf der Bahnhofstraße gegeben hatten.

»Packen«, sagte der Athlet, »wir gehen.«

Unten, an der Rezeption, musste er nur seine goldene Karte in einen Schlitz stecken.

»Merci vielmals«, sagte der Bedienstete, »kommen Sie wieder«, als sei Martin Kosslowski im Baur au Lac bekannt.

Am Anfang der Bahnhofstraße holte der Athlet aus der Bank den Hundekorb. Matt lag der Rüde darin, als habe er nicht einmal zu trinken bekommen oder als sei er eingeschläfert worden. Auch das Bett war eingesunken.

Noch erwähnt werden muss, dass Ricarda mit Streichhölzern, die auf dem Marmortischchen im Zimmer lagen, Löcher in die Vorhänge gebrannt hatte, doch die Flämmchen waren durch eine Regenanlage wieder gelöscht worden.

Als der Athlet gefragt hatte, was sie damit klar stellen wolle, hatte Ricarda einen Hundertfrankenschein, verdient mit ihrer bolivianischen Musikantengruppe, in seine Hand gelegt.

Reiche nicht, hatte der Athlet gesagt.

Ricarda holte aus ihrem Sack ein Klümpchen Gold.

»Na also«, hatte der Athlet gesagt und es in den Mund genommen, wo es kaum mehr entdeckt werden würde.

Zuhause angekommen, wurde der Hundekorb geöffnet, und der Rüde schoss flach davon, verfolgt von den Geschwisterkatzen, die darauf gewartet hatten.

»Gottlob«, sagte Sandra, »seid Ihr wieder da. Der Überschuss gehört euch. Im Essschrank liegt noch ein Päckchen für den täglichen Gebrauch.«

»Wir müssen in kleinere Scheine wechseln. Wer macht das?«

Niemand regte sich.

Es sei keine Pioniertat, sagte der Athlet. Es komme nur auf lange Fahrten über Stutengarten, Wimstal,

Lindaw, auch Breganza an. Ein paar andere Währungen täten wohl.

»Dummes Zeug«, antwortete die Madonna, wir kriegen überall dasselbe Geld, sind in der Euro-Zone.

»Dann, bitte, macht Ihr es«, sagte der Athlet. »Wir kümmern uns derweilen um den Hof.«

»Und wer reinigt und speist Fanny Kubuhr, die Hawaiianerin?«

»Ich«, sagte Ricarda, »und Sandra geht mit, um zu lernen.«

Der Athlet telefonierte noch mit einer Freundin in Berlin, die jeden Tag ein Bulletin der Trockenbefrachtung aller Schiffe der Welt für Mais, Erz, Kohle, Holz, Getreide usf. herausbrachte, dazu Abfahrten und vermeintliche Ankünfte, damit Preise ausgehandelt werden konnten.

»Ethnologin des Erdballs, Elisabeth, wie geht es dir?«

»Gut. Wir haben wieder Gefälle.«

»Seltene Erden? Scandium, Lanthan, Cer, Europium, Yttrium?«

»Noch viel mehr.«

»Habe ich darauf gesetzt?«

»Nein, nicht, seltene Erden, seitdem sie auch in Amerika entdeckt wurden, sind in freiem Fall.«

»Und mein Platin?«

»Bleibt, kriecht dahin, ein bisschen höher, wieder zurück, jedoch es wird bald teurer werden, denn in Südafrika hat es einen Aufstand für bessere Bezahlung gegeben. Die Polizei erschoss eine Reihe von Gewerkschaftlern.«

»Was nun?«

»Raffle, die Mine, wird geschlossen, Platin steigt.«

»Also halten?«

»Mache ich schon. Wenn mein Mann Euch trifft, kriegt Ihr einen Kinnhaken.«

»Er wird niemals in die Provinz Allgaw kommen.«

»Da habt Ihr recht. Tschüss.«

»Einen schönen Tag noch.«

Die Madonna fuhr mit Ricarda von Stadt zu Stadt, um großes Geld umzuwechseln. In der hügeligen Keltenlandschaft verbargen sich noch viele Schätze, bedeckt von geschorenem Gras.

Der Athlet nahm Sandra an der Hand, und sie stapften hinaus in die Wildnis, deren Gräser, gelbe Rohre oder Gesträuch ihnen bereits bis zu den Knien reichten.

Ob er nicht mähen wolle, fragte Sandra.

»Nein«, antwortete der Athlet. »Wir wollen sehen, was wie in der Steinzeit aus dem Getümmel wird. Vielleicht bringt es uns Gedeihen oder es bringt uns um.«

Er zeigte ihr noch Tiere, auf die sie achten müsse, nicht nur die bockigen Ziegen, auch die Shetlandponys, die sie niemals direkt anschauen und auch nicht streicheln dürfe. Dagegen die alte Kuh mit ihrem heiligen Kälbchen sei zahm, käme mit, wenn sie ihr Salz gebe. Die Vögel aber gehörten einer Dimension an, die unerreichbar bleibe. Und die Pflanzen, ja, die Pflanzen, darüber wisse er wenig. Wahrscheinlich kämen wir auf hundert Arten mehr als früher.

»Die Bunte Bentheimer«, fragte Sandra. »Ich habe vor ihr Angst.«

Sie komme und gehe, sagte der Athlet, wie eine Eisenbahn, dulde es, wenn jemand ihr begegne.

Ob Ricarda eine Zauberfrau sei, fragte Sandra.

»Nein«, antwortete der Athlet. Sie habe aus Bolivien in ihre Heimat zurückgefunden, den Ort ihrer Geburt.

Ob das wahr sei?

Wahrscheinlich, denn weshalb könne sie deutsch sprechen?

Gelernt in einem Goethe-Institut.

»Ach, Pflänzchen«, sagte der Athlet, »schau ihre Haare an.«

»Irgendwie nicht richtig«, antwortete Sandra.

Bei den Quechua könnten die Haare von Männern und Frauen kaum unterschieden werden, sagte der Athlet. Sie sähen alle gleich aus, wechselten auch das Geschlecht.

»Unmöglich«, sagte Sandra.

»Nur beim Arbeiten«, antwortete der Athlet. »Am Hang, wenn es plötzlich regnet, weiblich, weil Frauen mehr aushalten, beim Bau einer Brücke über einen Bach mit einem Balken auf der Schulter, männlich, weil er trocken und schwer ist.«

»Möchte ich jetzt tun«, sagte Sandra, zog eine Menge Gras aus und versuchte, einen Kranz zu flechten, der nicht gelang.

Frage, bin ich jetzt weiblich?

»Ja«, sagte der Athlet.

»Und wann wäre ich männlich?«

»Wenn Ihr wie ich wäret, groß, blond, Stupsnäschen.« Er stemmte sie hoch über seinen Kopf, drehte sich hin und her und warf sie in den Bach.

Es hatte ihr weh getan. Sie arbeitete sich wieder empor und bat um ein Handtuch. Der Athlet zog sein Flanellhemd aus und gab es ihr.

»Wenn Ihr mit anderen Frauen zusammen seid«, fragte Sandra, »wird Eure Frau nicht eifersüchtig?«

»Nein«, sagte er. »Sie kennt mich.«

Was das heiße?

»Zuversicht und Langlebigkeit.«

»Hat Eure Frau, die Madonna, Liebhaber?«

Wisse er nicht.

Werde er eifersüchtig?

»Nein.« Er sei wie ein Schweizer Messer, viele Teile ineinander.

Aber irgendwann verletze er sich?

»O ja, süßes Blut, rasche Gerinnung, alles wieder gut.«

Sandra war nicht zufrieden, watete in dem Gras- und Krautgeschlinge hin und her, klatschte Bremsen, die sie stachen, tot, so dass am Hals und auf den Oberarmen rote Blüten entstanden, und plötzlich hockte sie sich nieder, zog aus aufgehäufter Erde einen Maulwurf, dessen Körperchen blind zappelte, und biss ihm, ausspuckend, den Kopf ab. Das hatte im Paradies noch niemand getan.

Der Athlet wollte sie umarmen, aber sie entzog sich ihm, lief weinend davon, so schnell, dass er sie nicht mehr erreichte.

Er pfiff nach der Bunten Bentheimer, jedoch sie kam nicht, mochte vielleicht wieder die schon groß geratenen Tabakpflanzungen durchwühlen, schnaufend vor Genugtuung.

Der Abend wellte sich über das Gebirge, belgisch gleichgültig wie Schwaden aus einer Pfeife, die ihr Bild verließen. Ein Hubschrauber in der Ferne war zu hören, seine Lichter glichen einem zuckenden Malteserkreuz.

Abends fuhr der Athlet zum Bürgermeisteramt von Achlamm, parkte vor einer Eisdiele in der Fußgängerzone.

Oben war noch Licht, Susanne arbeitete immerdar. Als er eintrat, erhob sie sich, sagte, »endlich« und schmiegte sich an ihn.

Er stellte auf ihren Tisch ein buntes Meerschweinchen aus Porzellan, sagte, »bitte sehr«.

»Wo sollen wir uns lieben«, fragte sie.

»Oben auf dem Dach, damit nur der Mond es sieht. Ist er schon da?«

»Akzeptiert«, erwiderte Susanne.

Er gab ihr aus dem Rucksack ein Durcheinander aus Seilen, Haken und Ösen, erklärte ihr, was sie zu bewerkstelligen habe, und schwang sich hinaus aus dem Fenster zum ersten Gesims, sich mit dem Kletterschuh auf das nächste Fensterkreuz stemmend, und derart ging es rhythmisch, als sei es eine Sonate, weiter, während das Mädchen nur hinterher geschleppt wurde, verschunden an Kinn und Ellenbogen.

Er lag zusammengekrümmt in dem alten, stinkenden Nest der Störche auf dem Kamin, zog Susanne über sich, und sie tauschten Schmeicheleien und Speichel aus, bis er sagte, »Vorsicht, der Storch kommt, er könnte unser Gesicht zerhacken.«

Sie fragte, ob das wahr sei?

Der Athlet seilte sie über das Dach ab, kam auf der Glätte der Zwiebelziegel vergangener Zeit ins Rutschen, und Susanne, das Bürgermeister-Mädchen in ihrem Rosenblüschen stürzte hinter ihm her über die Dachtraufe hinunter in die Tiefe.

Der Athlet ließ sich, entsetzt, hin und her schwingen, bis er unten vor dem verkrümmten Häufchen kniete.

Der Samariterdienst kam, Leute standen herum, und Commissario Lang, der zum ersten Mal den Polizeiposten besetzte, welcher früher abends in Achlamm leer gewesen war, nahm ihn an der Hand und sagte, »bitte, erzählt«.

Sie tauschten gerollte Zigaretten aus.

Lang war fast so groß wie der Athlet, reckte seine Schultern, als wollte er ihm einen Faustschlag verpassen, sagte jedoch, »gehen wir in die Gastwirtschaft zum Bären.«

Dort schienen sich alle hübschen Mädchen und Frauen versammelt zu haben.

Lang und der Athlet tranken kalte Cocktails mit Rum und Zitrone. Neben ihnen saß eine Frau, die schönste Bäuerin des Landes, wie sie geheißen wurde.

»Wollt Ihr küssen«, fragte sie.

Keine Antwort.

»Wollt Ihr ficken?«

Ebenfalls keine Antwort.

Sie nahm sie mit in die nächste Kapelle, umarmte, küsste sie, verteilte Feuchtigkeit an ihren Ohren, dann setzte sie sich auf einen ehrwürdigen Block, der einem toten Grafen gehört.

Wer nun schuldig sei, fragte sie.

Lang, das Gesicht mit einem gesäumten Taschentuch trocken reibend, sagte, wahrscheinlich der Beschuldigte. Er habe an einem der Halteseile den Haken aufgemacht.

Unmöglich, antwortete der Athlet, denn nachdem Susanne, das Geschöpf, in die Tiefe gefallen sei, wäre er erst am Ende des Dachs angekommen.

Die schönste Bäuerin des Allgaws fragte den Commissario, »wollt Ihr überhaupt einen Schuldigen?«

»Dafür bin ich da.«

»Und wie sieht er aus?«

»Unwesentlich, er muss nur Haare haben.«

»Nehmt mich«, sagte sie und warf sich in seine Arme, wogegen er sich sträubte.

Die schönste Bäuerin, in ihrem geblümten Trachtenkleid, ging, aber wenn ihr Mann, ein Eisenbieger, der jeden Morgen in der Frühe nach Wienegarten fahren musste, sie nicht abgeholt hätte, wäre sie mit den vielen Fläschchen am Gürtelbund wahrscheinlich dageblieben.

Zum katholischen Glauben hatte sie sich wegen ihres Mannes bekannt, der strahlend aus dem immer zu kalten Baggersee hochschoss, wo die Eltern mit den zwei Kindern patschend und jauchzend umhertobten.

Nachts, jeder in seinem Haus am Platz, huschten mit samtenen Krällchen wieder die Meerschweinchen über die Dielen. Ricarda nahm ihr Wurfmesser aus dem Goldenen Sack, traf aber nicht.

Am nächsten Morgen hatte Ricarda schon drei, vier Stück geschlachtet, die Eingeweide dem großen

Schwein, dem Hund und den zwei Katzen zugeworfen, was immer sie damit veranstalten würden. Die Pelzchen, mit schnellen Schnitten entfernt, hängte sie zu den glatt gestrichenen Körperchen an eine Wäscheleine, damit sie trocknen konnten wie in den Gefilden des Titicacasees.

Der Commissario und der Athlet standen, schwankend im Frühlicht, voreinander, fast artistisch, da die Handbewegungen manchmal daneben gingen, sich gegenseitig schlecht gefertigte Zigaretten anbietend.

»Wisst Ihr, wohin die beiden Tammlers verschwunden sind?«

»Keine Ahnung«, antwortete der Athlet. »Sie waren überaus begierig, durch das Nadelöhr zu gehen.«

»Haben sie Euch gesagt?«

»Ja, als Vermächtnis.«

»Ist Sandra Besitzerin eines Testaments?«

»Es wird keines geben, solange die Leichen nicht gefunden worden sind.«

»Wo könnten sie sein«, fragte der Commissario.

»Vielleicht in einem See, auf einem Schneegipfel oder am Ende eines heiligen Trampelpfads.«

»Weiß Euer Besuch etwas darüber?«

»Ach, das alte Mädchen voll Scheu«, antwortete der Athlet, »würde jede Eurer Fragen bejahen.«

»Woher stammt es?«

»Aus Bolivien, wurde hier geboren, hat keine Ahnung davon.«

»Was weiß Eure Frau?«

»Sie nimmt als Analytikerin und Therapeutin die

Schweigepflicht ernst«, sagte der Athlet. »Durchaus möglich, dass sie gar nichts weiß.«

»Sprecht Ihr über Fälle miteinander?«

»Niemals. Die Maus bleibt im Loch. Es würde sonst einen Schlamassel geben.«

»Eure Frau hat sich für Frieden entschieden«, fragte der Commissario.

»Das ist ihre Aufgabe«, antwortete der Athlet, »trotz Zorn und Geschrei. Sie hält alles aus, lange Zeit. Manchmal weint sie danach aus Erschöpfung.«

»Und Ihr?«

»Ich möchte auch Zuversicht und Händchenhalten.«

»Gibt es einen Tausch der Toten?«

»Durchaus, aus Nachlässigkeit«, sagte der Athlet.

»Könnt Ihr mit alten Waffen umgehen, Dolchen, Schwertern, Spießen?«

»Nur stümperhaft.«

»Habt Ihr schon einmal einen Kopf abgeschlagen?«

»Ja, sonst wäre ich an der Reihe gewesen.«

»Wurde diese Tat geahndet«, fragte der Commissario.

»Keineswegs«, sagte der Athlet. »Jeder, der überlebte, betete nur noch oder jammerte nach Zuckerbärchen.«

»Wo habt Ihr die Gebrüder Tammler hingetan?«

»Ich weiß nicht, wo sie sind. Sie waren uns immer voraus durch das Nadelöhr.«

»Ihr glaubt, dass sie glaubten?«

»Fortwährend, auf eine furchtbare Weise, als wollten sie Säulenheilige werden und ihren Reichtum im Dung von Stiftungen verstecken.«

»Was denkt Ihr, für wen?«

»Faltbootbesitzer, Eiskletterer oder Fotografen.«

Endgültig verärgert nahm der Commissario den Athleten mit zur Polizeistation. Fingerabdrücke mussten gemacht, das Gesicht fotografiert und ein Protokoll aufgenommen werden, das erst nach Korrekturen unterschrieben werden konnte. Es war für beide eine Plage, außerdem flackerten die Leuchtstoffröhren an der Decke.

»Noch eine Zigarette?«

»Nein, sind zu stark, vielleicht mit Wurzelkiff darin.«

Sie hätten Koffer voll davon, sagte Lang, der Kommissar, Schweizern und Österreichern abgenommen in Autos und auf Eisenbahnstrecken. »Aber noch eine Frage, habt Ihr los gelassen, oder hat Susanne aus Hast den Haken verpasst?«

»Ich würde gern die Schuldigkeit übernehmen«, antwortete der Athlet, »jedoch, als ich an der Dachtraufe ankam, war das Schnuggele schon weg.«

»Ihr kanntet die Sekretärin des Bürgermeisters näher?«

»Das Honigkäferchen? Jeder hat es geliebt, weil Susanne schnell arbeitete und fast am selben Tag schon unterschriebene Anträge nach unten an die Pforte gab.«

Der Commissario sagte noch, Kosslowski kriege wahrscheinlich Strafe auf Bewährung und müsse ein paar hundert Euro bezahlen, da er zum dritten oder vierten Mal an der Fassade des Bürgermeisteramtes entdeckt worden sei, außerdem habe er ein tödliches Unglück verursacht. Salve.

Der Athlet ging zurück zu seinem Auto und fuhr zornig an, so dass er beinahe die Reklametafel der Eisdiele entzweit hätte. In der Ruhepassage scheuchte er erste Passanten des Morgens beiseite, und ein Karrenweibchen, das nichts hörte und zwei ineinander gesteckte Brillen trug, wäre von ihm auf dem Straßenpflaster beinahe gerammt und zerstäubt worden, hätte ihn nicht eine erschütternde Bremsung begeistert.

Ausgestiegen, entschuldigte er sich. Die Gelähmte in ihrem elektronischen Gefährt hatte nichts bemerkt. Die Backen waren kreisrund geschminkt, als sei sie zu einem Urlaub unterwegs.

Der Athlet schob das Frauchen durch das Wassertor und hinüber zu einem Drogeriemarkt, in dessen Fenstern immer Plakate für Wohlfeilkauf hingen.

Die Geschrumpfte war zufrieden, dort zu sein, zeigte auf einen kurzen Besen und wollte wissen, ob sie ihn bedienen könne

»O ja«, rief der Athlet, »Tag und Nacht! Wollt Ihr ein Bonbon?«

In seinem Auto fuhr er, so schnell wie möglich, auf geheimen Sträßchen zu seiner Siedlung. Im Hof fiel er hin, konnte sich kaum mehr bewegen. Er hatte, wie er bemerkte, hohes Fieber.

Nachdem er über Treppen gekrochen war, legte er sich, wie konnte es anders sein, ins Bett seiner Frau.

Geweckt zu werden, war für die Madonna der gesamte Missmut des Lebens. Die füllige Madame, die Arme hoch, murrte erheblich und rief, »raus, raus«, doch ihr Mann blieb erstarrt auf der Kante liegen, zerrte noch ein wenig Decke zu sich. Neuer Streit begann, bis die Madonna voll Zorn aus dem Bett sprang und nur mit einem Kopfkissen in der Hand hinunter in den Stall ging, aber dort war niemand, der sie hätte wärmen können. Im Wohnzimmer zerrte sie gestrickte Paradekissen aus offenen Kartons, dazu eine Menge alter Decken, die sie für Notfälle gesammelt hatte, legte sich in der leicht vom Mond schraffierten Dunkelheit der Küche auf den großen Esstisch, roch hinein in das wohlige Versteck, aus dem sie kaum mehr heraussah.

Der Athlet dagegen zitterte vor Kälte im Bett, zugleich schwitzte er. Herrliche Gefühle hatten sich vereinigt, die im Körper auf- und niederstiegen, sich auch walzenförmig ausbreiteten, weshalb sich sein Gesichtsfeld zu sommerlicher Kindheit verengte, einem tiefen Käsekessel, in dem er zu versinken drohte und ätzendem Mist, der aus einem Adlernest gekratzt wurde und die Augen verbrannte.

Er liebte Fieber, hatte dabei das Gefühl, nun würden seine Zellen einzeln umgeblättert und begutachtet werden. Selbst die Mitochondrien, kleine Kraftwerke darin, waren ungeduldig geworden, spien verbrauchte Peptide aus und lockten neue an, was für ihn ein Päckchen süßen Senfs enthalten konnte, an das er nicht heran kam.

Meerschweinchen kamen wieder, suchten nach

Futter und Unterhaltung, nagten an der Hornhaut der Füße, eine Kitzelfolter, doch plötzlich hatten sie genug von ihrem mittelalterlichen Geschäft, setzten sich auf seine Brust, und er faltete die Hände darüber.

Es war wie erleuchtete Wärme.

Ricarda hatte am Steilhang hinter dem Haus, über den Haltestreben gespannt waren, begonnen, eine Furche zu graben. Mit einer breitzinkigen Gabel hob sie von heruntersickerndem Wasser feucht gewordene Erde aus, arbeitete wie ein Maulwurf, der zurück wollte in angenehme Finsternis, doch manchmal nahm sie einen Spaten, da quer liegendes Wurzelwerk zerteilt werden musste und nur mühsam zu spalten war.

Sie besah, was sie getan hatte, schüttelte den Kopf, so dass ihr schwarzer Bubikopf sich krauste. Sie wechselte wieder ihr Werkzeug. Ohne Bergstiefel wäre es ihr nicht gelungen, bei jedem Tritt auf die Gabel genügend tief zu graben.

Während sie noch gebückt war, glaubte sie, dass hinter ihr mit mächtig ausgebreiteten Schwingen sich ein Kondor über den Kamm des Berges erhob, dessen Schnabelkopf nach ihr lauerte, und schon sauste und polterte über ihren Rücken ein Sturm, der sie jedoch nicht zu Boden drückte, sondern neue Kraft wärmte und spannte ihre Muskeln, so dass Ricarda voll Freude bis zum Ende der Furche, wie sie es geplant hatte, weiter schaufelte. Als sie sich aufrichtete, war der Kondor aus der Heimat der Weissagungen verschwunden.

Sie sah, wie unten die Bunte Bentheimer sich mühte, herauf zu kommen, aber ihre Beinchen waren zu schwach, den schweren Leib hochzustemmen.

Die Bunte Bentheimer blieb liegen, grunzte und bellte auf ihre Art voll Enttäuschung.

Ricarda half nicht, legte eine zweite Terrasse, wie sie es gelernt hatte, an und wäre beinahe in einem Loch voll Gerinnsel und Gestöber eingesunken.

Grimmig schaufelte sie es wieder zu.

Zuhause an steilen Hängen waren solche Überraschungen auch geschehen. Tagelang hatte es geregnet, trotzdem mussten die Frauen und Kinder hinausgehen, teilhaftig der Arbeit, die vorher von den Männern im Kreis beschlossen worden war.

Hatte der Kondor diese Schmach nicht gesehen, sie mit seinen Flügeln zur Seite gewischt wie ein Zauberwerk aus dem Tiefland, als zum ersten Mal Ingenieure das Dorf Salmesi betraten und neben der elektrischen Leitung erklärten, die Bedeutungen Schwarzer oder Weißer Heilung oder von alten Erzählungen verließen das Land, die Zeit der Anbetungen und Verklärungen sei vorüber? Zur Verbreiterung der Straße treffe ein Schaufelbagger ein, selbst nachts würden keine Lastwagen mehr abstürzen.

Ricarda ging zu den Säcken, die sie heraufgeschleppt hatte, und legte in beide Terrassengräben kleine Süßkartoffeln zum Keimen, bedeckte sie mit Erde und stampfte sie fest. Aus einem Wassereimer, den sie vorsichtig, damit nichts überschwappte, herauf getragen hatte, befeuchtete sie die Stellen, aus denen zuerst Kraut mit kleinen, grünen Früchten wachsen würde, die so giftig waren, dass selbst Vicente Kallampa T'oqotorcoqio, der inzwischen so zaubermächtig geworden war, dass er ein kleines, schnatterndes Auto besaß, die Finger davon ließe.

Die Madonna stieg am Steilhang empor, hielt immer wieder inne, da sie wahrscheinlich zu wenig Atem besaß, derweilen scharrte umsonst die Bunte Bentheimer, die ihr folgen wollte, mit ihren Klauenfüßchen, gab auf und ließ sich, laut klagend, auf der Seite wie eine Walze hinunterrollen. Schläge auf der holprigen Strecke mochte sie im Schutze ihres Specks nicht bemerkt haben.

Oben, ihr Schnaufen unterdrückend, als die Madonna in dem seit Wochen getragenen und schmutzig gewordenen Erdbeermantel ankam, nahm Ricarda zwei Meerschweinchen, deren Köpfe abgeschnitten waren, aus einem Sack, legte das eine an den Anfang der ersten Furche, das zweite an deren Ende.

»Grabt sie ein«, sagte Ricarda.

Die Madonna, obwohl aus den Hälsen der Tiere, die geschmeidig und anheimelnd im Stall gewesen waren, noch Blut rann, nahm den Spaten und vollzog die Aufgabe, während sie Haare, die sich aus ihrer kreisrunden Zopffrisur getrennt hatten, aus dem Gesicht blies.

Bei der zweiten Terrasse, drei Schritte weiter unten, sollte sie dasselbe tun.

Ob der Sack nun leer sei, fragte sie.

Antwort: »Ja.«

Die Madonna nahm die nächsten zwei Meerschweinchen ohne Kopf, hatte Gewitter im Ohr, in

Höhen geleitet von Tinnituschören, während sie die Meerschweinchen mit dem Spaten zerhackte, bevor sie die kleinen Körperteilchen begrub.

Ricarda blieb regungslos. Sie nahm aus demselben Sack, in dem die Meerschweinchen gewesen waren, Kaugummistreifen, zerbiss auch Petersilie, Rohrstückchen aus der Graswildnis, und das Füßchen einer Mauerschwalbe.

Hin- und hereilend gestaltete sie am Ende der Furchen Häufchen, zündete sie an und spuckte alte, zerkaute Coca aus dem Goldenen Sack darauf. Ein wenig Benzin hatte sie auch darüber gegossen. Plötzlicher Wind konnte die Feuerchen nicht ausblasen.

Beide Frauen knieten nieder und beteten. Ricarda pries auf Quechua leise ihre Götter und Haubenlerchen der Gräser, Brunnen und Wellblechdächer, wo sie sich wegen der Wärme, bevor der regenreiche Herbst kam, besonders gern aufhielten, doch sie gedachte auch des kalten Feuers aus der goldenen Kuppel der katholischen Kirche, unter der sie schon gekniet und viele Kerzen angezündet hatte.

Die Madonna besaß keine verborgene Sehnsucht, dass es zwischen dem Athleten und ihr eine religiöse Verbindung gäbe, da sie beide studiert, dann als Ärzte gearbeitet und ihren Wohlstand für Befreiung genützt hätten.

Der Athlet hatte gesagt, in den Spiralnebeln bildeten sich schwarze Löcher, die alles verschlängen, aber insgesamt seien sie als Vernichter nur Vorratskammern, da der Fraß von Elektronen zu ungestüm sei, so dass sie daran ersticken könnten, und schon spuckten sie Strahlen aus, denen nichts standhalte, jedoch irgendetwas sei in der Luft, nein, in diesem ungeheuren Raum, der diese heißen Gebilde zusammenhalte, sonst wäre schon anfangs alles zerfallen. Es müsse etwas geben, das die maßlosen Entfernungen zwischen den Rändern der Spiralnebel zusammenhalte, zum Beispiel schwarze Matratzen, die sich selbst füllten, auch verschöben. Durch kein Fernrohr seien sie zu sehen, sie besäßen auch keine Strahlung, da sie seit ihrer Entstehung kaum wanderten, sondern nur sich vervielfältigten, schwarze Luftkissen auf dem Meer der Zeit.

»Und dann«, fragte Ricarda.

Für ihren Mann, den Athleten, sagte die Madonna, genüge diese Vorstellung, ein Paradies für viele Milliarden Menschen, weich, leicht schaukelnd, gehen könne man auf den Matratzen nicht, eher kriechen, ein Vorteil, völlig unbekannte Generationen würden mit den Gesichtern zusammenstoßen, das Aussehen habe sich drastisch verändert, von narbig nackt bis mehrmals stoffumhüllt und wieder zurück zur Freiheit des Tennisspielers. Die vielen verschiedenen Sprachen seien trotz der Ewigkeit nicht zu lernen, noch ein Vorteil, es komme auf Berührungen, Waschungen oder Beschmutzungen an. Der Athlet habe sich wieder eine morsende Klopfsprache, die Flaggensprache und Taubstummensprache gewünscht. Stille im Paradies, kein babylonisches Geschrei.

Ricarda war verwirrt, wollte nur ein paar Meerschweinchen mit Kopf im Arm halten. Ob auch Tiere dort lebten?

Wahrscheinlich, sie müssten doch etwas zum Schlachten haben. Nein, unmöglich, es gebe ja keinen Tod mehr.

»Brot, Mehl, Getreide, Kartoffeln, Rettiche, Bienen für die Blumen?«

Wisse sie nicht, sagte die Madonna. Essen sei im Paradies unwichtig. Vielleicht ein bisschen Krankenhausdiätbrühe, die zwischen den Wolken überschwappe, Überfluss aus der Sternenküche, ohne Rest zu verdauen. Klos seien unvorstellbar. Es beginne sonst schon wieder ein Kreislauf wie auf der Erde.

Die beiden Frauen starrten auf die Kartoffelfurchen, als sollte es aus ihnen gleich zu sprießen anfangen. Schlierige Föhnwolken in großer Höhe hatten den Himmel bezogen, so dass die Sonne bleich geworden war, doch die Wärme hielt an, sog Feuchtigkeit auf. Der April hatte Hitze, anschließend Schnee gebracht, würde der Mai tropisch werden?

Die Bunte Bentheimer, entschlossen hinter der verehrten Madonna her stapfend, hatte die Eroberung des Hangs aufgegeben. Weit unten trollte sie sich zum Fresskübel, der hoffentlich voll war.

»Gehen wir«, sagte die Madonna, »wir brauchen Zerstreuung. Unsere Gottgläubigkeit und Sehnsucht nach Ewigkeit macht unfrei. Die einzige Tugend ist Mut zur Sorglosigkeit, sonst verschwenden wir unsere Gaben. Der Athlet hat recht.«

Ricarda blieb ernst, packte ihren Sack, in dem keine kopflosen Meerschweinchen mehr waren. Den leeren Wassereimer kickte sie wie eine trotzige Göre vor sich her. Da er aus Plastik war, verbeulte er nicht, wie es früher mit Milchkannen aus Blech geschah, wenn wütende Kinder in der nächsten Molkerei Milch holen mussten. Die Kannen besaßen Beulen und Mulden, die manchmal schrattenhaften Gesichtern der Rache glichen und nicht mehr auszuklopfen waren.

Unten rief die Madonna, »Fressen, Fressen«, suchte in der Küche zusammen, was noch zu finden war, vor allem altes Brot, verblichener Speck, verhutzelte Äpfel einer legendären Bauernsorte, die überaus wohl schmeckte und Städter ekeln ließe. Außerdem trug sie in einem Spannkorb Flaschen voll Milch und Karottensaft mit, dazu Gänse- und Enteneier, die niemand mochte, und ein Glas voll Kirschkompott.

Im Trog stampfte und rührte sie, mischte andächtig, während die Bunte Bentheimer schon grollend ihre Schnauze in das Versöhnungsmal stieß.

Zu Ricarda sagte die Madonna, »holt den Gartenschlauch. Wir brauchen Verdünnung. Das göttliche Schwein, das nie sterben darf, sonst sterben wir auch, mag es so.«

Die Bunte Bentheimer wühlte knurrend und schmatzend in der aus edlen Naturalien zusammengesetzten Verführungsspeise, während sie hinten schwarze, harte Stinkknödel hinausstieß und sie mit ihren zierlichen Füßen zerstampfte. Archaik für fortwährende Düngung in der Savanne war ihr noch geblieben. Sie besaß kein Wasserloch, nur das Flüsschen am Ende der gräsernen Wildnis, das alles mit sich schwemmte, bis zu der Sequoia in den Schluchten, wohin die Bunte Bentheimer nie gelangen würde.

Der Hund kam und drehte sofort wieder um. Seine Zeit würde später anbrechen. Auf der Scheune saßen wieder die beiden sinistren Geschwisterkatzen und warteten wie kleine Schakale. Sie würden einen Sprung über den Rücken der Bunten Bentheimer wagen, sobald sie sich zum ersten Mal gesättigt umdrehte. Vielleicht galoppierten noch Ziegen und Schafe herein und sofort wieder hinaus, sich am Rand des Hofraums einrichtend.

Landspatzen, die es überraschenderweise trotz Verbürstung und Verkahlung durch Monokulturen noch gab, ließen sich nicht blicken. Sie lieferten sich wie oft Kämpfe mit den Berliner Prinzess-Sittichen um Wiesensamen und dunkelrote Kleeblüten. Zwischen den Moscheen der Weiden waren morgenländische Teppiche gewachsen.

Der Blockschokolade-Mercedes war nicht da. Die Madonna meinte, der Athlet zeige Sandra, die nicht mehr nach Hause ins Büro wolle, Größe und Selbstständigkeit des Kraut- und Rübenreiches. Es komme darauf an, so wenig wie möglich zu tun, Hände weg. Schlimmste Sünde der Agrar- und Wohlstandslandschaften sei das ständige Kulminieren. Es gebe zurzeit nur eine Sorge, die alte Kuh und ihr Kälbchen zu finden. Kühe bekämen nach einer Geburt, wie bei Menschen, manchmal Depressionen, legten sich hin, fräßen nichts mehr und würden krank. Der Athlet solle sich darum kümmern. Sie beide hätten nach Kartoffelweihe und Gottessuche es verdient, auszugehen. Einverstanden? Gegen die Entschlossenheit der Madonna vermochte Ricarda nichts einzuwenden.

In der Kammer zog sie ihr Kostüm an, entfernte Erde von den Bergstiefeln, nahm den Poncho und den Goldenen Sack, dessen Schwere verlässlich war. Hinter dem Bett schaute sie nach, ob der vertrocknete Lama-Fötus, den sie in Zürich von den musizierenden Kallawayas geschenkt erhalten hatte, noch gut eingewickelt und versteckt am Boden lag. Sich den Quechua-Koks aufstülpend, ging sie.

Die Madonna war nicht zufrieden mit ihr, hatte sich geschminkt, so zart, dass sie mit ihrem um den Kopf geflochtenen blonden Zopf einem altmodischen, englischen Mädchen glich. Unter ihrem Erdbeermantel trug sie ihr Schlangenkleid, das sich kaum knöpfen ließ. Ihre

Füßchen steckten in schwarzen, vielfach verschnürten Boxerstiefeln, entworfen für Damen.

Ricarda sehe zu blass aus, zu braun, zu grün, sagte sie und verdickte Ricardas schwarze Augenbrauen, zerrieb Röte auf den eingesunkenen Wangen und zog mit hellem Rot die Lippen nach, überdeckte mit etwas Violett.

Ricarda wagte nicht, sich zu bewegen.

»Huldigung«, rief die Madonna. »Ihr seht wie die Priesterin der Religionsabteilung eines Museums aus!«

In der offenen Scheune wählte die Madonna nicht den ehrwürdigen Lanz-Bulldog mit Schwungscheibe für den Riemen einer Standsäge, sondern den grünen Fendt mit acht Stollenreifen, hunderten von Pferdestärken und einer Sprechanlage, die kaputt war.

»Danke, danke«, rief die Madonna, »der Kosslowski hat den Tank gefüllt!«

Ricarda vermochte kaum aufzusteigen, denn die Madonna fuhr das grüne Ungetüm rücksichtslos hinaus in den Hof und weiter über das Kiessträßchen vor dem Haus, so dass die Steine zur Seite spritzten, und als sie auf eine Asphaltstraße abzweigte, beschleunigte sie die Fahrt. Das Gehäuse des mächtigen Schleppers zitterte. Ricarda saß auf einem gepolsterten Sessel an der Nebenseite und musste sich an Haltegriffen festklammern, während die Madonna auf ihrem hydraulischen Thron schwebte und nur mit einer Hand die Servolenkung steuerte.

Je schneller sie fuhr, desto größer wurde ihr Vergnügen. Mit dem Martinshorn jagte sie Autos zur Seite, einmal auch einen Lastwagen, der rechts in den Graben geriet, wo er, zur Seite gekippt, stehen blieb.

Draußen zogen die grünen Hügel des Allgaws vorüber, die Keltengräber, wie Ricarda erzählt worden war. In ihnen ruhten sorgfältig gestapelt die Gebeine der Fürsten und Könige, daneben Knochen der Gemahlinnen, Kinder und Bediensteten, die Gurgeln durchgeschnitten, Ricarda bekannt, wenn sie an Rosette dachte, der, um ihr den langen Weg hinauf zur Patschamama abzukürzen, die Kehle durchgeschnitten worden war.

Die Knochen des Väterchens lagen unter aufgehäuften Steinen, da der große Bruder seinen Vater bei der Hütte der Vicuñas, die auf der Stelle blieben, als fürchteten sie sich, immer wieder im Kreis getrieben hatte, einen Tag und eine Nacht lang, genauso, wie das Väterchen im Lager Schwarzerd Häftlinge, Behelfsschuhe für die Wehrmacht aus Holz, Linoleum und verleimter Rinde an, im Hof herumjagen ließ, bis die Schuhe in Fetzen waren und die Gefangenen zum Teil tot umfielen. Noch Lebende wurden erschossen, Zeugen durfte es nicht geben.

Die Madonna fuhr durch Wälder, die Sträßchen wurden enger. Immer wieder bediente sie das Martinshorn, deutete mit der Hand hinaus und rief, »Rehe, Rehe, ein ganzes Rudel.« Einmal kam ihr ein Tankwagen entgegen, und beide Fahrzeuge schoben sich behutsam aneinander vorüber, als wären sie schon Jahrzehnte miteinander bekannt.

Die Landschaft wurde geräumiger, bedeckt von Birnen- und Apfelplantagen, Fruchtbarkeit herrschte, wie sie Ricarda noch nie gesehen hatte, mit einem blauen Himmel darüber, als habe Kraft ihn herbeigebetet.

Sie dachte an Salmesi, ihr schmutziges Dorf, als Japaner fotografierten und filmten. Sie verneigten sich höflich und fragten um Erlaubnis, bevor sie es taten.

Ein spanischer Arzt untersuchte die Kinder und Frauen, spendete Medizin und schrieb alle Namen auf. Er würde wieder kommen, vom Staat geschickt.

Später, als der Herbst begann und die letzten Kartoffeln noch ausgegraben werden mussten, so dass die Frauen an den Abhängen zu Männern wurden, traf eine Alemana mit goldenen Löckchen ein.

Sie ließ sich eine Hütte aus Stein und Wellblech bauen, daneben eine Dusche mit kaltem Wasser, nicht einsehbar von allen Seiten.

Sie fotografierte gern, erkundigte sich, ob sie es dürfe. Sie schlief oft in der Hütte irgendeiner Familie, brachte Essen und Coca mit, hustete nachts, wenn der Rauch nicht abzog, und wusch sich draußen mit zwei Fingern. Allmählich sah sie aus wie alle.

Sie sprach Quechua, lernte, wie die Worte zusammengezogen werden konnten, freute sich, wenn es ihr gelang.

t'ika
t'ikacha
t'ikachay
t'ikachallay
t'ikachallaymi
t'ikachallaymichä
t'ikachallaymipuni
t'ikachallaymipunis

Blume
kleine Blume
meine kleine Blume
nur meine kleine Blume
die ist nur meine kleine Blume
das darf nur meine kleine Blume sein
das ist grundsätzlich nur meine kleine Blume
    und keine andere
man sagt, dass dies grundsätzlich nur meine kleine
    Blume ist und keine andere

Sie ging mit hinauf zum heiligen See, der so kalt war, dass selbst die Weißen Heiler ihr Feuerchen mehrmals besprechen mussten, bis es brannte, und trug Sandalen aus alten Reifen. Die Zehennägel wurden blau.

Manchmal fuhr sie hinunter auf dem Lastwagen nach La Paz, wo es ein Institut für Sprache und Menschenrechte gab. Sie erhole sich dort, erzählte sie, und las der Dorfgemeinschaft aus Zetteln einige Versprechungen vor für Elektrizität und fließendes Wasser in jedem Haus. Wie denn? Die Mäuerchen würden brechen, Überschwemmungen, nasse Kinder, nasser Mais, und die Meerschweinchen, Speise in Not, wären geflohen?

Sie schrieb auf, was die Weißen und Schwarzen Heiler an Segenssprüchen wussten, ließ sich auch vorsingen, sang mit, und wenn ein Zauberer ihr mit dem Stock auf den Rücken schlug, legte sie sich auf den Boden und hob das Hinterteil.

Damals, nachdem Salmesi bekannt geworden war, verließ Ricarda das Dorf, kaufte sich in der Flughalle von La Paz Korkschuhe, schritt aufrecht zum Abfertigungsschalter und erhielt mit ihrem neuen Pass ein zweimonatiges Visum für Alemania. Sie trug Poncho und schwarzen Koks. Als sie sich vor Erleichterung eine Zigarette anzündete, wollte ein Polizist auch eine. Er bedankte sich.

Die Madonna stürmte in dem grünen Koloss weiter hinunter durch Plantagenlandschaften, sagte mitunter zu Ricarda, sie solle vorsichtig sein, während der Gigant durch eine langgezogene Kurve segelte, als stünde er nur auf der Hälfte seiner acht Raupenräder, ein wenig schüttelnd, ein wenig rüttelnd, dann fiel er zurück in die Spur. Die Madonna gab wieder Gas für geradeaus.

Sie hielten vor dem Portal des Grandhotels Les Bains de Schachen. Die Madonna gab die Schlüssel des Schleppers dem Portier. Er zögerte, jedoch, nachdem die Madonna mit der Hand durch die Luft gewischt hatte, schaltete er leise den Diesel ein und setzte den Fendt zurück.

Drinnen wurde die Madonna begrüßt, als sei sie bekannt. Sie legte ihre goldene Karte auf das Pult und sagte ihre Wünsche.

Ricarda wurde ein Strauß Rosen überreicht, den sie kaum umfassen konnte. Sie ließ ihn fallen und sammelte die Blumen wieder auf.

Im Aufzug hatte Ricarda die Rosen immer noch nicht in Reihenfolge sortiert, kämpfte mit dem Geschenkzeug. Als ein Mann den Lift betrat, gab die Madonna ihm den Strauß und sagte, »Verschwendung, der Dornen Lust.«

Ihre Zimmer waren groß und elegant, ohne Aufwand. Falls sie eine Restauration erhalten hatten, war es nicht zu sehen. In Vasen am Boden steckte lange, dünne Zweige.

Die zwei Frauen traten hinaus durch offene Fenstertüren auf ihre Terrassen, sahen hinunter zum dunklen See, auf dem sich höchstens ein paar Schaumkrönchen bewegten. Segelboote glitten in der Ferne vorüber, und hinter dem gegenseitigen Ufer erhoben sich die Schweizer Berge, Spitzen und Kämme mit Schnee bedeckt, auf den die Sonne glühende Farbe malte, als solle ein vulkanisches Feuer ausbrechen.

Das Luxushotel sei voll Langeweile, sagte die Madonna. Was tun? Ricarda wusste es auch nicht.

Sie gingen in die Badezimmer, öffneten Fläschchen, an denen sie rochen, ließen bunte Kügelchen für Schaum und Seligkeit in der Hand hin und her rollen, föhnten schließlich die Wände, dann Papierhalter, so dass hauchfeine Gebilde sich in die Zimmerluft erhoben.

Plötzlich waren beide erdenmüde. Sie warfen sich angezogen in ihre Betten, die Zwischentür der Zimmer blieb geöffnet.

Stille und Langeweile, die Einsamkeit der Gäste besaß vielleicht sogar einen romantischen Preis, der im Kopf pochte, den Gaumen austrocknete, den Schoß zum Lispeln brachte oder nur in den Knien schmerzte.

Die Madonna bestellte Champagner beim Service. Ricarda wollte nichts trinken, derweilen die Madonna zwei Gläser hinunterstürzte, aber den Rest wieder ausspuckte.

Ricarda kam und nahm den Kopf der Madonna in den Arm, der neben der großen Nase der Quechua lag, die, geschminkt, nun wirklich wie eine Priesterin aussah.

Ricarda summte ein Lied, wie der letzte, humpelnde Zauberer mit seinem Esel eintraf, nur zu essen haben wollte, nicht mehr zu drohen vermochte.

Die Alemana mit den goldenen Löckchen lud ihn in ihr Steinhaus ein. In der Frühe, bevor die Ziegen ausgetrieben wurden, schauten Jungen und Mädchen dem auf dem Boden liegenden Alten zu, wie er röchelte und spie, ihm auch Blut aus den Ohren rann, und mit einem Ruck, während sein Stock auf die Erde patschte, wurde er bleich, starb. Nun waren die Ziegen an der Reihe, damit sie sich nicht zwischen Felsen und Gehölzen verlören.

Die Madonna fragte, ob Ricarda schon geliebt habe.

»Nein.«

»Warum nicht?«

»Wer ein Kind bekommt, muss heiraten. Wer keinen Mann für das Kind hat, wird verachtet und ausgestoßen, auch verliert die Frau das Land. Sie lebt in Not, wandert aus und verhungert irgendwo mit ihrem Kind. Sie kann noch im Dorf Dienste leisten, muss sich aber eine neue Hütte bauen. Sobald jemand gesehen oder behauptet hat, dass sie Holz, Steine, sogar ein Stück Wellblech stiehlt, erhält sie Schläge. Der Bürgermeister ordnet an und der Bürgermeister spricht das Ende. Dann darf sie alles behalten und bekommt von Familien noch Essen und Kuchen, das, was übrig geblieben ist.«

»Sie muss also immer wieder stehlen und Prügel

beziehen, damit sie etwas zu essen erhält«, sagte die Madonna.

»Schlimm ist es nicht mehr. Sie darf im Dorf bleiben, bis ein Mann sie heiratet.«

»Und der wird sie auf jeden Fall schlagen, weil er eine Ausgestoßene, eine Last auf sich genommen hat?«

»Alle verheirateten Männer schlagen.«

»Warum?«

»Sie haben mehr Wert.«

»Habt Ihr ein Kind gehabt?«

»Ich habe es in einem Bach hinter einem kleinen Wasserfall geboren. Aber es war eine Puppe von meinen Freundinnen. Wir haben sie in den Bach geworfen, und sie ist durch viele Bäche tausend Meter tiefer zu den Amarayas hinuntergetrieben und blieb in irgendeinem Bewässerungskanal hängen. Die Maisbauern haben sie genommen und eingegraben und eine Mesa mit viel Coca veranstaltet, um die Große Mutter, das Gebirge, für die Puppe anzuflehen. Alle Männer wurden an diesem Tag zu Frauen.«

»Habt Ihr geweint«, fragte die Madonna.

»Nein. Ich durfte niemandem sagen, was geschehen ist.«

Die Madonna nahm die steif liegende Ricarda in den Arm und fragte, »wolltet ihr später noch ein Kind haben?«

»Nein, zu gefährlich.«

»Habt Ihr nie mehr Liebe, ein Begehren verspürt?«

»Als Kind, draußen hinter Büschen, abends, habe ich manchmal die Mädchen umarmt, vielleicht auch geküsst.«

»Und die Jungen?«

»Waren nicht dabei. Sie fürchteten sich. Wir hätten sie bezahlen müssen.«

»War es schön?«

»Meine beste Freundin, die auch die Idee mit der Höhle hatte, wohin der Puma nicht kommt, war größer als ich, spielte Fußball mit den Jungen.«

»Aus was war der Fußball?«

»Innen ein bisschen Kies, Lumpen darum, und wir haben sie verleimt. Der Fußball rollte nur und tat weh, wenn er traf. Meiner Freundin machte es nichts aus, sie schoss ihn zurück.«

»Hattet Ihr ein Tor?«

»Nein.«

»Was machten die Mädchen?«

»Sie standen um den Platz und schrien. Wer einen Freund hatte, rief seinen Namen. Doch es war gefährlich. Wenn wir zu spät nach Hause kamen, hatten wir immer etwas dabei, ein Säckchen voll Heuschrecken oder weiße Raupen aus gestorbenen Bäumen. Entlaufene Meerschweinchen waren noch besser. Sie wurden geschlachtet und gebraten. Geröstete Raupen schmecken wie dicke Milch mit einer Kruste darum. Ich möchte sie wieder einmal essen. Gibt es sie hier?«

Wisse sie nicht, sagte die Madonna.

Sie wiegten sich hin und her, und Ricarda wurde ein wenig schmiegsamer. Die Madonna versuchte, ein Lied über Heuschrecken zu singen, die nach Pommern fliegen, wo Krieg war, doch sie verhaspelte sich.

»Ich weiß schon«, sagte Ricarda, »Ihr wollt von Liebe reden.«

»Ja«, sagte die Madonna. »Der Athlet und ich kannten uns noch nicht. Wir studierten in derselben Berliner Universität, und als wir nebeneinander in eine Sitzreihe hineindrängten, in der es noch ein paar Plätze gab, stießen unsere Ellenbogen gegeneinander. Es war ein elektrischer Schlag. Wir zuckten und sahen uns an. Seither sind wir immer zusammen, essen dasselbe oder nichts, mögen frische Bettwäsche oder alte, in der es sich der Schlafende wie in einem Haushalt einrichten kann. Wir streiten auch und haben Krankheiten, von denen wir glauben, dass sie zu heilen sind. Klettert der Athlet an Häusern oder Bäumen hinauf, will er fliehen, kommt aber wieder. Tanze ich nackt im Vorhof, stelle ich mir vor, ich müsste nicht mehr Lithium essen, würde gesund und mager werden und nie mehr abstürzen ins schwarze Glas der Schwermut. Könnt Ihr das verstehen?«

»Nein«, sagte Ricarda, sich aufrichtend. Durch ihre Gesichtsschminke zogen sich Furchen.

Die Madonna wollte von Ricarda noch geküsst werden, einmal, zweimal, dreimal. Ricarda tat ihr den Gefallen.

Sie duschten, huschten umher, standen, in weiße Bademäntel gehüllt, wieder auf den Terrassen und sahen dem See zu, der, obwohl es zu dunkeln begann, heller geworden war, beleuchtet wie von hellgrünen Quallen, über die Schwäne schwammen, die ihre Schnäbel hinunterstreckten und das Rückenteil hochreckten mit in der Luft um Gleichgewicht paddelnden Beinen und sich wieder zurückfallen ließen.

Weiter draußen kreuzten noch einige Segelboote,

die Licht an Bord hatten, vor allem eine sich drehende Lampe auf der Mastspitze, so dass sie spazieren gehenden Leuchtfeuertürmchen glichen, die sich zur Seite neigten, wieder aufrichteten oder zur Hälfte in einem Wellental versanken.

Die beiden Frauen wollten ihre Kleider tauschen, doch für Ricarda war das Schlangenkleid der Madonna zu kurz und zu weit, und die Madonna konnte sich kaum in Ricardas Kostüm hinein zwängen. Es sah aus, als stecke sie in einer Röhre mit offenen Knöpfen.

Nachdem die Madonna sich geschminkt hatte, zog sie Ricarda mehr Schwärze über die Augenbrauen, die Wangen erhielten ein krankhaftes Pflaumenrot und die Lippen eine lasterhafte Umrundung.

Der Athlet rief auf dem Cellphone an. Die Madonna stellte das Gerät auf Lautsprecher.

»Ihr seid in Les Bains de Schachen, wie mein Peilsender funkt?«

Tue ihnen gut, antwortete die Madonna.

»Mir auch«, sagte der Athlet. »Ich habe Sandra gezeigt, was sie wissen muss. Sie will nicht mehr zurück, bleibt bei uns. Was sie für das Testament noch braucht, holt sie aus Tammlers Büro.«

»Ist es ihnen gelungen, durch das Nadelöhr zu kommen?«

»Sandra behauptet, sie spüre es. Sie ist ein schüchternes Mädchen mit Wissbegierde und Willen. Allerdings hat sie immer kalte Hände.«

Sie gebe ihm Freizeit, sagte Frau Kosslowski.

Brauche er nicht, denn er habe eine Idee. Ende Mai

gingen sie für den ganzen Sommer hinauf zum Gottesacker, um wieder einmal das Paradies mit seinen Tieren und Pflanzen zu erleben, und Großjean komme herunter. Er schaffe, den Hundertfünfzigliterrucksack vollgepackt, die Serpentinen an einem Tag. Habe schon mehrmals nach der Bunten Bentheimer gefragt und der Beschaffenheit des wilden Gartens. Außerdem bräuchten die Äcker immer wieder Pflege. Schlepper mit Geräten vermöge er zu fahren, behauptet er. Ließen wir ihn gewähren, hätte Sandra einen von Starkstromhitze am Körper verwundeten Gesellen, der fast alle Lieder der Vögel kenne und wisse, wo sie seien und was sie wollten. Für Sandra wäre es eine Möglichkeit, sich aus der Trauer zu entfernen.

»Und was soll mit Ricarda geschehen«, fragte die Madonna.

Sie könne bleiben oder mitkommen, wie es ihr gefalle.

Ob sie noch genügend Geld hätten, fragte die Madonna.

»Massenhaft, dank dem Hund in seinem gepolsterten Krankenkäfig, den wir zur Bank gebracht haben.« Aus dem versteckten Ofenschränkchen in der Küche könne sich jeder bedienen.

Ob sie noch etwas wissen müsse, fragte die Madonna, da sie den Tonfall des Kletterers kannte.

Ja. Sandra wolle sich von ihnen adoptieren lassen, damit sie wieder eine Familie habe. Sie dürften es nicht tun, sonst kämen sie in Verdacht, nachdem Susanna, das Bürgermeistermädchen, nach der Eroberung des Storchennestes tödlich über das Dach abgestürzt sei.

Niemand glaube ihm, der Commisario Lang schon gar nicht. Er erkundige weiter und ziehe Netze zusammen, verknüpfe, und je dicker die Knoten würden, desto eher lösten sie sich später, habe er an der Bar des Gasthofes zum Bären, wo die schönsten Mädchen und Bäuerinnen saßen, erklärt.

Das sei unnötig gewesen, sagte die Madonna. Er hätte ihr auch alles zuhause sagen können. Sie müssten jetzt gehen.

»Einen schönen Tag noch«, sagte der Athlet.

Hinab über breite Treppen mit dicken Teppichen, waren unter den Bergstiefeln Ricardas und den eleganten Boxerschuhen der Madonna Pracht und Luxus zu spüren. Einmal blieben sie stehen und schauten einander an, als hätten sie etwas Ungehöriges getan.

An einer Kehre wuchsen Binsen hinauf bis zum letzten Stock. Ricarda suchte ein junges Blättchen aus, presste es zwischen die geschlossenen Daumen und fing zu blasen an, zunächst zirpend, plötzlich schreiend, indem sie die Daumen ein wenig öffnete, wurde leiser und musizierte liedhaft, bis das Blättchen vom Speichel aufgeweicht war.

Aus der Voliere beim Empfang antworteten einige Vögel oder flatterten umher, stießen auch zusammen.

Sie saßen unter Schirmen vor dem Hotel. Weiße Kerzen brannten auf dem Tisch. Die Madonna wählte aus der in Leder gebundenen Speisekarte aus. Ricarda hätte die langwierigen Beschreibungen auf Französisch nicht verstanden. Ein Blattsalat war »Une salade du Comte de Braille« zum Hineinfassen mit den Fingern.

Daneben stand ein Schüsselchen voll Wasser zum Säubern mit einer Blüte darin.

Sie aßen bereits enthäuteten und entgräteten flockigen Poisson de Riraeus, dessen Portionen fast von der Gabel flogen, gebettet in Kinderspinat und auf Himbeeren, umwickelt von Ingwerfädchen, wie sie vielleicht nur von Goldschmieden hätten hergestellt werden können. Es schmeckte jüngferlich, verlangte nach einer nächsten Speise, zum Beispiel Tiroler Gesangsbuchsülze, ein bäuerisches Delikat.

Am nächsten Tisch saß der Rosen-Herr in einem grauen Anzug mit Weste. Seine kurzen, dunklen Haare waren noch kaum ergraut. Er prostete ihnen zu, stellte sein Glas ab und zeigte seine Handflächen. Sie schienen mit roten Punkten gebrandmarkt zu sein.

Er kam an ihren Tisch und fragte, ob er sich setzen dürfe.

»Bitte sehr«, sagte die Madonna.

Er trank aus einem seiner zwei mitgebrachten Champagnergläser und hob wieder die Hände. Überall waren rote Einstiche zu sehen, die nur wenig geblutet hatten.

Seien das Wunder der Rosen im Aufzug gewesen, sagte er.

Fragte die Madonna, »so heftig umfasst?«

»Waren meine«, sagte Ricarda.

Um Ricardas Dümmlichkeit zunichte zu machen, sagte die Madonna, sie seien entzückt, dass er das Geschenk angenommen habe.

Oft auf Reisen, hätte er einen Aplomb wie diesen sich nicht vorstellen können, und ausgerechnet in Les

Bains de Schachen, seinem Lieblingshotel, wo er sich erhole, sagte er.

Dann sei er ihnen nicht böse, fragte die Madonna:

Im Gegenteil, obwohl Geschick und Geschicklichkeit sich nicht vereint hätten, denn als er zugefasst habe, sei er tatsächlich von allen Seiten der Dornen gestochen worden, allerdings habe er schon oft Rosensträuße gekauft und verteilt, überreicht oder im Auto liegen gelassen. »Wollen Sie nicht wissen, wie ich heiße oder was ich tue?«

»Nein«, sage Ricarda, »wir kommen vom Land.«

»Wer sind Sie«, sagte er, »mit dem schwarzen Hut, dem Poncho und den Bergstiefeln unter einem Kostüm?«

Sie habe noch etwas dabei, das sie zwischen den Stühlen verstecken wolle, einen Sack mit goldenen Verzierungen. Darin stecke ein Messer zum Enthäuten von Meerschweinchen, sagte Ricarda.

»Meerschweinchen«, sagte er. »Haben Sie mit einem Zoo oder Kleintierzucht zu tun?«

»Nein, wir füttern, schlachten und essen sie.«

»Lassen wir es gut sein«, beschwichtigte die Madonna. Ihre Freundin sei Quechua aus Bolivien, eine Frau, könne manchmal auch zu einem Mann werden, wie jeder dort auf Grund sozialer Normen und Heilsversprechungen.

»Verzeihung«, sagte er, faltete seine Dornenhände zusammen, spuckte in sie und rieb sie aneinander.

Vielleicht sei er zum ersten Mal einer göttlichen Begegnung teilhaftig, die er sich schon immer gewünscht habe, sagte er.

»Trinken Sie«, sagte die Madonna, »sonst tritt sie nicht ein. Es bedarf einer Leichtigkeit, einer Verblasung, den nächsten Schritt zu wagen.«

Der hübsche Herr sagte, »Vorsicht, getäuscht«, während er sich zwei Wimpern aus den Lidern riss. Er bestellte mehr Champagner und Gläser, wollte nicht zulassen, dass seine Eroberungen weniger tranken. Einmal lief ihm ein Schwall aus dem Mund über die Weste hinunter, war dort in dem luftigen Ereignisstoff gleich nicht mehr zu sehen.

Sie aßen noch Eis, verschmierten sich und gingen, einander unterhakend, hinauf ins Hotel. Die Madonna scheuchte Ricarda weg.

»Willkommen«, sagte sie. »Hier wohnen wir. Haben Sie ein genauso schönes Zimmer?«

»Ich glaube, ja.«

»Sie haben sich nach uns erkundigt? Kommen Sie mit.«

Sie traten hinaus auf die Terrasse. Die Madonna zeigte nach oben. »Was sehen Sie?«

»Einen Turm.«

»Wissen Sie, wer jahrelang in ihm gewohnt hat bis zu seinem Tod?«

»Nein.«

»Friedrich Flick, Großindustrieller, Kohle, Eisen, Auto-Union, Daimler-Benz, Feldmühle, Dynamit-Nobel.«

»Muss ich das wissen?«

»Nein, sonst wären Sie nicht zu unserem Häschen geworden.«

Das Licht war fast erloschen, Kerzen brannten noch auf Beistelltischchen, die Madonna zog sich schnell aus, doch der edle Herr hatte länger mit seinem Anzug und den geschnürten Halbschuhen zu tun, bis beide endlich im Bett lagen. Zunächst tasteten sie über Gesicht und Schultern, steckten auch einen Finger in des anderen Mund, oder sie schweiften zu Bauch und Lenden hinunter, die erst entblößt werden mussten.

Halt, Besinnung, langsame Küsse, die sich nun verteilten, wobei der formvollendete Herr mehr vorrätig hatte als die Madonna, da sie auf dem Rücken lag. Sie zog ihn wieder zu sich herauf, wollte Kopf an Kopf liegen und irgendeine Törichtkeit ins Ohr flüstern, was ihm zu lang dauerte, so das er wieder hinunterkroch, um an ihrer Scham zu lecken, die völlig verschlossen war.

Er wollte sie mit den Fingern öffnen.

»Nein, nein«, rief die Madonna. Sie legte sich auf den Bauch.

Er versuchte, ihren Rücken zu massieren, was misslang, prüfte ebenso die Schmerzknödelchen der Schultern, die ihm immer wieder entwischten, während sie seufzte und ein wenig klagte, bevor er mit zwei Händen aus dem Nacken ihren Kopf hochzog. Es konnten nur Millimeter gewesen sein, aber die Madonna presste ihren Kopf in die Kissen, als wolle sie davon noch mehr haben. Bekam sie aber nicht.

Sie drehte sich, warf mit einer Beinschere ihre Eroberung herum und saß auf ihr. Aus beider Nasen rann Schleim.

Sie gab ihm links und rechts eine Ohrfeige, wobei

sein Zipfelchen zu erstarren anfing und in sie eindrang. Schade war es, dass sie zu einer Hilfe hatte greifen müssen, als sei der zappelnde Herr ein Bewohner der Gewässer, ein Fisch.

Sie wiegten sich hin und her, stöhnten und seufzten, wechselten die Stellung und gurgelten, und als sie sich nochmals umgedreht hatten wie Schildkröten, die allerdings ihre Geschlechtlichkeit über viele Wochen vollzogen, tobten sie noch kurz und fielen auseinander, jeder auf seine Seite des Bettes.

Das dämmrige Licht blieb, die Kerzen waren herunter gebrannt, blakten und flackerten.

Ricarda kam herein, zog den Liebhaber aus dem Bett, der im Widerschein des Sees viele kleine, graue Härchen, als sei daraus ein Anzug gesponnen worden, auf dem ganzen Körper besaß.

Ricarda stieß ihn zur Tür und warf seine Kleidung hinterher.

Sie nahm die Madonna in den Arm und bettete den großen Frauenkopf an ihre Schulter. Beide murmelten noch empörende oder befriedigende Ausdrücke und schliefen ein.

Beim Erwachen erzählte die Madonna: In der katholischen Kirche heiße es vor dem Altar il est corpus. Die Gemeinde, kein Latein verstehend, hätte daraus das spöttische Hokuspokus gemacht.

Sie stieg in ihren Erdbeermantel, wusch sich nicht, eilte hinunter zur Terrasse, über die der See sein morgendliches Photonengerinnsel warf, und ließ sich von einem Kellner dicke Brote schmieren mit dänischen

Schichten wie Butter, Ölsardinen, Marmelade und ein wenig Pesto.

Im grünen Fendt fuhren sie zurück. Am Rand der Obstplantagen hingen schon tief an Zweigen unreife Äpfel, die über das Dach der Zugmaschine schleiften, so dass es ein Geprassel gab. Äpfel gelangten auch in die Kabine. Die Madonna wollte einen essen, doch er war noch zu hart und zu sauer.

Ricarda saß, Knie und Beine zusammengepresst, auf dem Nebensitz mit gesenktem Kopf. Sie dachte an das Väterchen und an ihren Bruder, den Großen Peter, der halbseitig gelähmt im Sanatorium Säntis lag. Beides verursachte in ihr Wut und Rachegefühle, überschattet von der Patschamama, dem Gebirge der Anden, von deren Macht sie sich verlassen fühlte.

Während der Fahrt zwischen den Keltenhügeln hatte es den flirrenden Anschein, als sei die Landschaft luftig und zierlich wie von Watteau gemalt mit kreisenden Engelchen und sich verstreuenden Personen in bauschigen Kleidern. Aber nichts war da, nur manchmal ein Auto, das vom Fendt zur Seite gedrängt wurde. Die Madonna bot ihre Brote an, Ricarda aß eines, aus dem sich Ölsardinen selbstständig machten und über den Poncho rutschten. Die Flecken ließen sich nicht herauswischen.

Zu Hause bugsierte die Madonna das Ungetüm rückwärts in die Scheune, ließ den Schlüssel stecken, ging zur Küche und wieder hinaus. Irgendetwas war anders, wie versteckte Stille, die sich schämte.

Ricarda war über die Strudelstiege hinauf gegangen

und hörte, dass jemand bloßfüßig über die Dielen zum vieleckigen, geräumigen Gästeverließ eilte.

Es konnte Sandra sein, die aus der Kammer des Athleten kam.

Aber der Athlet, als sie nachschaute, war nicht da. In ihrer Kammer vergewisserte sie sich, ob der Fötus eingewickelt hinter dem Bett lag. Zufrieden streckte sie sich aus.

Doch die Madonna kam, sagte, »aufstehen«, es gebe keine lange Weile für das Glück.

Im Stall war keine Bunte Bentheimer, auch sonst kein Tier, selbst die Schwalben hatten sich aus dem Gebälk entfernt.

Unten, vor der Schnapptür zur Garage, sahen sie, dass der Blockschokolade-Mercedes fehlte.

Im Vorhof herrschte eine bedrückende Ruhe, die schlecht roch. Im großen, einsamen Baum fehlte die Warnkrähe, die seit jeher zum Haus gehörte.

Die Madonna schlich ein wenig gebückt umher, die Arme angewinkelt nach vorn gerichtet, als wollte sie für einen Pfeil den Bogen spannen.

Ricarda blieb aufrecht, wandte den Kopf langsam hin und her, um besser zu hören. Ja, da war etwas, was sie sich noch nie vorgestellt hatte. Es schnaubte leise und schickte Gestank voraus.

Dann entdeckten sie es beide, das Tier, ein Stachelschwein, die Schnauze am Boden, Fährten verfolgend. Es war erregt, hatte sich aufgepumpt für die Stacheln, die es als gefährlicher Schutzmantel umgaben.

Die zwei Frauen traten beiseite, und noch einen

Schritt. Woher kam das Tier, entronnen einem Käfig in Achlamm? Oder stammte es aus dem Paradies des Gottesackers in großer Höhe, der von Großjean verwaltet wurde, und war über die endlosen Serpentinen herunter gewandert?

Sie fürchteten sich und stießen sich gegenseitig immer wieder an für eine Bestätigung, die nichts nützte.

Das Stachelschwein richtete sich auf, ließ sich wieder fallen und trippelte näher. Sie hätten Athos, Portos, Aramis und d'Artagnan gebraucht, die vier Musketiere, das Aufräumkommando mit Säbeln und Ausfallschritten.

Es rauschte, als schwänge sich der Kondor über den Vorhof, einziger Gefährte für Frieden und Zusammenkunft. Bei Salmesi hatte er sich auch gezeigt, als es wochenlang regnete und die Kartoffeln im Schlamm schon Triebe bekamen. Der Regen war von seinem Gefieder gesprüht wie tausend Duschen. Die Angst in den Hütten ließ nach, selbst die Alten hatten nicht mehr gejammert, sich aufgesetzt.

Aber der Kondor hatte sich abgewendet, stattdessen näherte sich die Bunte Bentheimer wie ein Tiger dem Stachelschwein, das sofort zu einer Kugel wurde mit steil aufgerichteten Stacheln.

Die Bunte Bentheimer versuchte, es mit ihrer Schnauze herum zu werfen, damit es auf dem Rücken zu liegen käme. Ging nicht, das mächtige Tier blutete, das Maul aufgesperrt.

Voll Wut, denn sie war die Herrschaftskönigin in Stall und Wildnis, stürmte die Bunte Bentheimer mit ihrer ganzen Masse über das Stachelschwein hinweg, erdrückte es beinahe, kam zurück und wagte denselben Angriff noch einmal, so dass das Stachelschwein, kaum mehr zappelnd, endlich auf dem Rücken lag und seine weiche Unterseite darbot, die von der Bunten Bentheimer zerrissen wurde.

Mit ein paar Fetzen im Maul trabte die Bunte Bentheimer in den Stall, ihr Reich, und ließ sich beim Koben des jungen Kälbchens, das nicht da war, nieder. Ihr ganzer Leib blutete, überall waren schmutzige Stacheln mit ihren Widerhäkchen eingedrungen. Bald konnten Entzündungen sich ausbreiten.

Das Stachelschwein war tot, zerstampft und ausgeblutet, die Stacheln verbogen, zum Teil aus ihrer Haftung gerissen. Noch hing das Schnauben und Dröhnen des Kampfes in der Luft, der völlig unritterlich gewesen war. Kraft, blinde Wut und eine halbe Tonne mehr hatten gesiegt. Das Stachelschwein als Unterlegener war nicht mehr zu besichtigen, nur noch Fetzen von ihm lagen da und dort, darunter zwei Augenäpfel im Kies, hübsch anzusehen in ihrer Ledigkeit, weil unbekannt blieb, wohin sie blickten oder ob sie nur noch letzte Bilder in sich bargen, falls sie es vermochten ohne Zentrale im Gehirn, das nicht mehr da war, irgendwo lag, umschlichen vom Hund und den zwei Katzen, die es auf das Mus abgesehen hatten.

Sobald sie es fraßen, würden sie einen Eiweißschock erhalten, der sie auf den Rücken würfe. Sie lägen da in der Haltung des ergebenen Stachelschweins, den Bauch darbietend. Die Bunte Bentheimer würde von ihnen kein Gramm fressen, Hund und Katzen gehörten zur Siedlung und der Wildnis.

Die Bunte Bentheimer im Stall wollte nur Wasser aus dem Kübel. Ricarda und die Madonna bemühten sich, Stacheln aus der Haut des Schweins zu ziehen, was mit Unverfrorenheit gelang, jedoch durch die Fettschicht und weiter bis zum durchbluteten Fleisch saßen die Widerhäkchen, die nur mit tiefen Kreuzschnitten herausgewunden werden konnten.

Die Madonna tat es mit dem Kampfmesser ihrer Freundin, deren lange, schmutzige Nägel die Wunden aufsperrten, damit die Madonna tiefer schneiden konnte und die Widerhäkchen heraus bekam.

Die Königin des Stalls war von Blut übergossen, klagte mitnichten, bot auch ihre andere Seite dar, die weniger beim Marsch über das Stachelschwein getroffen worden war.

Die zwei Frauen wechselten sich ab, Ricarda schnitt mit dem vertrauten Messer tiefer und stocherte ein Widerhäkchen nach dem anderen heraus.

Das Schwein schnaubte wenig, als werde sein Stolz der Schmerzen nicht gewahr.

Die Bunte Bentheimer erhob sich, sah mit Pflastern und weißer Gaze auf den Wunden überaus sanitär aus. Mauerfinken und kleine Schwatzschwalben, die halbe Nächte den Ton wie für ein Landschaftsradio angaben, entdeckten das gefiederte Schwein, pickten sofort, ohne zu verletzen, kleines Ungeziefer von der geplagten Haut. Die Pflaster und Verbände ließen sie in Ruhe, nur einen Tausendfüßler, der voll Arroganz sich hierher gewagt hatte, zerlegten die Schwalben im Tiefflug, immer wieder kleine Portionen aus dem sich Krümmenden herausreißend, zuletzt hinaufgebracht ins Gebälk zu den Nestern, wo die Brut ständig mit Geschrei die Schnäbel aufsperrte.

Wo waren der Athlet und Sandra?

Die Madonna rief im Sekretariat des Bürgermeisters an, stellte sich vor, weil es Susanne, die über das Rathausdach zu Tode gestürzt war, nicht mehr gab.

Eine ältere Stimme antwortete, fragte nach dem Begehren. Die Madonna suchte nach ihrem Mann, Herrn Kosslowski.

»O ja, er steht immer bereit, wenn wir Aushilfe brauchen.« Er werde als Springer für den Glasbruch in Achlamm eingesetzt. Habe einen Lastwagen vom Bauhof dabei und sammele mit seiner Assistentin den Bruch, die Scherben ein, damit die Straßen wieder befahrbar würden. Eine kleine Windhose sei, was es noch nie gegeben habe, durch das Städtchen gerast und habe Fenster aus Läden und selbst Wohnungen herausgerissen. Es müsse ein noch nie vorhandener Niederdruck gewesen sein.

»Und Menschen«, fragte die Madonna.

»Niemand ist zu Schaden gekommen. Alle konnten sich verstecken, haben sich vorher mit Mobiles gewarnt.«

»Ich danke Euch«, sagte die Madonna. »Bei uns oben war keinerlei Wind. Das Städtchen liegt in einer Schneise, aus der früher ein Stausee werden sollte.«

In der Küche entdeckten sie kalten Wirsing, der im Kühlschrank stand. Sie aßen ihn zusammen aus dem Topf, kamen sich mit ihren Gabeln immer wieder in die Quere. Der Wirsing schmeckte kalt besser als warm.

Sie langweile sich, sagte die Madonna. Es sei an der Zeit, hinauf zu gehen zum Gottesacker. Sandra, die vor dem Büro der Tammlers Angst habe, bleibe hier, und Großjean komme mit seinem Hundertfünfzig-Liter-Rucksack herunter. Er kenne sich hier genauso gut aus wie oben, mache alles richtig. Doch die Bunte Bentheimer würden sie mitnehmen.

Nach einer Weile fragte sie Ricarda, wie lang noch ihr Visum gelte.

»Eine Woche bis Ende Mai.«

»Oh, wie schlecht, ich dachte, Ihr begleitet uns?«

»Der Bürgermeister in La Paz hat gewechselt, ich werde verhaftet, wenn ich zu spät komme. Die Apotheke meines Bruders gehört nun mir, aber es ist nicht ausgemacht, ob ich alle Medizin verbilligt für die Oberschicht liefere. Ich möchte es für mein Dorf Salmesi tun. Ich hin gegangen, als die Japaner kamen, die Spanier und Amerikaner. Sie haben uns gefilmt, als seien wir Idioten mit einem Glauben an Mäusegötter in der Scheune und sprechende Meerschweinchen. Wir pflegen sie, damit wir sie schlachten können. Nur die Alemana mit den goldenen Löckchen hat uns gefallen, sie wurde wie wir.«

Die Madonna saß im Wohnzimmer auf ihrem mit Schafsfellen ausgestatteten Thron, Ricarda setzte sich gegenüber auf einen der unausgepackten Umzugskartons.

Plötzlich lachte die Madonna, sagte, »o Ricarda, erinnert Euch an Fanny Kubuhr aus Hawaii. Wir haben sie, als wir in Les Bains de Schachen waren, im Stich gelassen. Wie mag es jetzt bei ihr aussehen? Das Klo vermalt, die Hände braun, aber es können keine Altersflecken sein. Vielleicht hat Essen auf Rädern, der Dienst, ein wenig geholfen.«

Ricarda war nicht beeindruckt, an Schmutz und Schläge in den Hütten denkend, aus denen die Kinder flüchteten, doch mit Reisig und Holzprügeln, die sie irgendwo gefunden hatten, nach Hause kamen, damit sie nicht wieder Hiebe erhielten, sondern die Mama sie zu sich zog, gemeinsam ins Feuer blasend, das ohne Nachschub ausgegangen wäre.

Die Alemana mit den goldenen Löckchen schaute nach, wo sie helfen konnte, hatte oft etwas dabei, ein Feuerzeug, Streichhölzer, einen getrockneten, gesalzenen Fisch oder eine dicke Jacke für ein Kind, die sie irgend jemandem abgekauft hatte.

Doch fast sündig war es, sich in die Arme der Männer zu werfen, umfasst von Kraft und Verlangen, bedacht mit rauhen Küssen. Die Männer, wenn sie in Minen arbeiteten, aßen viel mehr Coca mit Asche als die Frauen. Die Gebisse wurden schwarz, fielen aus.

»Also, Ricarda, Ihr geht. Und, ach, wie schade, wir gehen auch. Seid Ihr in meinen Mann verliebt gewesen?«

»Ja.«

»In mich?«

»Auch.«

»Wir lieben Euch ebenfalls, obwohl Ihr keine Schwester sein konntet, sondern Ihr wart eine zweite Frau.«

Und was mit einem zweiten Mann sei, fragte Ricarda.

»Vielleicht Großjean vom Gottesacker, aber er ist schwierig, hat überall Verbrennungen, kann nur auf seiner Tür schlafen.«

»Dann lassen wir es, wie es ist«, sagte Ricarda.

»Ja«, antworteten die Augen der Madonna, ohne zu zwinkern, obwohl sie wegen ihres Heilmittels Lithium Helligkeit kaum ertrug. »Der Himmel hat Euch uns geschickt.«

Ricarda kniete vor der Madonna nieder und legte den Kopf, wie schon oft, in ihren Schoß, flüsterte ein paar Zeilen auf Quechua: »Muchas Veces kapuni kay-vidapeqa personaga hanjina sumaj fénioj, y, Waninpaj fénuncumana knchu. Chaypiaj mana allinchu purin ni imapas.« Hieße: »Oft ist es so, dass es auf dieser Erde Menschen gibt, die auf diese Weise ihren tiefen Glauben haben, nicht wahr. Andere wiederum leben ohne Glauben. Deshalb geht es denen dann auch in keiner Weise gut.«

»Ja, mein Schatz«, sagte die Madonna. »Wer keinen Gott hat, sieht auch keine Elfen. Hilft es verkehrtherum?«

»O ja«, erwiderte Ricarda. »In der großen Kirche, wo ich zum ersten Mal betete und Kerzen anzündete, saßen auf den Flämmchen die Seelen der kleinen Kinder, die schon gestorben waren. Die Wärme tat ihnen wohl.«

»Ach, vielleicht schneit es noch einmal«, sagte die Madonna. »Dann müsste ich nicht so sehr klagen, dass Ihr geht.«

»Und was soll ich tun«, fragte Ricarda. »Schreien, weinen, mich selbst schlagen?«

Sie schwiegen und hielten sich gegenseitig fest, als großartig laut der Athlet ins Wohnzimmer mit den Butzenscheiben eintrat, hinter sich Sandra, unhörbar. »Packen, packen«, sagte er.

»Gleich«, fragte seine Frau.

»Ab und hinauf zum Gottesacker«, erwiderte er. »Gold und Silber sinken, nur Platin steigt. Ich habe Großjean angerufen, er kommt herunter, ist abends da, wird Sandra lehren, was sie zu wissen braucht.«

»Und die Bunte Bentheimer?«

»Nehmen wir mit, in dem Hubschrauber mit Netz. Nein, halt«, rief er, »zurück! Wir müssen noch auf die Äcker, jäten und häufeln.«

Mit dem alten Lanz fuhren sie hinaus, auf dem Anhänger Gerätschaften und einen Sack keimender Kartoffeln aus dem Keller.

Zunächst zogen sie alles Unkraut aus den Reihen sprießender Gerste und Hirse langer Felder bis zum Waldrand.

Das Unkraut häuften sie hinter sich, trugen es manchmal weiter, wo sie noch größere Haufen machten. Die Madonna und der Athlet hatten Gummistiefel an, Ricarda war barfuß.

Sie wechselte zu den Kartoffeln, die mit einer Harke von Erde umgeben werden mussten, auch Unkraut war gewachsen, und manchmal entdeckte sie eine faulende Kartoffel, zog den Matsch heraus und warf ihn, so weit sie konnte, fort, holte aus dem Sack eine keimende Kartoffel und bettete sie ein.

Es schien ihr Freude zu machen, neue Fruchtbarkeit zu gestalten. Langsamkeit und Sorgfalt paarten sich, wieder und wieder blieb sie gebückt stehen, als sänge oder betete sie leise. Es kämen die kleinen Götter in Form von Nädelchen, die kurz über den Kartöffelchen blieben, oder plötzlich würde eine Maus, die ein Krönchen trug, aus ihrem Loch springen und versprechen, den Keimling nicht anzunagen.

Sie verstand, was sich ereignete, wurde zu einer weisen Heilerin, spürte es in Fleisch und Knochen, musste aufpassen, dass sie nicht übermütig wurde.

Die Madonna und der Athlet stampften durch die Reihen des Getreides, rupften nur noch, wurden nachlässig, weshalb sie nicht genügend tief fassten. Bald würden Wegerich, Schierling, vor allem Passepartouts mit ihrem feinen, um sich greifenden Wurzelwerk wieder gedeihen.

Zur Mittagszeit kam Sandra mit einem Topf voll Röhrennudeln, die es nur in Süddeutschland gab, gemischt mit Rosenkohl, den sie in der Tiefkühltruhe gefunden hatte.

Jeder erhielt eine Essschale samt Gabel. Sie schlangen und mampften das schlaue Gericht, das sich im Mund zu wiederholen schien, hinunter. Manchmal genehmigte sich Sandra mit den Fingern eine Portion von dem einen oder anderen Schälchen, Protest erklang.

Ging eine Bekassine vorüber, der Meckervogel? Er hatte sich zurückgezogen, fand in den vermaisten Äckern der Großbauern kein Futter, keine Nistplätze mehr, nur noch in der Graswildnis der heroischen Siedlung.

Sandra sammelte die Essschalen ein, machte einen Knicks und ging.

Bis spätnachmittags jäteten und häufelten sie weiter, Schweißperlen wiefelten über die Stirn, geschnieft musste auch werden, ebenso gespuckt, da die Menge der Mücken zunahm.

Dann warfen sie ihre Geräte in den Anhänger und fuhren zurück zum Haus, schweiften aber noch aus ins gelbe Gras, das sich um die Beine wickelte.

Sie sahen einen Hirsch und wunderten sich, dass es ihn hier gab.

»Vielleicht ist er vom Gottesacker gekommen«, sagte die Madonna. Im Gebirge habe sie auch Steinböcke entdeckt, hoch oben im Schnee.

Ob sie hinauf geklettert sei, fragte der Athlet.

Nein, sie habe ein Fernglas dabei gehabt.

Der Gottesacker verbiete Instrumente, erwiderte der Athlet. Er müsse rein bleiben.

Als Madonna wisse sie, sagte seine Frau, dass ein kleiner Fehler das Glück verbessere, zum Beispiel wie auf alten Gemälden, wenn eine Schildkröte ihren Kopf dem Kindchen im Stall von Bethlehem entgegen strecke.

Habe er noch nie gesehen, sagte der Athlet.

»Stellt es Euch vor und Ihr werdet zu einem der Könige aus dem Morgenland.«

Sie entdeckten nach Märschen endlich die alte Kuhmutter mit ihrem Kälbchen, hatten mit allerlei Geziefer zu tun, das biss und spie, lobten das Durcheinander, das chaotischer geworden war und deshalb eine neue Ordnung zu regeln schien, die sie noch nicht kannten, wie in einem Spiralnebel, der kreisend sich in der Mitte verfestigte.

Weiter unten setzten sie sich unter den Baum der Prinzess-Sittiche, die unablässig schwatzten. Manchmal flogen einige hinunter ins Gras, um Samen zu essen, kehrten sogleich wieder zurück, denn über ihnen kreisten Raben, Finsterlinge aus einem aasigen Reich.

Die Madonna fragte ihren Mann, noch immer wisse sie nicht, ob er an Gott glaube.

Nein, tue er nicht, sagte der Athlet, es bereite ihm Gebrechen. Gebe es einen, die oder das Gott, vereinigten sich seine Gefühle von der Schilddrüse bis zur Bauchspeicheldrüse hinunter, eine gefährliche Verbindung.

»Denke an Tomaten«, sagte sie, »Gottesfrüchte genannt, die früher nicht gegessen wurden, als seien sie giftig. Jetzt gibt es ganze Landstriche voll von ihnen, heißt, die Erde gehört uns, macht daraus, was ihr wollt, auch Kriege, das Waffenwesen und den Erfindungsgeist. Die Tomaten sind das Leuchten Satans.«

»Ja, Tomaten«, sagte er, »akzeptiert«. Er esse sie, zugleich Gott, der in allem versteckt sei.

»Und Ihr, Ricarda«, fragte die Madonna, »glaubt Ihr an Gott?«

Sie kenne die Patschamama, das Gebirge, antwortete sie und spuckte auf den Boden, sammelte Hälmchen und Papierchen ein, die herum lagen, tat ein bisschen Kaugummi darauf und altes Coca aus dem Goldenen Sack, aber es war noch zu wenig.

»Gebt mir Haare«, sagte sie zu der Madonna.

»Weshalb«, sagte die Madonna.

»Viele Haare«, antwortete Ricarda, »haben wir von den Ziegen gehabt, wenn wir nach Hause zurückkehrten. Wir wurden dann nicht geschlagen.«

»Kriegt Ihr«, sagte die Madonna und versuchte, aus dem um den Kopf gelegten Zopf welche zu zupfen, was nicht gelang. Er war zu fest.

»Kann ich«, fragte Ricarda.

»Bitte sehr.«

Ricarda riss der Madonna büschelweise Haare aus, so dass die Hochmütige schrie und mit ihren Händen zur Verteidigung den Kopf umfasste.

Aus Halmen, Streichhölzern, Goldstaub, altem Coca und den Haaren veranstaltete Ricarda eine Mesa, ein Feuerchen, kniete nieder und blies vorsichtig hinein.

»Nein, so nicht«, sagte die Madonna. »Steh auf und schau mir ins Gesicht.« Ricarda tat es.

Die Madonna fragte, »haben wir denselben Gott?«

»Ja«, sagte Ricarda, »seit ich hier bin.«

»Weshalb veranstaltet Ihr immer wieder Zündeleien«, sagte die Madonna.

Sie sei hier nicht zu Hause, habe Sehnsucht, sagte Ricarda.

»Dann geht doch um Himmels willen«, befahl die Madonna.

»Ach«, sagte Ricarda, »ich liebe Euch und Euren Mann«.

»Ach«, sagte die Madonna, »geht«.

»Nein«, erwiderte Ricarda. »Ohne Euch kann ich nicht leben.«

»Ach, was sollen wir tun?«

»Genug«, sagte der Athlet und zog die beiden unter dem Sittich-Baum hervor.

Sie forschten nach neuen Gräsern, entdeckten die rote Karthäusernelke, ähnlich dem Klatschmohn, ein Beet voll Schuppenmieren, als seien sie aus dem Himmel geregnet, und den gemeinen Löwenzahn, einzige Blume, die Fluten aus Dünger widerstand. Touristen sagten, ach wie schön gelb sei das Allgaw.

Die Madonna erzählte, Carl von Linné habe eine Blumenuhr erfunden, sie angepflanzt vor seinem Haus in Uppsala. Wenn er aus dem Fenster sah und schätzte, welche Blume sich öffnete oder schloss, wusste er, wieviel Uhr es war. Schuppenmiere, geöffnet, morgens zehn Uhr, Löwenzahn, matt geworden, mittags zwei Uhr, jedoch weiße Seerosen, immer noch offen, abends sechs Uhr, wenn der Nebel kam mit seinen Schleiern.

Woher sie das wisse, fragte der Athlet.

Nachts, wenn er nicht bei ihr sei, lese sie im Bett und esse dazu Schokolade, sagte die Madonna. Morgens sehe ihr Kopfkissen manchmal aus, als habe sie ihre Tage bekommen.

»Kommt«, sagte die Madonna zum Athleten. Sie nahmen sich an der Hand und schweiften noch eine

Stunde lang weiter hinüber bis zu dem Fluss, der ab der Mitte den Maisbauern gehörte.

Am nächsten Morgen flogen sie, mit viel Gepäck, um den Sommer zu überstehen, im Hubschrauber hinauf zum Gottesacker, unter sich im Netz die Bunte Bentheimer, die sich ohne Widerstand hatte einpacken lassen.

Gegen Abend ließ sich Ricarda, gekleidet als Quechua, im Blockschokolade-Mercedes von Sandra in die Nähe des Hospitals Säntis fahren, wo ihr Bruder wohnte.

Im violetten Orangenlicht malmten wieder die Flügel der Windkraftmaschinen, als wollten sie Seelen zerteilen. Auf den Kieswegen seitwärts huschten Murmeltiere umher, machten Männchen, wurden von Sandra nicht überfahren. Sie hatte keine Ahnung, wohin die Fahrt gehen sollte, Ricarda sagte es ihr nicht.

Als die Quechua ausstieg, neigte sie sich noch zum offenen Fenster, zog ihre Bergstiefel aus, tat sie in den Goldenen Sack und kletterte, während die harten Zehen griffen, auf Sprossen hinauf zum ersten Stock des Erholungsheims, ging am ersten Fenster vorbei, dessen Vorhänge zugezogen waren, am zweiten, hinter dem Leute um einen Tisch saßen und einer Harfe lauschten, die von einem jungen Mann gespielt wurde, und kam gebückt zum dritten Fenster, ein Spalt war offen.

Sie ging hinein, vor ihr lag der Große Bruder im Bett, gelähmt von einem Schlaganfall, ein wenig blubbernd, als schliefe er.

Sie zog ihr Messer heraus und trennte, wie schon bei Meerschweinchen, mit einem Schnitt von der Stirn über Nase, Mund, bis zum Kinn das Gesicht auf, zog die Haut nach beiden Seiten zu den Ohren, und klebte, während Blut sprudelte, silbernes Lassoband über seinen Mund. Zu hören war nur ein Gurgeln. Die Hände fesselte sie mit dem silbernen Band überkreuz.

Wieder gebückt schlich sie an den Fenstern vorüber, stieg barfuß über die eisernen Streben des Palastbaus Säntis hinunter und zog unten ihre Bergstiefel an, die an der Straße standen.

Sandra war, wie verabredet, in die Heimatsiedlung zurück gefahren. Sie würden sich nie mehr wiedersehen.

Ricarda ging nicht, sondern lief, den rechten Schritt betonend, über Kreuzungen, wusste nicht wohin, kam zurück, nahm das nächste Sträßchen. Ein paar Autos fuhren, obwohl sie die Hand ausstreckte, an ihr vorbei.

Schließlich traf sie in Rötenbach ein, wo sie den Frühzug nahm, der nach Lindaw, dem Kopfbahnhof, fuhr. Dort kaufte sie ein Billet nach Zürich.

In Zürich, wo sie schon einmal gewesen war und von ihrer bolivianischen Musikkapelle den Fötus geschenkt bekommen hatte, fühlte sie sich allein.

Unten beim See und in der Nähe des vornehm verrosteten eisernen Hotels du Lac kaufte sie sich auf einem Trödelmarkt einen Anzug, ein Hemd und eine Krawatte.

In einer der Seitenstraßen ließ sie sich bei einem Friseur ihre Haare kürzen. Sie besaß außer Dollars noch ein paar Franken.

Im Flugzeug zog sie sich auf der Toilette um, stopfte die Kleider in den Sack, wurde wieder zu Ricardo Gmuer mit seinen alten Papieren, schaute hinaus aus dem Fenster und sang leise.

In La Paz nahm Ricardo ein Taxi zur Apotheke seines Großen Bruders. Sie gehörte nun ihm, wie es auch die Angestellten bestätigten und ihm Aspirinbonbons in die Tasche steckten. Die kleine, kugelrunde Frau, von der sein Bruder sich hatte scheiden lassen wollen, war auch da. Sie küssten sich.

Sandra erzählte am Telefon, die Bunte Bentheimer sei abgestürzt, das Netz des Hubschraubers habe sich gelockert.

Die Madonna und der Athlet hätten sich sofort um sie gekümmert, sie geherzt und geküsst. Der Athlet habe aus der Scheune Tempell, das neueste tschechische Produkt, geholt, denn anders wäre das großartige Mastschwein nicht zu entfernen gewesen, jedoch während die beiden sich noch um ihren Liebling kümmerten, hätten sie zu früh den elektrischen Zünder für den Sprengstoff betätigt.

Nichts mehr sei da gewesen außer Stücken und Lappen.

Wie schon die Madonna geweissagt habe, schloss Sandra, sterbe die Bunte Bentheimer, stürben sie auch.

Sandra sagte noch, sie werde sich bemühen, Leute, die passten, für die Siedlung und den Gottesacker zu finden.

Nachts fuhr er in einem Lastwagen, vollgepackt mit Quechuas, hinauf ins Gebirge nach Salmesi. Sie froren, wie immer, alle.

Die Blechhütte des Väterchens stand noch. Ricardo inspizierte sie. Eine andere Familie mit vielen Kindern war darin, bat darum, bleiben zu dürfen.

Die Alemana mit den goldenen Löckchen traf er auch. Sie hatte eine Kamera in der Hand, fragte, ob sie ihn begleiten könne.

»Nein«, sagte er.

Er zog seinen Poncho über die Jacke, setzte seine Wollkappe auf, die er einmal im Mai, als es im Allgaw schneite, gebraucht hatte, und stapfte den Steinpfad, von dem er manchmal abrutschte, hinauf zu Vicente, dessen Vicuñas keinen Schutz brauchten.

Vicente, kein Heiliger, vielleicht ein Weiser, machte nur eine Geste, weiter hinauf.

Ricardo sah den Steinhaufen, unter dem sein Väterchen lag, das im Kreis vom Großen Bruder gehetzt worden war. Ein blankes Bein ragte noch heraus. Er versuchte, es zurückzuschieben.

Vicente pfiff, atmen konnte er kaum mehr. Sie kletterten weiter, Wind heulte, mit ein wenig Schnee darin. Der Kopf musste gesenkt werden.

Schließlich blieb Vicente zurück, doch Ricardo zwängte sich höher, knurrte und rasselte, bis er endlich vor Rosette ankam auf viertausend Meter Höhe, die einst, damit sie beim Transport nicht litt, einen Schnitt durch den Hals erhalten hatte.

Er sah es an mit den gefrorenen Tränen und roten Backen, das Frühlingsmädchen, und legte ihm seinen

Fötus in die Arme, dabei sang er das schönste Kirchenlied der Welt: Kommet ihr Hirten, ihr Männer und Frau'n, kommet, das liebliche …

Aus dem Gebirge eilte Eis herbei, das die Felsen übersäte. Ricardo strengte sich an, hinabzusteigen.

Ich danke Prof. Dr. Dr. h.c. Ina Rösing, ohne deren großartige Werke dieses Buch nicht entstanden wäre.

Ich danke meinem Freund Henner Bechtle für seine Hilfe.

Und ich danke der Berliner Senatskanzlei für 6 Monate Unterstützung.